KB068431

리카
RIKA

이가라시 다카히사 장편소설

이선희 옮김

리카

RIKA

RHK
알에이치코리아

· 차례 ·

일러두기
옮긴이주의 경우 괄호 안에 '옮긴이' 표기를 함께 넣어 표기하였습니다.

Click 1

만남

1

가을의 끝자락에 접어들었다.

이제 겨우 10월 중순밖에 안 됐는데, 초겨울의 싸늘한 기운이 몸속까지 스며들었다. 나는 재킷 주머니에 손을 넣은 채 길거리의 모습을 바라보았다.

오모테산도 교차점에는 평소처럼 사람들이 넘쳤다. 황급히 걸어가는 사람들의 발밑에서 샛노란 낙엽이 바람에 휘날리며 춤을 추었다.

그 모습을 힐끗 쳐다보면서 정면의 신호를 건넜다. 비디오 대여점이 있는 7층짜리 건물이 눈앞에 나타났다. 엘리베이터를 타고 3층 버튼을 눌렀다.

낡은 엘리베이터가 삐걱삐걱 소리를 내며 움직이기 시작했다. 3층에 도착하자 천천히 문이 열리면서 '알파'라는 PC방 입구가 눈에 들어왔다.

무거운 철문을 열자 스무 살쯤으로 보이는 빼빼 마른 남자가 읽고 있던 만화 잡지를 카운터에 내려놓고 귀찮은 얼굴로 일어섰다. 남자의 머리칼은 아름다운 황금색이었다.

"자리 있어요."

남자는 그렇게 말하면서 오른손으로 금전등록기를 조작해 전표를 내밀었다. PC방에 들어온 시각이 적힌 전표다. 나는 말없이 전표를 받아 맨 안쪽 부스로 향했다.

양복 재킷을 벗어 의자 등받이에 걸쳤다. 컴퓨터 마우스를 만지자 회색 디스플레이 화면이 작동 중임을 알리는 윈도우 화면으로 바뀌었다.

잠시 기다리자 화면이 다시 바뀌더니 검색 화면이 나타났다. 나는 키보드에 손을 올리고 'JAPAN MAIL'이라고 입력했다.

'JAPAN MAIL'은 개인정보를 등록하지 않아도 메일 주소를 받을 수 있는 프리메일 사이트다. 범죄를 저지를 목적이 아니더라도 대놓고 사기에 껄끄러운 탈모방지 제품이나 비아그라 같은 물건을 구입할 때 매우 편리하다. 그러나 나는 그런 물건을 산 적이 없다. 내가 이곳을 이용하는 데에는 다른 이유가 있다.

즉시 'JAPAN MAIL'의 메인 화면이 나타났다. 메일 주소와 비밀번호를 입력했다. 화면이 내 메일함으로 바뀌었다. 새로 온 메일이 두 통 있었다.

"혼마 씨도 참 지극정성이네요."

빨간 앞치마를 입은 금발이 아이스티를 가져왔다. 내 이름을 아는 건 이곳의 회원증을 만들 때 운전면허증을 보여주었기 때문이다. 이곳의 회원이 된 지 석 달이 지났지만 나는 아직 금발의 이름을 모른다.

처음에는 가끔 들르는 정도였지만 일주일에 한두 번씩 정기적으로 다닌 후로는 금발과 조금씩 이야기를 나누기 시작했다. 나의 절반도 되지 않는 나이에, 더구나 손님과 종업원의 관계임에도 거의 대등하게 말하는 금발의 말투에 가끔 조바심이 나기도 했지만 최근에는 거의 신경 쓰이지 않았다.

"어떠세요?"

"별로야. 맨날 똑같지 뭐."

"그래도 재미있죠?"

어이없는 표정의 금발을 무시하고 나는 새로 온 메일을 클릭했다.

메일 봤어요. 전 사이타마에 사는 도모코예요.

왠지 자꾸 신경이 쓰이는데 그래서 그런지 한 번 만나고 싶어요.

다카오 씨는 인쇄회사에 근무하신다고요?

전 오미야에 있는 자동차 판매회사에서 경리로 일하고 있어요.

도심엔 가본 적이 별로 없어서, 여기저기 좋은 곳을 소개받고 싶어요.

실은 메일 자체를 별로 보내본 적이 없어서 잘못 보낼까 봐 걱정이 되더라고요. 이런 것도 가르쳐주세요.

다카오 씨는 38세라고 하셨는데, 도모코는 이제 겨우 23세예요.

나이 차이가 많이 나는데 괜찮으세요?

그러면 앞으로 잘 부탁해요. 답장 기대할게요.

"기대 좋아하시네."

마우스를 움직여 메일을 휴지통에 버렸다.

"어? 아깝게 왜 버리세요?"

"원조교제 같은 느낌이 들잖아."

"그래요? 난 좋기만 하던데."

금발이 불만스러운 표정으로 입술을 삐죽거렸다. 나는 커서를 다음 메일로 옮기며 말했다.

"너무 좋은 게 마음에 안 들어. 그 여자 목적은 70퍼센트 이상 돈일 거야. 첫 번째 메일부터 다짜고짜 만나고 싶다는 게 이상하지 않아? 이 여자는 지금 당장 누군가를 만나야 돼. 즉 돈이 필요한 것뿐이야."

그렇게 말하고 다른 메일을 열었다.

다카오 씨, 메일 보내주셔서 고마워요.

저의 장난기 어린 메일에 답장이 100통 가까이 도착했어요.

그것도 겨우 하루 만에요!

얼마나 놀랐는지 몰라요.

답장을 아직 다 읽진 못했지만 의외로 다들 진지하네요.

다카오 씨는 느낌이 굉장히 좋았어요.

저도 여자치곤 키가 큰 편인데, 다카오 씨도 크다고 해서 안심이에요.

그래서 맨 먼저 답장을 보내기로 했어요.

앞으로도 계속 즐겁게 메일을 주고받았으면 좋겠네요. 구루미.

금발이 화면을 가리켰다.

"이건 어떠세요?"

"잘은 모르지만 조금 전보다는 정상이야. 이 만남 사이트의 관리자에 따르면 남자 회원이 약 4만 명이라고 하더군. 사실인지 아닌지는 모르지만 말이야. 가령 만 명이라고 치면 한 사람에 메일이 100통 와도 이상할 건 없지. 여자들에게 몇 번 물어본 적이 있는데, 약 70통에서 80통은 온다고 하더라고."

나는 메일을 닫고 내 폴더에서 '자기소개'라고 되어 있는 항목을 클릭했다. 맨 위에 구루미에게서 받은 자료와 메일이 보관되어 있다.

구루미 씨 프로필

키 : 166cm. 체중 : 52kg. BWH : 비밀. 주소 : 도쿄. 나이 : 24세.

취미 : 독서, 노래방. 직업 : 회사원. 애인 : 없음. 어떤 만남을 원하나요? : 메일 친구.

구루미 씨의 한마디 :

도쿄에 사는 24세의 구루미예요. 직장에 다닌 지 2년 됐는데 애인이 없어서 너무 심심해요. 최근 들어 사는 게 답답하다고 생각하던 차에

친구에게 여기 이야기를 들었어요. 앞으로 많은 걸 가르쳐줄 연상의
남자분과 메일을 교환하고 싶어요. 단 뚱뚱한 분은 사절이에요. 되도
록 많은 분과 메일 친구가 되고 싶어요.

금발이 감탄한 얼굴로 고개를 끄덕였다.
"혼마 씨는 뭐라고 답장을 보냈어요?"
나는 내 폴더를 열어 메모 항목을 클릭했다.

구루미 씨, 안녕하세요. 혼다 다카오입니다.
스기나미 구에 사는 38세, 인쇄회사의 영업사원이죠.
직책은 부부장, 내 나이에는 뭐 그럭저럭 괜찮은 위치가 아닐까요?
최근에는 가슴 뛰는 일이 없어서, 이런 식으로 시간만 지나가는 건가
하는 조바심이 고개를 치켜들고 있습니다.
구루미 씨는 아직 어려서 잘 모르겠지만요. ㅋㅋ
많은 사람을 알고 싶고, 내가 모르는 걸 가르쳐주거나 가슴 뛰게 해주
는 사람과 메일을 교환하고 싶습니다.
구루미 씨 메일을 읽은 순간, 내 마음과 똑같다고 느꼈습니다.
괜찮으시면 메일부터 주고받는 건 어떨까요?

혼다 다카오 씨 프로필
키 : 182cm. 체중 : 76kg. 체형 : 탄탄함. 주소 : 도쿄. 나이 : 38세.

취미 : 드라이브, 음악 감상, 미술관 순례. 닮은 연예인 : 젊은 시절의

하기와라 겐이치(일본의 영화배우-옮긴이).

꼭 하고 싶은 한마디 :

이탈리아 요리를 좋아해서 자주 먹으러 갑니다. 언제 한 번 같이 가시

지 않겠습니까?

금발의 입가에 비웃음이 매달렸다.

"뭔가 좀…… 하기와라 겐이치는 또 뭐예요? 뭐 전혀 안 닮은 건 아

니지만요."

앞머리를 쓸어 올리고 내 프로필을 폴더에 돌려놓았다.

"시끄러워. 웬 참견이야? 여긴 꿈꾸고 싶은 사람들이 모이는 곳이야.

그 꿈을 깨뜨리지 않는 게 중요하거든."

"아무리 그래도 미술관 순례는 너무하잖아요. 그렇게 고상한 취미

가 있는 줄 몰랐네요."

금발이 비난의 눈길로 노려보았다.

"사소한 것 가지고 시비 걸지 마."

"그것 말고는 비교적 실제와 가까운 것 같군요. 직업은 그대로 쓴 거

아닌가요? 그래도 괜찮아요?"

금발이 비둘기처럼 머리를 작게 흔들었다.

"메일 교제의 원칙은 거짓을 최소한으로 줄이는 거야. 안 그러면 내

안에서 앞뒤가 맞지 않지. 처음 시작했을 때는 친구 이름과 직업을 빌

렸는데 그런 건 금방 탄로 나더라고. 거짓말이 들키는 바람에 그대로 끝난 적이 몇 번 있었거든. 그 후엔 직업이라든지 내 환경에 대해선 기본적으로 솔직하게 말하기로 했어. 지금까진 한 번도 문제가 없었고."

이것은 수많은 경험에서 나온 법칙이었다.

"이름도 본명과 한 글자밖에 다르지 않잖아요. 혼마와 혼다, 그것뿐이에요. 조만간 여자가 회사로 전화를 걸어올지 몰라요."

"인쇄회사가 얼마나 많은지 알아? 작은 곳까지 합치면 수백 군데가 넘거든. 그렇게 많은 걸 어떻게 일일이 확인하겠어?"

"나이는 38세네요. 43세 아니에요?"

금발이 노골적으로 비아냥거리며 무례하게 웃었다.

"나한테 신경 끄시지. 아직 마흔둘이거든. 마흔이 넘었다고 하면 그 순간 여자들 반응이 싸해져서 어쩔 수 없어."

금발이 콧등에 주름을 잡으며 말했다.

"그럼 난 물러갈 테니까 맘대로 하세요."

멀어져가는 금발의 등을 보고 나서 나는 키보드에 손을 내밀었다.

2

만남 사이트, 이른바 러브 사이트의 존재를 안 것은 지금으로부터 2년 전, 마침 마흔 번째 생일을 맞이한 무렵이었다.

내가 근무하는 도요인쇄사에서는 몇 년 전부터 IT 프로젝트를 몇 가지 실시해왔다. 나도 그중 하나에 참가해 내 책상 위에도 컴퓨터가 놓이게 되었다.

지금까지는 컴퓨터와 아무 인연이 없었다. 가능하면 평생 관계를 맺고 싶지 않았지만 회사의 지시에는 가타부타 말을 할 수 없었다. 더구나 앞으로 모든 업무를 컴퓨터로 하겠다는 방침이 내려온 이상, 언제까지 거부할 수는 없었다.

쉰 살이 넘었다면 몰라도 샐러리맨 생활이 앞으로 20년이나 남았다. 지금 배워두지 않으면 몇 년 후에는 회사로부터 화석(化石) 취급을 받게 되리라는 게 눈에 뻔히 보였다.

당시 IT 프로젝트는 사내 랜 선(LAN 線)을 실험하는 측면도 있었기에, 회의를 비롯한 연락사항은 전부 컴퓨터에 기록을 남겨야 했다. 예를 들어 외근 중에 회사로 전화가 걸려온 경우, 예전처럼 전달사항을 메모지에 써서 전해주는 것은 금지되고 전부 컴퓨터에 남겨야 한다. 그밖에도 전표 시스템이나 전자 머니의 사내유통 시스템 등 최소한의 기능도 알아두어야 했다.

처음에는 눈앞이 캄캄했지만 의외로 그렇게 어렵지 않았다. 익숙해지면 컴퓨터도 단순한 상자에 불과하다. 전문적인 소프트웨어를 사용하는 것이 아니므로 당연히 초보자도 다룰 수 있게 되어 있었다.

컴퓨터를 어느 정도 다룰 수 있게 되자 마음에 여유가 생기면서 다른 것도 하고 싶어졌다. 이런 때 남자가 생각하는 건 한 가지밖에 없다.

처음에는 야한 사진을 찾아내 다운로드하고, 다음에는 더 깊은 자극을 찾아 야한 동영상 사이트를 돌아다니는 것이다. 남자라는 건 슬플 만큼 한심한 동물이다.

밤이 되면 프로젝트 멤버가 모두 하나의 컴퓨터를 에워싸고 옹기종기 모여서, 섹스에 관한 정보를 입수하기 위해 눈을 번뜩이곤 했다. 싸구려 클럽이나 서비스가 좋은 유흥업소, 비아그라나 여러 가지 최음제의 통신판매 사이트를 찾아다니며 일희일비하는 것이다.

내가 속한 프로젝트팀에는 컴퓨터를 잘하는 사람이 없어서, 전원이 머리를 맞대고 고민해야 겨우 하나의 사이트에 들어가는 상태가 계속되었다.《해체신서》(解体新書, 일본 에도시대의 번역 의학서이자 일본 최초의 서양 책 완역본－옮긴이)를 번역한 스기타 겐파쿠 일행도 이러지 않았을까.

프로젝트팀 사이에 기묘한 연대감이 태어났다. 그런 의미에서는 회사가 추진한 사무자동화 시스템은 옳다고 할 수 있다. 다만 너무 열심히 하는 바람에 업무에 지장을 초래하는 사람도 있어서, 100퍼센트 옳다고 할 수는 없을지 모르지만.

하지만 그런 것에는 금방 싫증을 내는 게 인간의 속성이다. 한 달이 지났을 무렵에는 그때까지의 열기가 거짓이었던 것처럼 사무실은 쥐죽은 듯 조용해졌다.

나를 포함해 누구나 업무 이외에는 컴퓨터를 사용하지 않았고, 우리의 컴퓨터 기술은 점점 내리막길을 걸었다. 출판사에 근무하는 사카이로부터 만남 사이트에 관한 이야기를 들은 게 마침 그 무렵이었다.

사카이 마사시는 대학 2년 후배로, 대형 종합출판사인 소세이샤 영업부에 근무하고 있다. 선후배라는 편안함도 있고 일도 관련이 있어서 자주 술잔을 기울이는 동료이기도 했다.

무슨 말을 하다 그런 이야기가 나왔는지는 기억나지 않지만 니시신주쿠의 작은 바에서 술을 마실 때 만남 사이트가 화제에 오른 건 똑똑히 기억이 난다.

사카이가 득의양양하게 말했다.

"비유를 하자면 집이 전화방이 되는 거나 마찬가지예요. 깜짝 놀랄 만큼 여자가 쉽게 걸려들더라고요. 선배도 한번 해보세요. 아마 매력에 푹 빠질걸요."

올해 서른여덟임에도 눈에 띨 정도로 대머리가 진행된 사카이를, 나는 의심의 눈길로 바라보았다.

"설마! 그게 말이 돼?"

"정말이라니까요."

사카이가 힘을 주어 말했다.

인터넷에 만남 사이트란 게 있는데, 그곳을 통해 서로 모르는 남녀가 만난다고 한다. 그런 게 있다는 건 알고 있었지만 우리 세대와는 상관없는 이야기라고 생각했다. 하지만 사카이는 이중턱 위에 있는 머리를 절레절레 흔들었다.

"이 나이가 되면 젊은 여자와 말할 기회는 눈을 씻고 찾아봐도 없잖아요."

그는 술 냄새 나는 숨결을 토해내면서 말했다.

안타깝지만 그것은 사실이었다.

"더 구체적으로 말하면 대형 출판사에 근무해도, 시간도 없고 마음대로 쓸 수 있는 돈도 얼마 없죠. 만날 수 있는 여자의 숫자도 뻔하고요. 하지만 만남 사이트에는 한계가 없어요."

그는 두 주먹을 불끈 쥐고 만남 사이트의 매력을 역설하기 시작했다. 마치 상품을 파는 다단계 판매회사 직원처럼 말투에는 열기가 가득했다.

간단히 말하면 만남 사이트에는 채팅과 메일의 두 가지 기능이 있다고 한다. 채팅은 실시간으로 다른 사람과 대화할 수 있어서 현장감을 느낄 수 있지만, 시간이 없는 사람은 할 수 없다고 잘라 말했다. 분명히 샐러리맨이 쉽게 할 수 있는 일은 아니다. 낮에는 회사에서 일해야 하고 집에 가면 가족이 있다.

"채팅보다 현실적인 건 역시 메일이에요. 잘 보세요."

사카이는 그렇게 말하며 자기 가방에서 노트북 컴퓨터를 꺼냈다. 카운터 위에 올려놓고 전원을 켠 뒤 휴대전화를 접속했다. 카운터의 바텐더가 얼굴을 살짝 찡그렸지만 신경도 쓰지 않았다.

"만남 사이트는 원래 취미나 일에 도움이 되는 정보를 입수하기 위해 만들었다고 하더군요."

그는 작동한 컴퓨터 화면에서 커서를 바쁘게 움직이기 시작했다. 익숙한 손놀림이다.

"예를 들면 종합소득세 확정 신고에 대해서 가르쳐달라든지, 1991
년형 롤렉스 시계를 싸게 판다든지."

그는 '북마크'라고 쓰여 있는 곳을 클릭했다. 그 즉시 화면 가득히 항
목들이 나열되었다.

"그게 남녀의 만남으로 발전하는 건 그야말로 필연이지요. 지금 만
남을 위한 사이트는 말 그대로 산더미처럼 많습니다. 물론 진지한 만
남을 원하는 사람도 있고 원조교제가 목적인 사람도 있는 등 목적은
제각기 다르지만 나 같은 남자는 주로 이런 곳을 돌아다니죠."

사카이는 그렇게 말하며 노트북의 화면을 나에게 향했다. 화면에
'Q 양의 러브어택'이라는 제목이 떠올랐다. 파스텔 색상의 밝은 화면
위에서 의인화된 동물 일러스트가 즐겁게 춤을 추고 있다.

"이게 뭐야?"

"이게 만남 사이트예요."

그는 그렇게 말하면서 손가락으로 트랙패드를 만지작거렸다. 화면
이 잇따라 바뀌더니 '등록하셨습니까?'라는 표시가 있는 곳에서 멈추
었다.

"이건 누구나 들어올 수 있는 무료 사이트죠. 일단 자신의 신원을 등
록해야 하는데, 주소나 전화번호를 솔직하게 적을 필요는 없어요. 그
런 건 사이트 운영자도 확인하지 않으니까요. 난 이미 등록했으니까
내 이름과 패스워드를 입력하면……."

사카이는 익숙한 손놀림으로 숫자 몇 개를 입력했다. 다시 화면이 바뀌고 '남성의 메시지', '여성의 메시지'라는 항목이 나왔다.

"남성의 메시지는 남자가 여자에게 메시지를 보내는 곳입니다. 일종의 '사서함'이라고 할까요? 이름과 나이, 직업, 사는 곳, 키, 체중, 외모, 취미, 어떤 여성을 만나고 싶은지 등을 적으면 됩니다. 한마디로 말해 프로필이나 신상명세서라고 할 수 있겠죠."

그는 재킷을 벗고 와이셔츠 소매를 걷었다. 나는 눈을 비비면서 어정쩡하게 고개를 끄덕였다.

"여성이 내 프로필을 보고 괜찮다 싶으면 내게 메시지를 보내는 겁니다."

"프로필을 적으면 메시지가 온다고?"

나는 믿어지지 않아서 눈을 크게 떴다. 그리고 필요 이상으로 가까이 다가온 사카이의 얼굴을 손으로 밀쳐냈다. 입 냄새와 술 냄새가 뒤섞여서 코를 찔렀다.

"열흘쯤 올려두면 하나 정도는 오지 않을까요?"

"그런 건 싫어. 귀찮아."

나는 얼굴을 찡그리며 손을 흔들었다. 무작정 기다리기만 하는 건 너무 한심하지 않은가?

"선배는 그렇겠죠. 하지만 이쪽을 보면 생각이 달라질걸요." 그는 '여성의 메시지'를 클릭했다. "이쪽엔 조금 전과 반대로 여자의 정보가 실려 있어요. 나이며 취미며 필요한 정보는 거의 다 있죠. 그걸 보고 마음에 든 여자에게 메일을 보내면 돼요. 그 메일이 마음에 들어 여자가 답장을 보내면 그때부터 메일 교제가 시작되는 거죠."

"성격 급한 사람은 기다리다 숨넘어가겠군. 더 간단히 할 순 없어?"

나는 그렇게 말하고는 앉아 있던 의자를 조금 옆으로 돌렸다. 고속도로 밑에서 손님을 기다리는 택시의 긴 줄이 눈에 들어왔다. 평소와 똑같은 광경이다.

"간단하지 않으니까 재미있는 거 아닌가요? 어쨌든 한 번 해보세요. 분명히 빠질 겁니다."

이 세상에 그런 것에 빠지는 사람이 과연 있을까.

"그래? 그게 마음대로 잘 될까?"

나는 그렇게 말하며 팔꿈치로 사카이의 몸을 쿡 찔렀다. 사카이가 사이트를 닫고 자신의 메일함을 열었다.

"잘 되고말고요. 이걸 보고 기절하지나 마세요."

나도 모르게 자세를 바로 할 만큼 자신감 넘치는 목소리였다.

"이건 일이나 개인적인 메일 이외에, 이른바 메일 교제를 하는 여자와 주고받는 메일함인데요."

그가 키보드를 이용해 화면을 불러냈다. '264통'이라는 숫자가 눈에 들어왔다.

"시작한 지 넉 달 만에 메일을 이렇게 많이 받았어요. 물론 한 여자로부터 몇 번씩 온 경우도 있으니까 264명은 아니지만요."

"많은 편이야, 적은 편이야?"

"그건 몰라요. 하지만 최근엔 일주일에 한 번 정도밖에 메일을 보내지 않아요. 그런데 이 정도니까 좋은 편이 아닐까요?"

사카이의 말에 따르면 이 사이트에서는 하루에 네 통밖에 메일을 보낼 수 없다고 한다. 그리고 사흘간, 즉 메일을 12통 보내면 틀림없이 한 통은 답장이 온다는 것이다.

"물론 여러 가지 테크닉이 필요해요. 여자들에게 메시지를 보내는 남자는 일본인뿐만 아니라 외국인도 있거든요. 외국에서도 접속할 수 있으니까요. 따라서 여자들이 받는 메일은 어마어마하게 방대하죠. 언뜻 들었는데 여자의 한 메시지에 대해 최소한 50통, 평균 70통에서 80통은 도착한다고 하더라고요. 여자들도 시간이 넘쳐나는 건 아니니까 그걸 다 읽을 순 없잖아요. 따라서 최초의 10통 안에 들어가도록 보내지 않으면 안 돼요."

"거의 운에 달렸군."

내 말에 사카이는 크게 고개를 끄덕였다.

"네, 운이에요. 하지만 운을 좋게 만드는 방법이 있죠. 메시지를 남기는 여성은 기본적으로 밤에, 또는 한밤중에 쓰는 경향이 있거든요. 그러니까 아침 일찍, 그게 어려우면 되도록 이른 시간대에 메일을 보내면 비교적 앞쪽에 들어갈 수 있어요."

"그 정도는 다들 생각하지 않을까?"

내가 의혹을 제기하자 그는 고개를 흔들었다.

"그래요. 그 정도는 다들 생각하지만 실행하기는 쉽지 않아요. 아무래도 보통 밤에 시간이 날 때 답장을 쓰게 되거든요. 그러면 본인은 빨리 답장했다고 생각해도, 실제로는 전날의 메시지에 대해 메일을 보내는 일이 많죠. 이해하시겠어요?"

"흐음."

나는 손으로 턱을 괴었다.

꽤 재미있는 이야기다.

"메일을 쓸 때도 이런저런 테크닉이 필요해요. 일단 키는 5센티미터 플러스해주세요. 체중은 5킬로그램 마이너스, 연봉은 1,500만 엔 정도가 좋지 않을까요?"

"1,500만 엔?"

재빨리 내 연봉을 떠올렸다. 솔직히 말해 내 실제 연봉은 그것의 절반밖에 되지 않는다. 그리고 지금 회사에 다니는 이상, 그 금액에 도달하려면 일흔이 넘어야 한다.

사카이가 천박하게 웃었다.

"상대는 그런 거 모르거든요. 그쪽에서도 거짓말만 쓰니까요. 지금까지 만났던 여자 중에서 가장 심했던 건 25세의 회사원이라고 했는데, 나타난 사람은 아무리 봐도 45세 이하로는 보이지 않는 여자였어요. 그때는 정말 어이가 없었다고요."

나는 가장 큰 문제점을 입에 담았다.

"아까부터 마음에 걸렸는데, 넌 정말로 실천했어?"

사카이는 가슴을 펴고 당당하게 대답했다.

"당연하죠. 시작한 지 겨우 넉 달 지났는데, 지난달부터는 매주 한 사람씩 만나요."

"설마! 거짓말이지?"

나는 입가에 하얀 거품이 낀 그의 얼굴을 보았다. 키는 170센티미터도 안 되고 머리숱은 거의 없으며 아무리 봐도 코미디언처럼 보이는 이 남자가 그렇게 교묘하게 여자를 만나리라곤 상상도 할 수 없었다.

"자세한 건 나중에 말하고, 일단 메일을 어떻게 보내는지 알려드릴게요. 한번 해보시겠어요?"

그는 내 대답을 기다리지 않고 키보드를 두드리기 시작했다.

3

내가 편히 볼 수 있도록 사카이는 모니터 화면을 나의 정면으로 돌려주었다.

"선배라면 어떻게 쓸 건가요?"

"뭐라고 쓰면 되지?"

나는 키보드에 손을 올린 채 물었다.

"일단 프로필을 채우세요."

그는 내 어깨에 몸을 기대며 트랙패드에 손을 올렸다. 젊은 여성에게 테니스의 서브를 가르쳐주는 코치 같은 손길이었다.

"신장과 체중을 일단 정직하게 입력하시겠어요? 키는 충분히 크니까 180이라고 하면 되겠네요. 체중은 얼마죠?"

"83인가?"

"그럼 78킬로그램으로 해요."

사카이가 멋대로 공백을 채웠다.

"지금 마흔 살이죠? 그럼 서른다섯 살로 하고. 취미는…… 그래, 테니스와 드라이브는 어때요?"

나는 입가에 일그러진 미소를 매단 채 대답했다.

"마음대로 해."

"미술관 순례도 좋겠네요. 선배 나이라면 약간 인텔리 같은 면이 있는 게 좋으니까요. 사는 곳은 도쿄, 이름은 혼다가 어때요? 혼다 다카오."

그는 신바람이 나서 거침없이 입력했다. 술기운이 온몸에 퍼진 것 같다.

"잠깐, 가명으로 해도 된다며? 그러면 생판 다른 이름이 좋지 않아? 이주인이라든지 도요토미 노부나가라든지."

"이 세상에 그런 이름을 가진 사람이 어디 있어요?

"그거야 그렇지만……."

사카이는 외국인처럼 어깨를 살짝 들썩였다.

"평범한 이름이 좋아요. 과거의 이력을 살펴보면 아시겠지만 기묘한 이름을 사용한 사람이 절반이 넘기는 해요. 미스터 에어컨맨이라든지 시라토리 레이오라든지. 하지만 솔직히 말하면 웃음을 노린 그런 이름은 평판이 좋지 않아요. 여자들이 그러는데 본명이나 평범한 이름으로 등록하는 편이 더 믿을 수 있다고 하더라고요."

나는 딱 달라붙은 그의 몸을 밀쳐내면서 말했다.

"혹시 이런 사이트 운영자에게 한 사람에 얼마씩 추천 수당을 받고 있어? 아니면 네가 운영하는 거 아니야? 나를 여기에 가입시키면 얼마를 받지?"

가벼운 농담에 응하지 않고 그는 앞으로 나아갔다.

"상대는 어떤 사람이 좋아요? 나이는……."

"그야 역시 젊을수록 좋지."

"그럼 20대라고 하고, 가정주부라도 상관없죠? 그리고 인쇄회사 근무."

"맙소사!"

나는 재빨리 그의 손을 잡았다. 그러면 현실하고 너무도 똑같지 않은가.

"직업은 되도록 솔직히 적는 편이 좋아요."

사카이는 그렇게 말하며 잇몸을 드러내고 웃었다.

"왜지?"

"직업을 가짜로 쓰면 나중에 앞뒤가 맞지 않게 되거든요. 20년을 한 분야에서 일하면 일에 대한 습관이 생기니까요. 갑자기 다른 직업 이야기를 하면 수상쩍게 생각할 거예요. 척 보면 다 알거든요. 옛말에 이런 말이 있잖아요. 글은 그 사람이라고요."

그의 말을 이해 못 하는 건 아니지만 직업을 그대로 쓰는 것은 마음이 내키지 않았다. 내가 계속 투덜대자 그는 마지못해 직업란을 보험회사 근무로 고쳤다.

"이제 남은 건 내용입니다. 내가 적어놓은 메시지가 있으니까 참고하세요."

사카이가 '메모' 폴더 안에서 '원고(原稿)'라고 쓰여 있는 항목을 클릭했다.

> 안녕하세요, 사카이 히로시라고 합니다.
> 올해 33세. 아오야마에 있는 모 출판사에서 편집자로 일하고 있습니다.
> 일을 싫어하진 않지만 바쁜 게 유일한 흠이라고 할까요?
> 키는 176cm, 체중은 62kg, 평균적인 체형이죠. 결혼은 아직 안 했습니다.
> 당신의 메시지를 읽었는데, 따뜻한 성품이 느껴지는 멋진 내용이더군요.
> 이런 분과 친구가 되면 얼마나 좋을까? 그런 생각이 들었습니다.
> 바쁘기는 하지만 시간을 자유롭게 쓸 수 있어서, 당신의 시간에 충분히 맞출 수 있습니다.
> 그럼 기쁜 마음으로 답장을 기다리겠습니다.

"이건 또 뭐야? 하나에서 열까지 온통 거짓말이잖아?"

내가 그렇게 비난하자 사카이는 코끝으로 비웃으며 얼굴을 돌렸다.

나는 손가락으로 메일의 내용을 따라갔다.

"키는 그렇다고 쳐. 반올림하면 170센티미터가 될지도 모르니까. 뭐 깔창을 깔면 175까지 될 수도 있겠지. 하지만 체중은 아무리 봐도 80 이하로는 안 보여."

그는 기죽지도 않고 고개를 끄덕였다.

"오늘 아침에 쟀더니 85킬로그램이더군요. 하지만 선배, 그런 건 아무래도 상관없다니까요. 어차피 누가 알겠어요? 이건 놀이예요, 놀이. 일종의 게임이라고 할까요? 그렇게 진지하게 생각할 필요 없어요. 그냥 가공의 자신이 되는 게임이라고 가볍게 생각하면 돼요."

"그럼 편집자라는 건 뭐지? 출판사에 입사한 뒤 영업밖에 한 적이 없잖아?"

"아까도 말했지만 직업은 그대로 쓰는 게 좋아요. 나라면 출판사 영업사원이라고 말이죠. 다만 내 직업은 조금 특수해요."

"특수하다니, 그게 무슨 뜻이야?"

"생각해보세요, 출판사라고 하면 세상 사람들은 모두 편집자를 떠올리죠. 출판사에 영업부가 있다는 것 자체를 모르는 사람도 많고요. 그래서 처음부터 설명하면 시간이 길어져버려요. 그러면 이미지가 나빠지니까 울며 겨자 먹기로 편집자라고 한 거예요. 완전히 다른 직업으로 하면 금방 허점이 드러나지만 편집자라면 대강 분위기를 아니까요. 원래 거짓말을 못 하는 성격이기도 하고요."

"뭐? 거짓말을 못 해? 나이가 33세라니, 38세잖아."

나는 팔꿈치로 그의 배를 찔렀다. 그는 대꾸도 하지 않고 손가락으로 모니터 화면을 튕겼다.

"아무튼 속는 셈치고 한 번 해보세요. 다 선배를 위해서 하는 말이니까요."

뜨거운 말투에서는 종교적 사명감까지 느껴졌다. 무엇이 그를 이렇게까지 빠지게 했을까?

"우리 일은 어느 의미에선 마케팅이잖아요. 이런 욕구 불만을 가진 여자들이 평소에 무슨 생각을 하는지 알아보는 것, 이것도 훌륭한 일이 아닐까요?"

"이 세상에 그런 일은 없어."

나는 빈 잔을 들고 바텐더에게 한 잔 더 달라고 부탁했다. 사카이가 혀를 쏙 내밀었다.

"그래요, 내 말이 지나쳤어요. 하지만 선배, 이걸 해보면 세상이 이상해지고 있다는 건 확실히 알 수 있어요. 특히 여자들이요."

"그래?"

바텐더가 내 앞에 내려놓은 맥주잔을 사카이가 재빨리 빼앗아갔다.

"이래 봬도 꽤 신경 쓰고 있어요. 주소는 절대로 가르쳐주지 않는다, 연락처는 휴대전화 번호만 가르쳐준다, 만날 때는 신분을 알 수 있는 명함이나 운전면허증을 가지고 나가지 않는다…… 그러지 않으면 안심할 수 없으니까요. 내겐 회사도 있고 가족도 있어요. 여러 가지 면에서 신경을 쓸 수밖에 없죠."

그건 그렇다고 나는 고개를 끄덕였다. 맥주를 들이켠 사카이가 손등으로 입술을 닦았다.

"그런데 상대는 달라요. 집주소도 말해주고 집 전화번호도 가르쳐주고, 남편이 어떤 일을 하는지도 가르쳐주고 뭐든지 가르쳐줘요. 위기의식이 하나도 없더라고요."

"그렇게 심해?"

그의 손에서 맥주잔을 빼앗아서 나는 다시 똑같은 걸 주문했다.

"보통 집 전화번호는 가르쳐주지 않잖아요?"

그렇다. 술집에 나가는 호스티스도 집 전화번호는 말해주지 않는다.

"이 여자 좀 보세요."

그가 커서를 움직이자 화면이 바뀌었다. 받은 메일함을 열자 '어제는 미안했어요'라는 제목이 눈으로 들어왔다.

전화를 못 받아서 죄송해요.

휴대전화 번호는 요전에 말씀드렸고, 만일을 위해 집 전화번호도 써둘 테니까 언제든지 전화하세요.

혼자 사니까 아무 때나 괜찮아요.

"이 사람도 집 전화번호를 가르쳐줬을걸요."

그는 다시 다른 메일을 열었다. 갑자기 주소와 이름, 전화번호가 나타났는데, 제목은 '저라도 괜찮다면 이야기 상대가 되어주세요'였다.

"뭐 이건 극단적인 사례지만요. 아마 원조교제가 아닐까 합니다."

사카이가 메일을 닫았다.

"그렇군."

"적어도 이쪽이 휴대전화 번호를 가르쳐주면 그쪽도 확실하게 가르쳐줘요. 끝까지 가르쳐주지 않는 건 메일을 보내는 목적이 장난이거나 아니면 남에게 말할 수 없는 이유가 있거나 둘 중 하나예요. 그런 여자는 끊어버리는 게 나아요. 물고기는 얼마든지 있으니까요."

"어장이 상당히 크군." 나는 사카이의 어깨를 찌르며 덧붙였다. "솔직히 말해서 지금까지 몇 명이나 만났지?"

그가 수첩을 펼치고 숫자를 헤아리기 시작했다.

"지난 넉 달 동안 서른아홉 명과 메일을 주고받았어요. 그중 열네 명을 만나고, 마지막까지 간 건 여섯 명인가? 지금 계속되고 있는 건 세 명입니다."

"이봐, 잠깐만."

수첩을 들여다보려고 하자 그는 창피한 듯 재빨리 감추었다. 인간으로서 마지막 자존심은 남아 있는 모양이다.

"한 명은 23세의 유부녀, 이 여자는 꽤 미인이에요. 더구나 뭐든지 해주고요."

"뭐든지 해준다니, 그게 무슨 뜻이야?"

그는 히죽히죽 웃을 뿐 대답하지 않았다.

"또 한 명은 31세의 이혼녀, 이 여자는 일단 보류 중이에요. 독점욕이 강해서 귀찮긴 하지만, 뭐 그런 것도 때로는 나쁘지 않더라고요."

"보류?"

"그리고 스무 살의 여대생. 역시 젊음은 소중한 재산이죠. 하지만 섹스의 느낌은 아무래도 좀 그래요. 스포츠 감각이라서 그런 면이 좀 힘들더군요. 그나저나 선배, 요즘 여자애들은 왜 그렇게 발육이 좋은지 모르겠어요."

"돈을 주고 있나?"

그것이 가장 궁금한 점이었다. 그러자 사카이는 과장스럽게 손을 흔들었다.

"돈을 주긴요. 돈이 썩었어요, 그런 여자들한테 주게요? 물론 식사비나 호텔비는 내지만요. 어쨌든 한번 해보는 게 어때요? 잘될지 안 될지는 모르지만 분명히 재미있을 겁니다. 네, 선배?"

그는 그렇게 말하며 노트북을 덮었다.

4

그런 이야기를 듣고 아무것도 하지 않고 가만히 있을 만큼 나는 윤리의식이 높은 사람이 아니다. 아니, 솔직히 말하면 오히려 낮은 쪽에 속한다.

다음 날 출근하자마자 컴퓨터를 켜고 '만남 사이트'에 접속해보기로 마음먹었다.

하지만 사카이의 말처럼 쉽게 되리라고 생각한 건 아니다. 오히려 쉽게 되지 않으리라는 의심의 마음이 컸던 게 사실이다. 또 한 가지 덧붙이자면 사카이의 말이 사실이라고 해도 내게는 통하지 않으리라는 마음도 있었다. 어쨌든 나는 마흔 살이다.

키는 그럭저럭 180이 되고 머리칼도 아직 충분히 남아 있다. 비슷한 연배의 남자에 비해 외모가 뒤떨어지지 않는다는 자부심은 있었지만, 그래도 나이의 핸디캡은 무시하지 못한다.

남들보다 뛰어나게 잘생긴 것도 아니고, 대화를 재미있게 이끌어가는 것도 아니다. 세련된 레스토랑도 모르고 돈이 남아도는 것도 아니고 시간이 자유로운 것도 아니다. 아내도 자식도 있는 회사원이라서 휴일에는 시간을 낼 수 없다. 생각해보면 전부 악조건들뿐이다.

물론 온라인상으로는 외모나 나이를 알 수 없지만 그래도 한계라는 게 있다. 이때 내 안에 성공한다는 희망이 거의 없었던 게 사실이다.

그럼에도 사카이가 가르쳐준 대로 만남 사이트에 들어가 본 것은 좋게 말하면 미지의 세계에 대한 호기심이었고, 솔직히 말하면 천박한 관심 때문이었다. 어느 쪽이든 컴퓨터 사회에서 여자들이 무슨 생각을 하고 어떻게 움직이고 있는지 알고 싶었던 건 분명하다.

나는 사카이가 가르쳐준 'Q 양의 러브어택'에 등록했다. 주소와 전화번호는 거래처인 출판사 직원의 명함을 보고 입력했다.

복잡하게 보였던 절차는 생각보다 간단하게 끝나고 즉시 '회원 가입을 축하합니다'라는 문구가 떠올랐다. 회원번호와 비밀번호를 입력하자 즉시 화면이 바뀌었다.

'프로필을 등록하겠습니까?'라는 플래카드를 들고, 고양이와 용이 합체한 듯한 'Q 양'의 캐릭터가 나타났다. 나는 'YES'를 누르고 프로필을 생각했다. 잠시 후에 완성된 내용은 다음과 같았다.

안녕하십니까, 혼다 다카오라고 합니다.

올해 35세, 긴자에 있는 제약회사에서 영업을 하고 있습니다.

실은 이런 사이트에 들어온 게 처음이라서 무슨 말을 써야 좋을지 모르겠습니다.

일단 제 소개부터 하겠습니다.

키 180cm, 체중 75kg, 대학시절에 축구를 해서 체격은 탄탄한 편입니다. 혈액형은 A형, 생일은 10월 19일 천칭자리입니다.

외모는 평범하다고 할까요? 나카이 기이치(일본의 영화배우 - 옮긴이) 씨의 아버지를 닮았다는 이야기를 종종 듣습니다.

취미는 축구, 노래방, 그리고 드라이브 정도일까요?

영업직이라서 시간은 비교적 자유롭습니다.

마음에 드시면 메일을 주십시오.

이 프로필을 메일교제희망 항목에 등록했다. 그런 다음에 여성의 메시지 일람이라는 항목으로 가서 어제와 오늘 도착한 메일 중에서 20

대 여성을 선택해 프로필과 거의 같은 내용의 메일을 네 명에게 보냈다. 사카이의 말대로 이 사이트에서는 하루에 네 명까지밖에 보낼 수 없다는 제한이 있었기 때문이다.

다음 날, 나는 평소보다 10분 일찍 출근해서 메일함을 열었다.

답장은 한 통도 없었다.

맥이 빠졌다. 하지만 처음부터 잘되는 건 아니라고 사카이도 끈질길 만큼 못을 박지 않았던가. 당분간은 이대로 계속하는 수밖에 없으리라. 나는 다시 똑같은 내용의 메시지를 등록하고, 새로운 네 명의 여성에게 메일을 보냈다.

답장이 없는 상태에서 사흘이 지났다. 다음 주에는 다른 만남 사이트를 발견해서 그곳에서도 똑같은 작업을 반복했다. 이틀간 긴장된 상태에서 기다렸지만 답장이 오지 않는다는 현실에는 변함이 없었다.

나는 현재의 상황을 그대로 써서 사카이에게 메일을 보냈다. 물론 맨 마지막에 '이 거짓말쟁이'라고 덧붙였다. 그러자 바로 사카이로부터 답장이 도착했다.

혼마 선배, 상황이 어떤지 충분히 짐작이 갑니다.

선배만이 아니라 처음에는 누구나 그렇거든요.

하지만 옛 사람들이 이럴 때 사용하라고 명언을 남겼죠.

로마는 하루아침에 이루어지지 않는다!

이대로 좌절해서는 안 됩니다. 선배의 노력은 분명히 좋은 열매를 맺을 겁니다.

그런데 선배의 메일도 완벽하다고 보긴 어렵습니다.

일단 문장이 너무나 딱딱해요. 선배 메일을 보면 메일에 익숙지 않고, 컴퓨터에 익숙지 않다는 걸 적나라하게 알 수 있어요.

몇 번이고 말하지만 상대는 머리가 나쁩니다. 더 알기 쉽게 말하고, 필요하다면 거짓말도 적당히 섞는 게 좋지 않을까요?

제약회사라고 쓴 건 상관없지만, 그곳의 부장이라든지, 연봉은 2,000만 엔 정도라든지, 하와이에 별장이 있다든지, 그 정도는 써야 합니다.

무슨 말을 하고 싶은지 알아요.

그러면 사기가 아니냐? 그런 건 금방 탄로 난다 등등…….

하지만 여자들이 그걸 어떻게 알겠어요?

잘 들으세요. 이야기를 조금 더 크게, 알기 쉽게 쓰세요.

그리고 문어체가 아니라 구어체로 쓰는 게 좋겠어요.

또 한 가지, 상대에 맞춰서 내용을 바꾸는 걸 귀찮게 여겨서는 안 돼요. 노력하지 않는 곳에 영광은 없으니까요.

선배, 요컨대 이건 영업이에요. 선배가 평소에 하는 일과 똑같아요!

그렇다면 상대에 맞춰서 여러모로 시도해보는 건 당연하지 않을까요?

나는 사카이의 조언을 순순히 받아들였다. 그의 말에는 분명히 일리가 있다. 나는 내 프로필을 검토해서 새로운 메시지를 작성했다.

안녕하세요! 처음 뵙겠습니다!

당신의 메시지를 읽었습니다. 전 혼다 다카오, 35세의 샐러리맨이죠.

도쿄의 기치조지란 곳에 사는데, 혹시 아세요?

직업은 제약회사에서 영업을 하고 있습니다.

직책은 부부장, 뭐 그럭저럭 생활엔 여유가 있다고 할까요?

그런데 작년 말에 이혼을 했더니 요즘 좀 외롭더군요.

아이가 없어서 그나마 다행이라고 할 수 있겠지만요.

어쨌든 같이 인생을 즐길 여성이 있었으면 좋겠다는 게 지금의 솔직한 심정입니다.

○○ 씨 메시지를 읽었는데, 어쩐지 느낌이 좋더군요.

나이 차이는 좀 있을지 모르지만, 좋은 친구가 될 것 같아서 이렇게 메일을 보냅니다.

취미는 축구와 노래방, 그리고 또 뭐가 있을까?

구태여 말하자면 밖에서 노는 게 특기라고 할까요?

키는 180 정도, 체중은 75kg. 옛날부터 축구를 해서 체격은 좋은 편에 속합니다.

얼굴은 뭐 어려운 부분이지만, '부드러운 하기와라 겐이치'란 말을 들은 적이 있죠. ㅋㅋ

어쨌든 괜찮으시면 메일을 주세요.

참, 그리고 차는 파제로입니다. 언제 같이 드라이브하지 않으실래요?

그리고 메시지를 하나 더 만들었다. 이쪽은 가정주부용이다. 같은 여성이라곤 하지만 역시 나이나 직업에 따라 접근 방식을 바꿀 필요가 있기 때문이다.

　　　안녕하십니까, 혼다 다카오라고 합니다.

　　　메시지를 읽었습니다.

　　　저도 결혼을 했지만 ○○ 씨처럼 최근에는 아내와의 대화가 많이 줄어들어서 부부가 나이를 먹으면 이렇게 되는 걸까, 라고 생각하는 참입니다.

　　　그렇다고 매일 싸운다든지 원수처럼 지내는 건 아니고 어디까지나 옛날 같은 정열이라고 할까, 그런 걸 찾아볼 수 없더군요.

　　　그래도(아니, 그렇기 때문일지도 모르지만) 아직 누군가를 좋아하고 싶다든지, 사랑을 하고 싶다든지, 그런 마음이 남아 있어서 고민입니다.

　　　○○ 씨도 저와 똑같은 마음이 아닐까요?

　　　저 혼자만의 착각일지도 모르지만 ○○ 씨의 메시지를 읽고, 왠지 당신이라면 제 마음을 이해해주지 않을까 하는 생각이 들더군요.

　　　당신의 답장을 받으면 하늘에라도 날아오를 것처럼 기쁘겠습니다.

　　　그럼 답장 기다릴게요.

　　이 두 가지 내용을 보관해두고, 여성의 메시지에 하루에 여덟 통씩 계속 메일을 보냈다.

이제 남은 건 오기밖에 없었다. 그리고 사흘째에 드디어 답장이 도착했다. 더구나 두 통씩이나.

처음에 도착한 답장의 주인공은 35세 가정주부였다. 사이타마의 히가시마쓰야마에 살고, 결혼한 지 10년째라고 한다.

> 안녕하세요, TAEKO예요.
>
> 메일 읽었어요. 혼다 씨는 굉장히 안정된 분이네요.
>
> 제 메일에 많은 분들이 답장을 해주셨어요. 그건 너무도 기뻤지만 대부분 뭐랄까, 제대로 읽을 수도 없는 게 많더군요.
>
> 이런 곳에 들어온 건 처음이라서 깜짝 놀랐지만 그중에서 혼다 씨 메일이 제일 마음에 남았어요.
>
> 외롭다는 말은 너무 평범하지만, 지금의 마음을 말로 표현하면 그렇게 되겠네요. 고민이 없는 게 고민이라는 것도 왠지 사치스런 느낌이 들지만요…….
>
> 혼다 씨와는 사는 곳이 조금 떨어져 있지만(아까 전철 노선도를 봤는데 한 시간 반쯤 걸릴 것 같아요) 괜찮으시면 앞으로 이런저런 얘기를 나누고 싶어요.

또 한 통은 20세의 전문대 대학생이었다.

여대생답게 여러 가지 그림과 기호가 붙어 있어서 읽기 힘들지만 내용을 정리하면 다음과 같다.

헬로, 혼다 씨.

메일 읽었어요. 어른이라는 느낌이 들더라고요.

일은 열심히 하고 계신가요?

저는 아직 학생이라서(이제 슬슬 취직을 생각해야 해요) 사회인에 대해서 잘 모르지만, 주변 남자들은 모두 어린애 같아서 혼다 씨처럼 나이가 있는 사람을 만나고 싶었어요. (하지만 파더 콤플렉스는 아니에요.)

앞으로 많은 걸 가르쳐주세요.

혼다 씨는 어린 여자애를 싫어하세요?

제가 너무 어린가요?

하지만 의외로 내면은 어른이니까(?) 앞으로 친하게 지내고 싶어요.

나는 즉시 두 통의 메일을 사카이에게 보낸 뒤, 의견을 물어보려고 전화를 걸었다.

"선배, 무슨 일이에요? 왜 이렇게 흥분했어요?"

"잔소리 말고 빨리 메일이나 봐."

수화기 너머에서 키보드를 두드리는 소리가 났다.

"아하, 두 통이나 왔군요. 역시 혼마 선배는 대단해요. 요령을 빨리 터득했네요."

"칭찬해줘서 고마워. 그런데 이제 어떻게 하면 되지?"

"나 참, 그 정도는 직접 생각해보세요. 어떻게 하긴 뭘 어떻게 해요? 이제 답장을 보내면 되죠 뭐."

마치 어린아이를 타이르는 듯한 말투였다.

"어떻게 써야 하는데? 이 여자들이 원하는 게 뭔지 잘 모르겠어."

"본인들도 모를 테니까 상관없어요. 단, 메일을 오래 주고받고 싶으면 반드시 질문을 하는 게 좋아요."

"질문이라니, 무슨 질문?"

혀를 끌끌 차는 소리가 들렸다.

"주부라면 결혼생활은 어떠냐든지, 학생이라면 동아리 활동은 무엇을 하느냐든지 말이죠. 그보다 더 기본적인 것도 있어요. 생일이 언제냐, 좋아하는 TV 프로그램은 뭐냐, 최근에 어디로 놀러 갔느냐 같은, 물을 건 얼마든지 있잖아요."

"그런데 왜 이렇게 차가워? 좀 친절하게 가르쳐주면 어디가 덧나? 난 네 대학 선배라고."

그러자 사카이는 차갑게 뿌리치듯 말했다.

"선배라면 선배답게 행동하세요. 그리고 당분간 음담패설은 금지입니다. 섣불리 그런 얘기를 하면 상대가 뒤로 빠지거든요. 전 지금 회의에 가봐야 돼요. 그럼 잘해보세요."

"이봐, 잠시만 기다려!"

전화가 끊겼다.

답장을 어떻게 써야 할까?

나는 다시 컴퓨터 앞에서 팔짱을 꼈다.

5

사카이의 말대로 몇 가지 질문에 내 근황을 덧붙여서 답장을 보냈다. 물론 새로운 상대를 개척하는 일도 게을리하지 않았다. 그날에만 새로운 상대 여덟 명에게 메일을 보냈다. 중요한 건 꾸준히 노력하는 거니까.

노력한 보람이 있어서 그 주에만 새로운 여성이 두 명 더해져, 다음 주말에는 메일을 주고받는 상대가 전부 일곱 명이 되었다. 나이와 직업은 제각기 달라서, 밑으로는 17세 고등학생부터 위로는 38세의 가정주부까지 많은 데이터가 모였다.

그러자 새로운 문제가 고개를 내밀었다.

나 혼자 해결할 수 없다는 걸 알기에, 사카이를 만나러 미나미아오야마에 있는 소세이샤에 갔다.

전화를 해도 됐지만 또 도망칠 수도 있다. 일 이야기라고 말해두어서 그런지, 사카이는 자기 자리에서 나를 기다리고 있었다. 그런데 한쪽 눈에 안대를 끼고 있는 게 아닌가.

"뭐야? 왜 이래?"

"수술했어요."

홍채염에 걸려서 지난 몇 달 동안 안과에 다녔다고 한다.

"의사 말로는 그냥 내버려두면 실명을 한다고 해서 어쩔 수 없이 수술했어요."

그는 그렇게 말하며 안대의 위치를 바로잡았다.

"그래? 힘들겠군."

얼마나 힘든지는 모르지만 나는 동정의 마음을 담아 그렇게 말했다.

"수술 자체는 대단하지 않지만 수술 전의 처치가 견디기 힘들더군요. 일단 안약 같은 걸 넣은 다음 갑자기 눈에 주삿바늘을 꽂고 마취를 하는 겁니다. 안주(眼注)라고 한다더군요."

병을 가진 사람에게는 이상한 특징이 있다. 자신의 병을 자랑하고 싶어 한다는 것이다. 그만두라고 손사래를 쳤지만 그는 아랑곳하지 않고 말을 이었다.

"움직이면 큰일 나니까 매직테이프 같은 걸로 머리를 고정해요. 그런 상태에서 바늘이 점점 가까이 다가오는 겁니다."

"그만해!"

나도 모르게 손으로 그의 입을 틀어막았다. 나는 가벼운 선단공포증으로, 날카로운 게 눈앞으로 다가오면 도저히 견디지 못하고 비명을 지른다.

"그보다 잠시 내 얘기 좀 들어줘."

"그러죠 뭐."

그는 더 말하고 싶어서 아쉬운 표정을 지었다.

나는 그를 소세이샤 1층의 찻집으로 데려갔다.

"실은 메일 말인데."

자리에 앉자마자 그렇게 말하자 사카이는 남은 한쪽 눈으로 나를 노려보았다. 그리고 일부러 땅이 꺼져라 한숨을 쉬고 나서 천장을 올려다보았다.

"그럴 줄 알았어요. 하도 일이라고 강조해서 이상하다고 생각했죠. 선배, 내가 이래봬도 꽤 바쁜 사람이거든요. 더구나 위중한 병에 걸렸다고요."

"네가 해보라고 먼저 꼬셨잖아."

"그건 그렇지만요."

나는 종업원이 가져온 커피를 한 모금 마시고 나서 말했다.

"사나이 가슴에 불을 확 지펴놓고 이제 와서 나 몰라라 하는 건가?"

"그건 술자리에서 한 얘기잖아요."

나는 발뺌하려는 그의 손목을 낚아챘다.

"설마 도망칠 생각은 아니겠지?"

"알았어요, 알았다고요."

그는 팔을 뿌리치고 내 말에 귀를 기울였다. 그러는 편이 금방 끝날 거라고 생각한 듯하다. 나는 내가 껴안고 있는 문제에 대해 말하기 시작했다.

"내가 무슨 말을 썼는지 자꾸 잊어버려. 예를 들면 A라는 여자에게 보낸 메일의 다음 내용을 B라는 여자에게 쓰기도 하지. 컴퓨터 화면상에서는 누가 누군지 모르겠어. 예전에 보낸 메일을 꺼내 확인하면 되지만 매번 그러자니 귀찮아서 말이야."

메일은 하루에 평균 다섯 통이 온다.

그것을 읽고 답장을 쓰려니 의외로 시간과 노력이 만만치 않게 들었다. 더구나 지금은 일하는 틈틈이 회사에서 메일을 보내고 있다. 상대가 무슨 말을 했는지, 그에 대해 내가 어떻게 대답했는지 일일이 확인할 시간이 없었다.

"어떻게 해야 좋을지 모르겠어. 어제도 어느 여자의 고민 상담에 답장을 보냈더니 '무슨 말을 하는지 잘 모르겠어요'라고 답장이 왔더라고. 엉뚱한 여자에게 보낸 거지. 넌 어떻게 하고 있지?"

사카이는 일소에 부쳤다.

"그건 아주 흔한 일이죠. 상대도 그렇게 많은 걸 바라진 않아요. 극단적으로 말하면 선배는 그냥 고개만 끄덕이면 돼요. 상대는 어쨌든 이야기를 하고 싶은 것뿐입니다. 자신의 이야기를 들어줄 상대가 있다는 걸 확인하면 충분하죠. 그러기 위해 메일을 보내는 거예요. 신경 쓸 필요는 전혀 없어요."

"하지만……."

사카이의 무책임한 말에 나는 머리를 감싸 안았다.

"요전에 어떤 일이 있었는지 알아요?"

그가 입술 끝에 웃음을 담았다.

말로는 이러쿵저러쿵 하면서 역시 이야기를 하고 싶어서 견딜 수 없는 듯했다.

"스무 살이라고 했던가, 아무튼 어린 여자를 만나서 분위기가 좋았어요. 그대로 호텔로 갔는데, 한창 섹스하는 도중에 '사카이 씨는 게이

오 대학 교수님이라고 그랬죠?'라고 하는 게 아니겠어요? 상대도 여러 남자와 메일을 주고받기 때문에 누가 누군지 모르는 거예요. '아니야, 착각했나 보군'이라고 하면서 그래도 할 건 다 했지만요."

"완전히 짐승이군."

달리 할 말이 없었다.

"고맙습니다. 그거 칭찬이죠?"

얼마 남지 않은 아이스커피를 단숨에 마시고 사카이는 가볍게 고개를 숙였다.

"한 가지 더 있어. 잡지에서 읽었는데……." 나는 가져온 남성 잡지를 테이블 위에 펼치고 말을 이었다. "내가 메일을 주고받는 사람들은 모두 여자일까? 네카마(온라인상에서 여자인 척하는 남자 – 옮긴이)라는 게 있다면서?"

"그런 것도 알아요? 나도 그런 생각을 한 적이 있거든요. 같은 대학 출신이라서 그런지 생각하는 게 똑같네요."

나는 빈정대듯 말하는 사카이로부터 얼굴을 돌렸다. 이런 녀석이 후배라니, 갑자기 나 자신이 한심했다.

"선배도 이제 메일의 요령을 안 것 같으니까 다음은 어떻게 만날지 생각할 때가 됐군요. 물고기를 잡는 방법은 알았으니 이제 요리하는 방법을 가르쳐달란 거죠? 하지만 그렇게 되면 재료가 좋은지 나쁜지 생각해야겠지요. 네카마인지도 확인해야 하고요."

내가 고개를 끄덕이자 사카이가 안경을 꺼내 안대 위에 썼다. 학생을 가르치는 대학 교수의 심경일지도 모른다.

"선배도 알겠지만 네카마의 90퍼센트는 유쾌범(愉快犯)이에요. 여자인 척 메일을 보내거나 채팅 상대를 놀리며 기뻐하는 거예요. 물론 가끔은 진짜 호모도 있지만요. 그런 자들 때문에 죽을힘을 다해 메일의 내용을 짜낸다고 생각하면 분명히 열 받긴 하죠."

"그렇지?"

"하지만 선배의 경우는 메일을 통해 만나니까 그럴 가능성은 거의 없어요. 채팅을 하면 네카마를 만날 가능성이 꽤 높지만요."

"제로라곤 할 수 없잖아."

나의 계속된 추궁에 그는 어깨를 들썩였다.

"최종 목적은 만나서 뭔가 하는 거니까 최후의 순간에는 피할 수 있어요. 그래도 그때까지는 시간 낭비니까 수상쩍은 경우의 대처 방법을 가르쳐드릴게요. '네카마 파이어 월'을 사용하는 겁니다."

"네카마 파이어 월?"

파이어 월(Fire Wall)이란 원래 해커가 컴퓨터에 침입하지 못하게 만드는 방어벽, 즉 컴퓨터 보안 시스템을 말한다. 그 정도의 지식은 있었지만 이런 경우에도 그런 시스템이 있다는 건 처음 알았다.

"컴퓨터 보안 시스템이 아니라 심리적 시스템을 말해요."

"심리적 시스템?"

사카이가 안경을 닦았다.

"거창한 것 같지만 특별히 어려운 건 아니에요. 한마디로 말해 남자가 모르는 질문을 하는 거죠. 가장 간단한 건 화장품입니다."

"화장품?"

그는 계속 말을 따라하는 나를 가련한 눈길로 쳐다보았다.

"화장품에 대해 묻는 겁니다. '파운데이션은 뭘 사용하죠?'라든지요. 하지만 최근에는 네카마들도 정보가 많으니까 좀 더 수준 높은 질문을 하는 게 좋아요. '글로즈는 뭘 사용하죠?' 정도로요."

"글로즈가 뭔데?"

내 반응을 보고 사카이가 손뼉을 쳤다.

"바로 그거예요. 남자들은 보통 그렇게 대답하죠."

글로즈는 메이크업을 할 때 입술을 반짝이게 하기 위해 사용하는 거라고 그는 설명했다. 여성에게는 상식 이전의 문제라고 하는데, 나는 뭐가 뭔지 알 수 없었다.

"하지만 나처럼 아는 남자도 있으니까요. 그래도 수상쩍으면 향수에 대해 물어보세요. '겔랑의 미라크는 향이 참 좋지요? 꼭 과일 같아요'라는 식으로요."

"무슨 말을 하는지 당최 모르겠군."

나는 말 그대로 두 손을 들었다.

"겔랑에는 미라크란 향수가 없어요. 그러니까 상대가 '그래요, 향이 참 좋아요'라고 대답하면 틀림없는 네카마예요."

"그런데 상대가 정말로 여자라면 어떡하지? '미라크가 겔랑이었던가?'라고 하면?"

사카이가 안대 위에서 눈꼬리 주변을 문질렀다.

"'참, 그건 랑콤이었지'라고 말하면 돼요. 둘 다 '랑'자가 들어가니까 그 정도는 착각했다고 넘어갈 수 있거든요."

"재미있군. 그것 말고는 없어?"

나는 흥미가 솟구쳐서 계속 물었다.

"패션이에요."

사카이는 어떤 질문에도 막힘없이 즉시 대답했다. 마치 예수와 제자의 대화 같다.

"상대가 젊은 여자인 경우에는 어떤 옷을 입는지, 어느 브랜드를 좋아하는지 물어보는 거예요. '올리브 데 올리브는 의외로 비싸더군'이라는 말이 제가 달고 사는 말이에요."

"올리브 뭐, 그게 뭔데?"

"젊은 여자나 여고생을 타깃으로 한 브랜드로, 그녀들의 핫 아이템이라고 할 수 있어요. 그럭저럭 쉽게 살 수 있는 가격대이지만, 마이너한 브랜드라서 아는 남자가 많지 않거든요."

"그런 것까지 알아? 정말 대단해!"

나도 모르게 감탄사가 절로 나왔다. 어쨌든 사카이는 진지하게 만남 사이트에 들어가고 있다.

"어떤 분야든지 노력하는 자가 승리하는 법이죠."

그는 침착하게 가슴 주머니에 안경을 집어넣었다.

6

지금 생각해보면 그 무렵의 나는 만남 사이트에 푹 빠져 있었다. 사카이에게 의논한 지 열흘 후, 메일 친구는 다시 네 명이 늘어났다. 그리고 처음 채팅을 하고 네카마도 적발했다.

그 남자는 세 번째 메일에서 자신은 진짜 호모이고, 교제할 남성을 진지하게 찾고 있다고 고백했다. 애절하게 말하는 그의 이야기에 감동을 받았지만 그렇다고 그와 교제할 수는 없었다. 나는 정중하게 더는 연락하지 말라고 메일을 보냈다. 그 이후 그에게 메일이 오는 일은 없었다.

채팅도 몇 번 시도해보았다. 화면상에서 직접 대화를 나눈다는 장점은 있지만 의사소통에 시간이 걸린다는 치명적인 단점을 깨닫고 더는 하지 않기로 마음먹었다.

이것은 나의 타자 기술이 떨어지기 때문이기도 하다. 나는 아직 독수리 타법으로, 상대의 말에 즉시 답장을 보낼 수 없다. 그러다 결국 '반응이 늦어서 따분해요'라는 말을 듣고 그대로 끝나는 일이 종종 있었다. 재미있을 것 같기는 했지만 익숙해질 때까지는 손을 대지 않는 편이 좋겠다. 내 경험으로 비춰봤을 때 채팅은 오히려 메일로 친해진 이후에 하는 편이 낫다.

처음에 메일을 받은 두 여성과는 어느새 연락이 끊어졌다. 그 대신 세 번째로 메일을 받은 마치다에 사는 25세의 가정주부와 열심히 연락을 하게 되었다.

'루미'라는 이름의 그 여성은 스무 살에 결혼해 아이가 둘이라고 했다. '젊은 나이에 대단하군요'라고 답장을 보내자 왜 일찍 결혼했는지 모르겠다는 하소연을 장황하게 늘어놓았다.

원래 결혼 자체를 동경했고, 그 무렵에 사귀었던 남자친구가 역시 일찍 결혼하고 싶어 해서 양친과 주변 사람의 반대를 무릅쓰고 결혼했다고 한다. 그러나 아이를 낳은 후에 생각해보니 왜 더 놀지 않았을까 매일 후회한다고 한다.

전 스무 살에 결혼하자마자 아이를 낳았어요.

물론 아이는 갖고 싶었고 사랑스럽긴 하지만 그래도 매일 아이에게 쫓겨서 얼마나 힘든지 몰라요.

겨우 아이에게 벗어나나 했더니 또 둘째가 생겼지 뭐예요?

그것도 나름 행복한 일이긴 하지만, 주변을 둘러보니 친구들은 모두 인생을 즐기고 있더라고요.

둘째 아이도 어느 정도 자라서 이제부터 내 인생을 살려고 한 순간, 이번에는 갑자기 남편이 차가워졌어요. 그러자 원래 너무나 사랑해서 결혼한 게 아니란 걸 새삼 깨닫게 되더군요.

둘 다 우연히 결혼을 하고 싶었고, 상황에 따라 결혼한 것뿐이었어요.

그러자 너무도 외로워지면서 내 인생은 뭔가 싶더라고요.

일찍 결혼해서 후회한다는 판에 박힌 이야기지만 마음은 충분히 이해할 수 있다. 오히려 흔히 볼 수 있는 고민이기 때문에 그녀에게는 더 절실했을지도 모른다.

루미는 하루에 메일 한 통, 많을 때는 세 통을 보냈다. 이렇게 열심히 메일을 보내는 사람은 처음이라서 나도 꼬박꼬박 답장을 보냈다. 주고받는 메일의 밀도가 짙어지면서 나에 대한 그녀의 의존심도 날이 갈수록 높아지는 게 눈에 보일 정도였다.

시간을 미리 정해놓고 PC방에서 채팅도 했다. 메일이라고 하면 듣기에는 좋지만 그때까지는 이른바 펜팔에 불과했다. 그런데 채팅을 하자 갑자기 실시간으로 이야기하는 것과 똑같은 상황에 도달한 것이다.

처음 채팅을 할 때는 두 사람 다, 마치 예전부터 좋아했지만 말을 걸지 못한 중학생처럼 쑥스러워했다. 나중에 생각하니 그 정도 감정은 아니었는데 그땐 왜 그랬던 걸까?

흥분을 이기지 못하고 내가 휴대전화 번호를 가르쳐주자 루미가 즉시 전화를 걸어왔다. 매우 평범한 밝은 목소리의 여성이었다.

이야기는 믿을 수 없을 만큼 빨리 진행되어, 다음 주에 마치다에서 만나기로 약속을 잡았다. 여기까지 걸린 시간은 약 2주로, 너무도 빨라서 스스로도 무서울 정도였다.

메일은 본인들 이외에 아무도 없는 두 사람만의 세계다. 그곳에서는 어떤 말도 할 수 있고 상대를, 그리고 자신을 미화할 수 있다. 이야기의 내용은 주로 채워지지 않은 현실에 대한 불만으로, 닫힌 공간에서는 두 사람만이 서로의 진정한 이해자인 듯한 생각이 든다.

더구나 전화와 달리 저장해두고 몇 번씩 다시 읽을 수 있다는 재현성이 있다. 따라서 상대에 대한 기대감이 높아지면서, 정신이 들었을 때는 연애와 비슷한 감정을 껴안게 된다. 메일 교제가 믿기 힘들 만큼 빨리 연애로 바뀌는 이유는 거기에 있는 게 아닐까?

편리하기는 하지만 단점이 없는 것은 아니다. 실제로는 한 번도 만나지 않았으므로, 막상 만났을 때는 그동안 품었던 이미지와 전혀 다를 수 있다. 나와 루미의 경우가 그러했다.

마치다의 역 앞에서 만난 루미는 하얀색에 가까운 금발에 피부숍에서 인공적으로 선탠한 피부, 그리고 화려하게 메이크업을 한 얀마마(성인이 되기 전에 아이를 낳는 등 젊은 나이에 엄마가 된 여성 – 옮긴이)였다. 그리고 그녀의 눈에 나는 아무리 좋게 봐도 피곤에 지친 중년의 샐러리맨으로 보였으리라.

서로 입을 다물지 못한 채 시선을 나누고, 우리는 눈앞에 있던 패스트푸드와 맛없는 커피를 마시고 즉시 헤어졌다. 그 이후 오늘에 이르기까지 루미에게선 아무런 연락이 없다.

모든 의미에서 이번 만남은 실패라고 할 수 있었지만, 나는 집에 가는 전철 안에서 앞으로 어떻게 할지 머리를 굴렸다.

어쨌든 만남 사이트를 통해 여자를 만날 수 있는 것은 사실이었다. 사카이의 이야기는 거짓이 아니었다. 생판 모르는 사람이라도 메일과 휴대전화만 있으면 만날 수 있는 것이다.

생각해보면 실로 놀라운 일이었다. 물론 자신과 상대의 취향에 따라 다르겠지만, 어쨌든 만날 수 있다는 사실을 안 것만으로 나름대로 의미가 있다.

그렇다면 다음엔 실패하고 싶지 않다. 이번 실패의 원인은 어디에 있었을까. 대답은 간단하다. 나를 너무 젊게 보이려고 한 것과 또 너무 좋은 점만 강조했기 때문이었다. 이미지를 좋게 포장하는 건 좋지만 현실이 따르지 않으면 상대는 너무도 큰 차이에 실망할 뿐이다.

이것은 영업과 마찬가지라는 사카이의 말이 떠올랐다. 무작정 이야기를 크게 했다가 실체가 따르지 않으면 상대는 움직이지 않는다. 오히려 이미지를 조금 낮추고, 그런 다음에 상대를 만나는 편이 성공할 확률이 높다. 남녀의 만남이란 그런 것이다.

이번 경험을 가슴에 품고 다음에는 꼭 성공하자. 나는 혼잡한 전철 안에서 연신 고개를 끄덕였다.

7

나는 나이를 38세로 끌어올렸다. 40대라고 하면 상대가 뒤로 빼겠지만 너무 젊게 하는 것도 문제가 있다. 그렇게 생각하자 38세가 하나의 마지노선이 되었다.

또한 직업이나 생활환경도 되도록 실제와 가깝게 바꾸었다. 어떤 이야기를 하든 어느 정도 진실을 말하지 않으면 상대의 마음을 잡을 수 없기 때문이다.

물론 인터넷상에서는 어떤 거짓말이라도 할 수 있다. 하지만 거짓말을 지속시키기는 쉽지 않다. 생판 모르는 업계 이야기를 오래 지속할 수 없는 것과 마찬가지다.

상대의 마음속에 의심이 태어나면 결국 모든 게 엉망이 된다. 사카이의 말이 맞았다. 그 이후 나는 그를 더욱 존경하게 되었다.

그런 식으로 진실에 가깝게 내 모습을 전한 지 한 달쯤 됐을 무렵, 전문대를 막 졸업하고 지금은 프리터(일정한 직업 없이 돈이 필요할 때마다 아르바이트를 하는 사람들 – 옮긴이)로 일하는 히로미라는 여자를 만나게 되었다.

이때는 서로 이미지가 확실해서, 그녀는 나를 보고 "생각보다 나이가 많지 않네요"라고 말했다.

상대에 대한 인상은 나도 마찬가지로, 그녀는 피부가 하얗고 조금 통통하며, 특별히 예쁘지는 않지만 남자들의 관심을 전혀 끌지 못하는 여성은 아니었다.

결론부터 말하면 나는 그녀와 하룻밤을 같이 보냈다. 믿을 수 없을 만큼 관계는 원만하게 진행되었다. 너무도 당연하게 그렇게 된 것에 당황해서, 혹시 돈이라도 요구하지 않을까 걱정했지만 그런 일은 없었다.

정말로 간단히, 매우 자연스럽게 그렇게 된 것은 신기하다고밖에 표현할 길이 없다. '말도 안 돼, 정말로 그랬단 말이야?'라고 물으면 대꾸할 말이 없지만 사실이니까 어쩔 수 없다.

그런 다음에도 두 번쯤 만나서 그때마다 육체관계를 가졌지만, 결국 서로 연락이 뜸해지다 어느 순간에 완전히 끊어졌다.

내 이야기를 들은 사카이가 그 이유를 설명해주었다.

"원래 그런 법이죠. 이유는 잘 모르지만 그런 관계는 오래 지속되지 않더라고요. 내가 제일 오래 만난 건 전에도 말했지만 한 달에 두 번쯤 만나는 유부녀로, 석 달쯤 만났을까요? 역시 만남 자체에도 문제가 있고 어딘지 뒤가 켕기기 때문이 아닐까 해요. 또 한 가지는 어느 면에서 스릴이라고 할까 두근거림을 원하는 면이 크잖아요. 하지만 관계가 계속되면 그런 마음이 희미해지는데, 그런 점도 있을 겁니다."

그럴지도 모른다. 내 이야기를 하자면 역시 아내와 딸에 대한 죄책감이 있었던 게 사실이다.

이기적인 주장이기는 하지만 나도 남자인 이상 하룻밤 논다는 마음으로 바람을 피울 수 있다고 생각한다. 도의적으로 옳은 일이 아니라는 건 잘 알고 있지만, 그래도 아슬아슬하게 안전지대에 포함된다고 할 수 있지 않을까?

하지만 계속 반복하면 아내와 딸에 대한 배신이 되어버린다. 내가 히로미와의 관계를 끊은 이유는 그것 때문이었다.

즉 간단하게 말하면 나는 아내인 요코와 딸인 아야를 사랑하기에, 가정을 무너뜨리는 위험한 짓은 하고 싶지 않다.

그 이후 나는 일주일에 한두 번씩 내 메시지를 갱신할 뿐, 내가 먼저 적극적으로 움직이지 않았다. 사카이는 여전히 왕성하게 여자들에게 메일을 보내고 결과를 보고했지만, 아무리 자극적인 이야기를 들어도 똑같은 일을 반복하고 싶은 마음은 들지 않았다.

그렇다면 메시지를 갱신하지 않으면 되지 않는가. 그렇게 말할 수도 있지만 메일 연애는 그만둘 수 없었다. 메일을 통해 얻는 신기한 감각은 무엇과도 바꿀 수 없었다.

얼굴도 이름도 나이도, 어쩌면 성별조차 분명하지 않은 상대와 나누는 미묘한 감정은 아내와의 사이에서 얻을 수 없었다. 만날 수 없기 때문에 서로에 대해 알고 싶고 나에 대해 알려주고 싶다는 욕망이 커지면서, 그 마음은 필요 이상으로 애절한 말이 되었다.

우리는 상대를, 그리고 자신을 미화한 상상의 세계에서 서로 원한다는 메일을 주고받았다.

그것으로 충분했다. 나는 더 이상 깊이 들어가지 않았고, 여기까지는 허용 범위라고 생각했다. 아내와의 사이에서 얻을 수 없는 감각이긴 하지만 아내와 딸에 대한 사랑과는 차원이 달라서, 어디까지나 생활에 사소한 기쁨을 얻는 조미료에 불과했다.

어쩌면 나만 외로운 게 아니라는 걸 확인하기 위해 메일 연애를 계속했을지도 모른다.

어쨌든 나는 좀 더 즐거운 상대, 더 자극적인 상대를 탐욕스럽게 찾았다. 사카이와는 정기적으로 만나 어느 만남 사이트가 인기가 있는지, 어떤 메일이 여성의 마음을 자극하는지, 어느 시간대에 메일을 보내는 게 효과적인지에 대해 정보를 나누었다.

그 결과 우리는 프로필을 어떻게 쓰면 여성들이 좋아하는지, 가장 중요한 최초의 사흘간에 어떤 식으로 메일을 쓸지, 어떤 만남 사이트가 흔히 말하는 '물'이 좋은지, 답장이 올 확률이 제일 높은 제목은 무엇인지, 그리고 어떻게 하면 여자를 만날 수 있는지 수많은 노하우를 손에 넣었다.

사카이는 실제의 만남에 정력을 쏟고, 나는 메일 상대와의 인터넷상 연애에서 기쁨을 발견했다. 그런 식으로 1년이 지났다.

8

내 안에서 변화가 일어난 것은 그로부터 얼마 후의 일이다. 정기 인사이동의 결과이기는 하지만 나는 영업부 부부장에서 전임부장으로 승진하게 되었다.

도요인쇄사의 경우, 전임부장은 보통 2년 내지 3년 안에 영업부장이 된다. 어느 회사에서도 그러한 것처럼 부장은 완전한 관리직으로, 제1선인 현장에 직접 관여하지 않는다.

물론 샐러리맨 인생을 생각하면 나쁜 일은 아니지만, 문제는 부장이 되면 회사에 얽매이는 무게가 지금과는 비교도 할 수 없다는 점이다.

그렇게 되기 전에 조금 더 즐겨도 되지 않을까 하는 생각이 내 안의 무언가를 미묘하게 뒤흔들었다.

나는 대학을 졸업하고 회사에 취직해서 서른한 살에 결혼했다. 5년 후에 딸이 태어나고, 그것을 계기로 아파트를 장만했다. 뛰어나게 좋은 남편, 좋은 아빠라곤 생각하지 않지만 나쁜 가장도 아니었다고 생각한다.

아내를 소중히 여기고 딸을 누구보다 사랑한다. 아내와 딸은 내게 가장 소중한 가족이다. 그런 내 마음은 두 사람에게도 충분히 전달되었을 것이다.

회사에서는 동료에 비해 뛰어난 영업성적을 올렸다든지 특별한 실적을 남긴 적이 없지만 치명적인 실수를 하거나 커다란 손해를 끼친 적도 없다. 나는 그런 유형의 사람이다.

가정에서나 직장에서나 일탈하지 않고 상식적인 길을 담담히 걸어왔다. 잘못 살았다고 생각하진 않지만 다른 한편으로 너무 심심하게 사는 게 아닐까 하는 생각이 들었다.

승진했기 때문에 이렇게 생각한 것은 아닐지도 모른다. 오히려 나이 때문이 아닐까? 무슨 일을 하든 40대 중반이 지나면 안정되는 게 당연하지만, 그때가 이미 코앞으로 다가왔다. 앞으로 몇 년이 지나면 사회인으로도 가장으로도 별 문제가 없는 걸 가장 큰 행복으로 느끼는 나이가 되어버린다.

그것은 어쩔 수 없는 일이지만 이대로 떠밀려서 그렇게 되기는 싫었다. 조금이라도 저항해보고 싶었다. 그때 나의 뇌리에 가장 먼저 떠오른 게 만남 사이트였다.

단 한 번만 만남을 전제로 메일을 주고받을까. 여자를 만나 특별히 무엇을 하겠다는 것은 아니다. 아내를 배신할 생각은 없었다.

다만 지금까지는 만나지 않음을 전제로 메일을 보냈다면, 앞으로는 만남을 전제로 메일을 보내보자. 전제 조건을 바꾸면 좀 더 리얼한 즐거움을 얻을 수 있을 것이다.

나는 약 1년 반 만에 메일 교제의 조건 항목을 바꾸었다. '메일 교환 상대'를 찾는 것에서 '실제로 만날 수 있는 사람'이라는 부분에 표시를 한 것이다. 그래도 꺼림칙함은 사라지지 않아서, 딱 한 사람뿐이라는 규칙을 스스로에게 부과했다.

또한 외근을 해도 언제든지 메일을 확인할 수 있도록 거래처인 소세이샤 근처에 있는 PC방 회원으로 가입했다. 일주일에 한두 번 다니며 그곳에서 메일을 확인하기로 한 것이다.

과거의 경험으로 볼 때 만남이 목적이라면 시간은 오래 걸리지 않는다. 하지만 한 사람뿐이라는 규칙이 있기 때문에 좀처럼 이렇다 할 만한 상대를 발견할 수 없었다. 수많은 여성과 메일을 교환했지만 내가 좋으면 상대가 마음에 들어 하지 않거나, 분위기가 좋으면 거리가 멀거나 해서 어느 여성과도 만남에 이르지 못했다. 그래도 상관없었다. 만날지도 모른다는 설렘이 긴장감을 높여주었기 때문이다.

마흔이 지나서 이런 것에서밖에 즐거움을 찾지 못하는 나 자신이 한

심하다고 사카이에게 메일을 보내자 '쉰이 넘은 나이에 술집 여자한테 빠지는 것보다는 낫지 않나요?'라는 답장이 돌아왔다. 아무래도 이것은 남자들에게 통과의례나 마찬가지인 모양이다.

그 후에도 실제로 여자를 만나는 일은 없었다. 몇 달이 지나는 사이에 나와 PC방 점원인 금발과의 관계는 더욱 친밀해졌지만 그것 말고는 아무런 변화가 없었다.

9

손을 들자 금발이 새 아이스티를 가지고 다가왔다. 이 PC방의 요금 시스템은 시간제이고 음료수는 무제한이었다.

"오늘은 어떠세요? 좋은 여자가 있나요?"

금발이 여성의 메일을 클릭하는 내 손을 들여다보았다. 금발은 내가 무슨 목적으로 여기에 오는지 알고 있다.

"상황은 별로 다르지 않아. 이것 봐, 이 여자도 지난주부터 계속 메시지를 올리고 있어."

'가나가와의 푸린'이라는 여성의 이미지 일러스트가 나를 향해 손을 흔들었다.

"예전부터 이상한 생각이 들었는데, 이런 여자들은 돈 때문에 그럴까, 아니면 남자에 굶주려서 그럴까?"

금발이 치아를 드러내며 웃었다.

"난 전문가가 아니라서 잘 모르겠어요. 그런 건 혼마 씨가 더 잘 알잖아요."

"아무리 생각해도 모르겠어. 한 가지 아는 건 이 여자들에게 보낸 메일에는 답장이 온 적이 한 번도 없다는 거야."

내 상상이지만 이런 식의 '단골'이라고 할 수 있는 여성은 사이트의 분위기를 띄우기 위해 운영자가 집어넣은 가짜일 것이다. 다른 만남 사이트에서도 자주 보기 때문에 그렇게 생각했을 뿐 확증은 없다. 물론 이름은 바뀌지만.

"다른 여자는 어때요?"

"이 여자는 처음 같아."

나는 커서를 이동시켰다. 닉네임은 '너스데스(간호사입니다, 라는 뜻의 일본어 – 옮긴이)'로 되어 있었다. 어설픈 말장난이다.

안녕하세요, 처음 뵙겠습니다.

도내의 병원에 근무하는 간호사 리카예요.

올봄에 애인과 헤어지고 나서 행복한 만남이 없었어요.

매일 병원과 집만 왔다 갔다 하니까 가끔 숨이 막힐 것 같더라고요.

밖에서 노는 건 별로 좋아하지 않고, 집에서 느긋하게 있는 걸 좋아해요.

하지만 이런 저를 누가 바꾸어주셨으면 좋겠어요.

괜찮으시면 메일 교환부터 시작해보시지 않을래요?

내성적이고 말주변도 없고 이런 건 처음이라서 재미가 없을지도 몰라요. 하지만 기다릴게요. 인연을 즐겁게 이어갈 수 있는 사람이면 좋겠어요.

잘 부탁합니다. 리카.

"간호사래요. 괜찮을 것 같은데요?"

금발의 말을 무시하고 나는 그녀의 프로필을 확인했다. 키는 165센티미터, 체중은 50킬로그램, 가슴 33, 허리 24, 엉덩이 33.

"꽤 크군."

"이 정도면 보통 아닌가요?"

나는 의자에 앉은 채, 빈 아이스티 잔을 쟁반에 올려놓은 금발 앞으로 몸을 돌렸다.

"실제론 키가 170쯤 될 거야. 날씬하긴 하지만 조금 신경질적이고, 성실하지만 자기 성격을 별로 좋아하지 않을 거고. 섹스는 행위 자체보다 전희를 좋아하는데, 본인은 인정하지 않을 가능성이 있어. 동시에 욕구 불만이 있지만 본인이 알고 있는지 모르겠군. 피부는 하얗지만 까무잡잡한 경우에는 선탠을 했기 때문일 거야. 머리는 짧거나 어깨까지 내려올지도 모르고. 아마 스트레이트일걸."

"잠깐만, 잠깐만요. 그게 무슨 말이에요? 메일만 보고 그런 걸 어떻게 알아요?"

한니발 렉터 박사를 처음 만났을 때의 클라리스 스탈링 같은 눈으로 금발이 나를 보았다.

"이 세상에는 플러스마이너스 5의 법칙이란 게 있지. 그 법칙에 따르면 키가 165라고 하면 실제론 170이야. 아주 간단하지."

금발이 이의를 제기했다.

"잠깐만 기다리라니까요. 마이너스인 경우도 있을 수 있잖아요? 어디 보자, 그럴 경우에는 160이군요."

"키가 작을 때는 어떤 형태로든 자신의 체형에 대해 말하는 법이야. 그런데 이 여자는 그런 말을 하지 않았어. 그리고 그런 여자는 자신의 몸에 대해 콤플렉스를 가지고 있는 경우가 많아. 키 큰 여자는 작게 말하고 싶어 하지. 그래야 남자들이 좋아한다고 생각하니까."

나는 그렇게 말하고 나서 고개를 가로저었다.

"그런가요? 난 키 큰 여자가 더 좋던데."

나는 금발의 말을 무시하고 다음 단계로 나아갔다.

"그렇게 생각하면 이 여자는 상당히 말랐든지 조금 뚱뚱하든지 하겠지만, 플러스마이너스 5의 법칙을 적용해서 오히려 말랐다고 생각하는 편이 좋아. 즉 키 170센티미터에 체중 45킬로그램이 되지. 이 정도면 빼빼 마른 거잖아?"

"그렇군요."

금발이 감탄하는 표정으로 고개를 끄덕였다.

"체격과 직업을 동시에 생각하면 예민할 수밖에 없을 거야. 물론 성실하긴 하겠지만 그런 자신의 현실을 인정하는 여자라면…….." 나는 컴퓨터 화면을 두드리면서 말을 이었다. "이런 곳에 오진 않아. 아마 성실한 것에 조금 싫증이 나지 않았을까? 따분한 일상으로부터 도망치고 싶은 심정이겠지. 다만 욕구를 적나라하게 드러내는 건 좋아하지 않고, 체형으로 볼 때 여성으로선 아직 발달하지 않아서 섹스도 적극적이진 않을 거야."

"와아, 정말 대단해요! 꼭 FBI 수사관 같아요!"

"하지만 간호사로 일하는 이상 섹스에 관해선 개방적이고 동경도 있을 거야. 호기심도 강할 테니까 적극적이고 싶은 마음도 있겠지."

"피부가 하얀 건요? 그건 어떻게 알았는지 모르겠어요."

금발이 고개를 갸웃거리는 걸 보고 나는 다시 화면을 두드렸다.

"거의 집에 틀어박혀 있다고 했잖아. 그런데 어떻게 피부가 까맣겠어? 다만 이런 여성은 피부를 까맣게 태워야 남성들과 놀 수 있지 않을까 해서 까맣게 태웠을 가능성도 없진 않아."

"머리가 짧고 스트레이트란 건 어떻게 알죠?"

"간호사가 머리를 길게 기르면 이상하잖아. 직업상 규칙이 있을지도 모르고. 성격으로 봐도 이런 여자는 머리에 손대는 걸 별로 좋아하지 않더라고. 어쩌면 파마를 싫어할지도 몰라. 사고방식이 보수적이니까."

"그런 분석은 얼마나 정확하죠?"

금발이 의심의 표정을 풀지 않는 모습에 나는 웃으면서 대답했다.

"글쎄, 이론은 완벽하지만 세상은 이론대로 되지 않으니까."

"하긴 그래요. 혼마 씨는 그냥 메일 마니아니까요."

내가 실제로는 메일 상대를 만나지 않는다는 걸 금발은 알고 있다.

나는 당당하게 가슴을 폈다.

"난 이론가야."

"그런 게 그렇게 자랑스러우세요?"

금발은 커피를 한 모금 마시고, 손으로 입술을 닦았다.

"이 여자의 직업이 진짜 간호사라면 70퍼센트는 맞지 않을까? 물론 거짓말을 했다면 다르지만."

"그래서 어떻게 할 거예요?"

"물론 이렇게 할 거야."

나는 마우스를 잡은 손가락을 움직여 아이콘에 커서를 대고 클릭했다. 아이콘에는 '메시지를 보내겠습니다'라고 쓰여 있었다.

10

그로부터 30분 뒤, 나는 PC방을 나와 회사에 가서 남은 일을 처리하고 퇴근했다. 도요인쇄사는 마루노우치에 있어서, 내가 사는 구가야마까지는 한 시간쯤 걸린다.

집에 도착해 문을 열자 딸인 아야가 정신없이 뛰어왔다. 초등학교에 들어가고 나서 딸이 질리지도 않고 계속하는 마중 의식이었다.

"아빠, 이제 와?"

딸은 내 팔에 매달려 그대로 등으로 올라갔다. 내 몸에 매달리면 발을 땅에 대서는 안 된다는 게 딸의 규칙이다. 나는 현관에 가방을 둔 채 그대로 딸을 업었다.

"아야, 천장 조심해. 요전에도 천장에 부딪혀서 아프다고 하루 종일 울었잖아."

아내인 요코가 앞치마에 손을 닦으며 주방에서 얼굴을 내밀었다. 웃으면 눈이 보이지 않을 만큼 가늘어진다.

"안 울었거든!"

딸이 소리치며 두 손을 들어올렸다. 손이 조명에 닿자 몸이 크게 휘청거렸다. 그러자 작은 손으로 내 머리채를 잡고 떨어지지 않도록 균형을 취했다.

"아야야~ 아빠 머리 다 빠지겠다."

딸은 신나게 까르르 웃었다. 아내가 "아휴, 못 말려"라며 어깨를 들썩이고는 주방으로 들어갔다.

다른 집에서도 그러겠지만 아이는 그 집안의 왕이다. 딸은 그날 학교에서 있었던 일을 전부 말할 때까지 자려고 하지 않았다. 소파에 누워 있는 내 다리 위에서 끊임없이 재잘재잘 이야기를 늘어놓았다. 무슨 말인지 알아들을 수 없었지만 오늘은 선생님이 동화를 읽어준 모양이다.

"아야, 그만해. 이제 씻자."

아내가 딸의 손을 잡았다.

"싫어. 아직 얘기 안 끝났단 말이야."

"흐음."

아내가 무서운 표정을 지으며 눈을 치켜떴다. 딸이 아내의 기척을 느끼고 움직임을 멈추었다.

"아야, 괜찮아? 엄마 말 안 들어도 돼?"

"하지만……."

아내가 두 손을 앞으로 내밀었다.

"괜찮아? 괜찮아? 아야, 괜찮아?"

딸이 불안한 표정으로 내 목을 껴안았다. 나는 살며시 딸의 두 팔을 잡았다.

"알았어. 그럼 엄마의 간지럼 공격을 받아라!"

아내가 딸의 옆구리를 간질였다.

"엄마, 간지러워! 그만해, 그만해!"

딸이 웃으면서 몸을 비틀었다. 내가 잡고 있어서 몸을 피할 수도 없다. 딸은 계속 비명을 지르면서 웃었다. 아내가 간지럼 태우기를 그만두어도 웃음은 멈추지 않았다.

"간지럼 놀이 끝! 아야, 이제 씻을 거지?"

"씻을 거야."

딸이 침을 흘리면서 고개를 끄덕였다. 이것은 우리 집에서 매일 하는 놀이였다.

"좋아! 아야, 아빠랑 씻자."

내가 일어서자 딸이 원숭이처럼 팔짝 뛰어올라 매달렸는데, 묵직함이 그대로 전해졌다. 딸의 빠른 성장에 당황하면서 나는 딸을 매단 채 욕실로 향했다.

다 씻고 나서 거실에서 맥주를 마시고 있자 아내가 딸을 재우고 나왔다. 딸이 어릴 때는 셋이 같이 잤지만, 초등학교에 들어간 후로 모녀와 나는 침실을 따로 쓰고 있다.

"나 요즘 살찌지 않았어?"

아내가 속옷 차림으로 그렇게 말하며 나를 쳐다보았다.

"그래? 난 모르겠는데?"

"여기가 이렇게 잡히는데 뭐. 사람들이 내 배만 쳐다보는 것 같아서 창피해 죽겠어."

아내가 아랫배를 잡자 손가락 사이로 살이 삐져나왔다. 아내바보는 아니지만 아내는 몸매가 좋은 편이다. 올해 서른여덟이지만 아직 어린 티가 남아 있는 가느스름한 얼굴은 서른 살이라고 해도 충분히 통할 정도다.

"창피하긴. 그 정도가 딱 좋은데 뭐."

아내가 쑥스러운 표정을 지으며 미소를 짓자 커다란 눈동자가 가늘어졌다.

"이런 식으로 점점 나이를 먹는 거겠지."

"피장파장이야."

"그건 그래."

아내가 내 배를 쳐다보았다. 셔츠 밑에서 늘어진 뱃살이 조용히 숨을 쉬었다.

"여보, 나도 좀 줘."

아내는 그렇게 말하며 잔을 가져왔다. 캔 맥주를 따라주자 한꺼번에 들이켜고 작은 숨을 토했다.

"맥주는 처음의 한 모금이 제일 맛있어."

나는 고개를 끄덕이고 "한 잔 더 마실래?"라고 말했지만 아내는 고개를 흔들었다.

"아니, 씻을 거야. 내일 엄마들 모임이 있거든."

아내는 세면대 앞에서 거울을 들여다보았다. 그리고 가벼운 웨이브의 긴 머리를 헤어밴드로 고정했다.

"엄마들 모임은 왜 오전에 할까?"

"글쎄."

나는 그렇게 대답하고 리모컨으로 TV를 켰다. 예능 프로그램이 나오고 있다. 최근에 잘나가는 젊은 연예인이 하나도 비슷하지 않은 성대모사로 웃음을 자아내고 있다.

"이 녀석, 요즘 자주 나오네."

나도 모르게 중얼거렸을 때, 눈 주위를 마사지하던 아내가 말을 걸었다.

"여보, 이번 주 토요일에 쉬어?"

"아마 그럴걸."

"기치조지에 새 중국집이 생겼대. 가보고 싶어."

"어린애를 데려가도 된대?"

오른쪽, 왼쪽, 오른쪽으로 회전하던 손가락이 움직임을 멈추었다.

"그렇다나 봐. 오노 씨에게 들었는데, 분위기도 괜찮대."

오노 가요코는 같은 아파트의 다른 동에 사는 우리 부부의 친구다.

TV 화면을 눈으로 좇으면서 나는 고개를 끄덕였다. 마사지를 마친 아내가 "그럼 약속했다!"라고 말하며 눈웃음을 지었다.

"비싸진 않겠지?"

"글쎄, 가격 얘긴 못 들었어."

아내가 얼굴만 내밀고 작게 웃었다. 나는 "비싸봤자 얼마나 비싸겠어?"라고 말하며 TV를 껐다. 해야 할 일이 떠오른 것이다.

11

아내가 욕실에 들어간 걸 확인한 뒤, 내 방에서 컴퓨터를 켰다. 메일 두 통이 도착해 있었다.

리카예요. 답장해주셔서 감사해요.

리카는 이런 메일을 보내본 게 처음인데, 다들 굉장하네요.

밤에 퇴근하고 집에 와서 컴퓨터를 켰더니…… 메일이 산더미처럼 쌓였더라고요!

72통이나 왔네요.

하지만 답장은 한 사람에게만 쓰기로 이미 결심했어요.

처음이라서 좀 불안하기도 하고…… 몇 사람에게 메일을 보낼 수 있을 만큼 빠릿빠릿하지도 않고요.

메일을 전부 읽고 마음에 든 사람이 세 명 있었지만 '에잇!' 하고 혼다 씨로 정했어요…….

어떡하죠? 제 선택이 틀리지 않았으면 좋겠는데요.

앞으로 많은 걸 가르쳐주세요.

혼다 씨는 저 같은 사람보다 훨씬 어른스러운 것 같아요.

그런데 괜찮으시겠어요? 저 같은 사람이라도…….

그럼 또 연락주세요. 리카.

다른 메일을 열어보자 이것도 리카에게 온 것이었다. 특별한 내용은 아니었다.

몇 번씩 보내서 죄송해요.

리카예요.

메일을 보내는 게 처음이라서 갑자기 불안해서요.

제대로 보냈는지, 제대로 도착했는지…….

죄송해요.

메일을 처음 보내는 사람들에게 흔히 볼 수 있는 현상이다. 메일 교제가 아니라 업무에서지만, 나도 처음에 메일이 제대로 도착했는지 걱정이 되어 상대에게 전화로 확인한 적이 있다. 그때는 "그럴 바에야 처음부터 전화를 걸면 되잖아"라며 비웃음을 샀지만, 처음에는 누구나 그런 법이다. 리카의 불안은 충분히 이해할 수 있었다. 나는 잠시 화면을 바라보고 나서 답장을 쓰기 시작했다.

혼다입니다. 답장해주셔서 감사합니다.

72통이라니, 굉장하군요!

역시 간호사라는 게 효과가 있었을까요? ㅋㅋ

그중에서 저를 선택해주셔서 감사합니다.

저야말로 저 같은 사람이라도 괜찮을까요?

리카보다 딱 열 살이 많더군요.

뭐 나이가 많은 만큼 인생 경험도 풍부할지 모르죠.

서로 좀처럼 만날 수 없는 나이대인 만큼 그런 의미에서는 좋은 경험이 되지 않을까요?

애인이 없다고 했는데, 이렇게 좋은 분이 왜 애인이 없을까요?

바쁘기 때문인가요?

일도 좋지만 지금은 인생을 즐기는 편이 좋아요.

리카 정도의 나이에 간호사로 일하는 분들은 어떤 곳에서, 어떤 것을 하면서 놀까요?

역시 노래방에 갈까요?

우리 나이가 되면 이미 안정기에 접어들었기 때문인지, 반대로 그 나이대 분들이 어떤 것을 하면서 노는지 관심이 있습니다.

앞으로 많은 이야기를 할 수 있었으면 좋겠군요.

그럼 오늘은 이만.

어떤 여자일까? 나는 보내기 버튼을 누르면서 생각했다.

일단 메일의 내용이나 문장에서 꺼림칙한 느낌은 없었다. 첫 번째 메일에서 자신에 대해 장황하게 말하거나 생활의 불평을 늘어놓거나 지나치게 친밀하게 말하는 여성이 있는데, 리카는 그런 여자와는 다른 것 같았다.

그런 여자는 만나고 싶지 않았다. 아마 자기 멋대로 행동해서 상대를 피곤하게 만들 것이다. 반면에 리카의 메일에서는 그런 무절제함을 느낄 수 없었다.

오히려 겁이 많고 우유부단한 여성이라는 느낌이 들었다. 지금 여기는 내가 있을 곳이 아니라 어딘가에 내 자리가 있다고 믿는 여자.

하지만 그곳이 어디인지는 모르고, 어떻게 찾아야 할지도 모른다. 어찌할 수 없어서 매일 후회와 망설임 속에 살고 있는 그런 여자.

일단 첫인상은 만점이었다. 계속 연락하고 싶게 만드는 여자는 오랜만이었다.

"괜찮아. 당신의 선택은 옳았어."

나는 컴퓨터의 전원을 끄면서 중얼거렸다. 더 이상 생각해봐야 소용없다. 이 단계에서는 아무리 상상해도 정답이 나오지 않을 것이다.

12

"콰쾅!"

다음 날 아침, 여느 때처럼 딸이 난폭하게 깨웠다. 옷을 갈아입고 책가방을 등에 멘 채 자고 있는 내 위로 펄쩍 뛰어오른 것이다.

"아침입니다! 아침입니다!"

딸이 소리를 치면서 손발을 버둥거렸다. 이불과 함께 딸을 껴안으면서 슬슬 이 놀이를 그만두는 것이 좋겠다고 생각했다. 하루가 다르게 성장하는 딸의 체중을 견디기 힘들었다. 이대로는 내 몸이 남아나지 않으리라.

나는 딸을 껴안고 침대에서 내려왔다. 등에 있는 책가방을 들어 올리자 딸이 팔을 쭉 뻗었다. 하늘을 나는 시늉을 하는 것이다.

"어머나, 일찍 일어났네?"

식탁에 토스트 접시를 늘어놓던 아내가 돌아보았다. 티셔츠에 청바지 차림이다. 나는 딸을 소파에 앉히고 TV의 일기예보에 눈길을 돌렸다.

"비가 올까?"

"비 올 확률이 20퍼센트래. 아침 운동은 벌써 끝이야?"

평소 같으면 어느 한쪽이 질릴 때까지 딸과 씨름을 하지만 오늘은 그럴 시간이 없다.

나는 우유를 한 모금 마시고, 불만스러운 얼굴로 나를 올려다보는 딸의 머리를 어루만지면서 대답했다.

"오늘은 급한 일이 있어서 좀 일찍 가야 돼."

내 머릿속은 리카의 메일로 가득 찼다.

매일 새로운 메일이 오고 있지만, 리카의 메일에는 기대하게 만드는 무엇인가가 있었다.

기분 좋은 반응이라고 할까?

지난 석 달 동안 스무 명이 넘는 여성과 메일을 주고받았지만 내 쪽에서 만나고 싶다고 생각한 것은 한 사람뿐이었다. 그것도 그렇게 뜨겁게 생각한 건 아니다. 이 정도면 나쁘지 않다는 수준이었다.

더구나 상대는 그렇게 생각하지 않았는지 메일은 즉시 끊어졌다. 물론 리카와의 메일도 즉시 끊어질 가능성이 있다. 다만 내 마음속에는 한 가지 예감이 있었다.

말로는 표현할 수 없는 즐거운 예감. 오랜만에 좋은 상대를 만났다는 행복한 기대감.

회사에 도착하자마자 즉시 컴퓨터를 켰다. 평소보다 20분이나 일찍 출근해서 그런지 사무실에는 아무도 없었다.

초기 화면이 나오고, 마우스를 움직였다. 흥분과 기대감으로 가슴이 파도를 쳤다. 서둘러 메일함을 열었다. 메일이 새로 도착했음을 알리는 표시가 깜빡이고 있었다.

리카의 메일이었다.

리카예요. 답장해주셔서 고마워요.

자기 전에 혹시나 해서 메일함을 열어봤더니 혼다 씨의 메일이 도착해 있었어요.

얼마나 기뻤는지 몰라요. 진심으로 감사드려요.

첫 메일을 받았을 때부터 그랬지만, 혼다 씨의 말은 항상 내 마음에 깊이 닿아요. 이런 게 연륜일까요? 나이가 많다는 뜻이 아니라 인생 경험이 많다는 뜻이에요.

혼다 씨 연배의 사람은 좀처럼 만날 수 없으니까 많은 이야기를 나누고 싶어요.

흐음, 애인이 생기지 않는 건 아마 기회가 없기 때문일 거예요.

직업이 간호사다 보니 항상 바쁘거든요. 일의 교대도 불규칙하고 토요일과 일요일에도 쉬지 못하는 경우도 있고…….

사람들과 어울려서 떠드는 것도 좋아하지 않아서 미팅에도 잘 참석하지 않아요. 물론 친구들은 매번 같이 가자고 하지만요.

그리고 지난번 연애에서 많이 지쳤거든요. 그 사람은 저보다 두 살이 적었는데 저에게 너무 집착해서 구속이 심했어요.

다른 남자를 만나면 안 된다, 말을 해서도 안 된다, 라는 식으로요.

독점욕이 강한 사람이었거든요. 그만큼 절 사랑한다고 생각하면 기쁘기도 했지만요…….

결국 그가 사고를 당하는 바람에 헤어졌지만, 그 후에 제 마음속에는 연애가 귀찮다는 생각이 있는 것 같아요.

죄송해요. 계속 제 얘기만 해서요.

혼다 씨에게 답장을 받고 너무나 기뻐서, 저도 모르게 말이 많아졌네요.

시시한 이야기를 해서 죄송해요.

이미 잠자리에 드셨겠죠? 오늘은 어떤 꿈을 꾸실까요?

다음에 또 쓸게요. 리카.

나는 화면을 원래대로 돌리고 손가락으로 오드리 헵번을 튕겼다. 그렇군. 그녀에 대해서 조금은 알게 되었다.

메일 교제는 처음의 몇 번이 가장 어렵다. 스스럼없는 이야기를 하면서 상대의 정보를 손에 넣어야 한다. 그 정보에 따라 전략을 생각하고 상황에 대처해야 하는 것이다.

나는 불을 붙이지 않은 담배를 입에 문 채, 다음 메일의 내용을 연구하기 시작했다.

13

메일 교환은 중고등학교 시절의 연애 감각과 비슷하다. 서로 자신의 정보를 조금씩 흘릴 뿐 결코 처음부터 모든 걸 말하지는 않는다.

상대의 반응을 보면서 공통점을 찾거나 관심이 없는 화제라도 관심이 있는 척을 해야 한다. 자신에 관해 말할 때에도 너무 장점만 늘어놓으면 금방 질리고, 지나치게 겸손하면 무시당한다.

물론 자주 연락해야 하지만 하루에 몇 번씩 연락하면 끈질기다고 생각하고, 그렇다고 그냥 내버려두면 자신에게 마음이 없다고 생각한다. 원래 끈이 약하기도 해서, 잘 진행시키지 않으면 아무런 연락도 없이 버림받을 가능성이 있다. 어디까지 줄다리기를 해야 할지 판단하기가 쉽지 않다.

그런 면에서 볼 때 가장 중요한 것은 최초의 사흘간이다. 그 시기만 잘 극복하면 그 후에는 조금 편해진다.

나와 사카이의 경험을 종합해볼 때, 최초의 사흘간에 메일 네 통을 보내는 것이 제일 좋은 결과로 이어졌다. 하루에 두 통 이상 보내면 귀찮게 여기고, 어느 면에서는 민폐가 될 수도 있다. 반면에 하루에 한 통이라고 정해두면 마치 정해진 시간에 연락하는 것처럼 기대감이 없어진다.

첫날은 한 통, 둘째 날은 두 통, 그리고 셋째 날은 다시 한 통. 이것이 우리가 만들어낸 법칙이다. 그리고 넷째 날에는 메일을 보내지 않는다.

여기가 중요한 포인트로, 그때 상대가 '왜 답장을 보내지 않았어요?'라고 하면 주도권은 자신이 갖게 된다.

처음 메일을 주고받으면 나는 이 법칙에 따라 사흘간 메일을 보내면서 내 정보를 조금씩 가르쳐준다. 리카도 마찬가지였다. 나는 사흘 동안 리카에 대한 필요 최소한의 정보를 손에 넣었다.

28세, 생일은 12월 22일 염소자리, 혈액형이 O형, 직업은 간호사. 병원은 신주쿠에 있고 현재 스기나미 구에 혼자 산다. 고향은 나가오카이고 아버지는 암으로 세상을 떠났다. 오빠가 한 명 있는데 이미 결혼했다. 도쿄에는 7년 전에 올라왔고, 지금까지 사귄 남성은 네 명이다. 최근 6개월 정도는 남자친구가 없었다. 이상형은 다정하고 포용력이 있는 남자이고 로버트 드 니로처럼 생긴 사람을 좋아한다. 필요한 데이터는 전부 다 모았다.

이렇게 수집한 정보를 근거로 상대의 성격을 분석하고 전략을 세운다. 상대의 성향에 맞춰 메일을 보내고 반응을 보면서 다시 데이터를 검토한다. 이런 모든 것이 초반에 정해진다.

리카의 대답은 거의 예상의 범주에 들어갔다. 내 질문에 하나하나 진지하게 대답하는 성실함과 얼굴도 모르는 남성과 메일을 주고받고 있다는 죄책감, 그와 동시에 가슴속에 피어오르는 나에 대한 호기심.

나아가서는 작은 모험을 즐기려는 마음이 복잡하게 뒤얽혀 있지만, 따지고 보면 이렇게 알기 쉬운 성격도 없으리라. 이런 타입의 여성에게는 강하게 밀어붙이는 게 능사가 아니다. 그녀들의 본질은 겁쟁이다.

내 정보는 어정쩡하게 주기로 했다. 나에 대해 너무 많은 걸 알려주면 상대가 위축될 수도 있다. 나에 대해 알고 싶다는 호기심을 자극하지 않으면 물고기는 그물에서 스윽 빠져나간다.

　신중하게 상황을 살피면서 한 걸음씩 나아가는 게 좋다. 요원하기는 하지만 그것이 가장 성공률 높은 방법이었다.

　나흘째에 접어들었을 때, 나는 그날 아침 도착한 메일에 일부러 답장을 보내지 않았다. 지금은 밀당을 할 필요가 있다.

　상대가 어떻게 나올지 확인한 다음에 어떻게 할지 생각해야 하는 중요한 전환점이다. 답장을 보내는 건 간단하지만 지금은 상대를 조바심 나게 만드는 게 더 중요하다.

　다음 날 아침, 리카로부터 메일이 오지 않았다.

　실패였을까? 나름대로 상대의 성격을 계산했지만 어쩌면 하루 정도 더 밀어야 했을지도 모른다. 지금이라면 아직 늦지 않았다. 다시 메일을 보내야 할까?

　나는 조급한 마음을 억누르며 리카의 메일을 기다리기로 했다. 사카이의 말에 따르면 메일 연애는 낚시라고 한다. 결과를 얻기 위해 서두르면 물고기가 도망친다. 입질이 확실하게 있을 때까지 낚싯대를 잡아당겨서는 안 된다. 이것도 메일 교제의 철칙이었다.

　한 시간마다 메일함을 열어보았지만 리카의 메일은 없었다. 지금은 기다리는 수밖에 방법이 없었다. 집에 가서도 자기 직전까지 메일함을 확인했지만 리카는 감감무소식이었다. 깊은 후회의 마음을 껴안으면서 나는 침대에 들어갔다.

다음 날 회사에 도착하자마자 기도하는 심정으로 컴퓨터를 켰다. 오늘도 리카에게서 메일이 오지 않으면 커다란 물고기를 놓친 게 된다.

물론 다시 메일을 보내면 관계가 회복될 가능성은 있다. 그러나 그런 경우에는 주도권을 그쪽이 쥐게 되고, 나는 단순히 불평을 들어주는 역할이 된다. 과거의 경험으로 비추어 볼 때 그렇게 되리라는 게 눈에 뻔히 보였다.

'제발 도착해 있어라!'

나는 구멍이 날 정도로 모니터 화면을 노려보았다. 그만큼 리카에게 끌린 것이다. 자기 이야기만 하는 여자도 아니고, 그렇다고 내 질문에 대답만 하는 시시한 여자도 아니다. 더구나 매일 반복되는 일상에 따분함을 느끼는 여자.

이 조건을 겸비한 여자는 쉽게 만날 수 없다. 만남을 전제로 메일을 주고받은 지 석 달 만에 겨우 만난 것이다.

이번 물고기는 어마어마하게 크다! 나의 직감이 그렇게 말해주었다. 이것을 놓치면 당분간 새로운 물고기를 찾지 못하고, 정처 없이 낚싯줄을 드리우는 날들이 계속되리라.

마치 슬로비디오처럼 컴퓨터가 느릿느릿 작동 화면으로 바뀌었다. 메일이 와 있을까? 나는 입술을 깨물었다.

너무 신중하게 생각하다 마지막 한 수를 잘못 두었을지도 모른다. 좀 더 시간을 들여야 하지 않았을까. 하지만 고민할 필요는 없었다. 너무도 당연한 것처럼 리카의 메일이 도착해 있었다.

혼다 씨, 리카예요.

어제는 메일을 보내지 못해서 죄송해요.

하지만 혼다 씨도 보내지 않았잖아요.

이유가 뭘까요? 혼다 씨가 싫어할 만한 내용을 리카가 썼을까요?

어제는 하루 종일 기다렸는데……

이제 끝일까요? 그렇게 생각하니 왠지 쓸쓸해요.

'다행이다!'

마음 깊은 곳에서 안도의 한숨을 내쉬며 가슴을 쓸어내렸다. 나에 대한 리카의 의존심은 확실히 높아져 있었다.

나는 즉시 답장을 보냈다. 급한 일이 생겨서 메일을 보내지 못했다고 사과한 뒤 메일 교환을 그만둘 생각은 없다, 앞으로 더 많은 이야기를 나누고 싶다, 언젠가는 직접 만나서 이야기를 하고 싶다고 했다.

저녁때 리카로부터 메일이 도착했다. '기뻐요!'라는 제목의 메일에는 오늘 아침에 내 메일을 보고 울었다, 사실은 어제도 몇 번 메일을 보내려고 했다, 자신도 나와 똑같이 앞으로 더 많은 이야기를 나누고 싶다, 만나고 싶긴 하지만 아직 겁이 나니까 조금만 더 기다려달라고 적혀 있었다.

물고기는 분명히 낚싯바늘에 걸렸다. 나는 회심의 미소를 짓고 다음 메일을 어떻게 보낼지 생각했다.

그날 밤 늦게 리카에게 메일을 보냈다. 만나고 싶긴 하지만 분명히 아직은 이르니까 당분간 메일로 많은 이야기를 나누고 싶다, 서로를 더 이해한 다음에 만나도 늦지 않다고 썼다.

다음 날 아침에 리카로부터 답장이 왔다.

안녕하세요, 혼다 씨.

리카는 물론 혼다 씨를 믿고 있고, 혼다 씨 마음을 느끼고 있어요.

다만 몇 번 쓴 것처럼 리카는 내성적이고 겁이 많기 때문에 바로 만나자고 말할 수 없어요.

사실은 만나고 싶어요. 만나서 이야기를 할 수 있으면 얼마나 좋을까요? 이유는 잘 모르겠지만 혼다 씨라면 무엇이든지 다 이해해줄 것 같아요.

혼다 씨는 진정한 어른인 것 같아요.

이런 경우에 남자들은 모두 당장 만나자고 하잖아요.

속셈이 뻔히 보일 만큼, 너무나 알기 쉬울 만큼······.

그런 면에서 혼다 씨는 어른이고, 마음의 여유가 있어서 좋았어요.

혼다 씨는 오늘 바쁘세요? 리카는 오늘 야근이라서 좀 힘들어요.

하지만 혼다 씨를 생각하면 눈 깜짝할 새에 하루가 지나가요.

오늘도 열심히 일하세요. 건강 조심하시고요.

다음에 또 쓸게요.

즉시 키보드에 손을 올리고 답장을 썼다.

나는 분명히 리카보다 나이가 많지만 결코 어른은 아니고, 마음의 여유가 있는 것도 아니다. 그보다 남자라든지 여자라든지 그런 것에 상관없이 당신과 계속 메일을 주고받고 싶다. 당신과는 마음도 맞고 이야기도 잘 맞을 것 같기 때문이다. 그래서 서두르거나 조바심을 내다 당신을 잃을 바에야 친구라도 좋으니까 오래 만나고 싶다. 실제로는 여유가 있는 게 아니라 나야말로 겁을 먹고 움츠리고 있을 뿐이다.

내용은 대충 그러했다. 리카를 잃고 싶지 않다는 건 어느 의미에서 진심이었지만, 강조하고 싶었던 건 내가 무섭지 않은 사람이라는 점이었다.

나이에 따라 달라서 한마디로 말할 수 없지만, 열 살 넘게 차이 나는 여성과 메일을 주고받는 경우에는 외모나 남자다움을 강조하기보다 아버지다움을 호소하는 편이 좋다.

오후 5시쯤 메일을 보내고 두 시간 후에 집에 도착해서 메일함을 열어봤더니, 리카의 메일이 도착해 있었다.

세상에, 혼다 씨에게 금방 메일이 오다니!

얼마나 기쁜지 모르겠어요. 가슴이 너무나 두근거려요…… 심장이 계속 쿵쾅거려서 어떻게 해야 할지 모를 정도예요.

혼다 씨는 겁쟁이가 아니에요.

아주 성실한 사람이라고 생각해요.

리카도 최대한 배려해주고 있고요.

그런 면에서 보면, 리카가 혼다 씨보다 몇 배는 겁쟁이예요.

진심으로 혼다 씨를 만나고 싶어요. 하지만 만날 수 없어요.

최근에는 여러 가지 면에서 두려움을 느끼거든요.

어쩌면 일 때문일지도 모르겠어요.

병원은 아무래도 '죽음'과 가까이 있잖아요.

교통사고로 실려 온 사람이 갑자기 죽거나 계속 입원해 있던 환자가
조용히 눈을 감거나 어제까지 건강했던 사람이 갑자기 용태가 나빠져
서 세상을 떠나거나.

그런 걸 바로 코앞에서 보니 사람의 목숨이 얼마나 덧없는지 생각하게
되더라고요. 가끔은 너무 무서워서 일을 그만두고 싶을 때가 있어요.

그래서 다른 사람과 깊은 관계를 맺는 게 두려워지고, 그렇게 생각하
는 리카가 싫어지고…… 아아, 정말 악순환 같아요.

죄송해요. 갑자기 무거운 얘기를 해서요.

하지만 혼다 씨에게는 이런 말을 하고 싶었어요. 왜일까요.

그럼 내일 또 메일을 보낼게요. 바쁘지 않으시면 답장해주세요.

아하, 그렇군.

나는 컴퓨터 전원을 껐다.

지금의 일이 힘들다, 자신을 좋아할 수 없다, 여기에 있는 나는 진정
한 내가 아니다.

이것은 메일을 통해 알게 된 여성들에게 공통적으로 볼 수 있는 현상이었다. 반대로 말하면 그런 환경에 있기 때문에 가상 연애인 메일 연애에 빠지는 것이리라. 그녀들이 원하는 것은 현실 도피다.

다음 날 리카에게 답장을 썼다.

당신은 겉으로 보기에 매우 쾌활하고 기운이 넘치며 사람들을 따뜻하게 대하는 여성일 것이다. 그것은 당신이 지금까지 내게 어떻게 대했는지를 보면 알 수 있다. 하지만 진정한 리카는 내성적이고, 마음속에 자신만의 세계를 가지고 있다. 그리고 그 세계 안에는 다른 사람을 순순히 받아들일 수 없는 가치관이 있지 않을까.

때문에 어쩔 수 없이 다른 사람에 맞춰 살아가게 된다. 그러다 보면 가끔 그런 자신이 견딜 수 없이 싫어지는 일도 있으리라.

자신을 바꿔보면 어떨까? 좀 더 용기를 내서 자신을 있는 그대로 표현할 필요가 있지 않을까?

나는 그런 내용의 메일을 보냈다.

강압적일 만큼 그녀의 성격을 분석하고 지나칠 만큼 독단적인 듯하지만 그녀 같은 여성에게 공통적으로 찾아볼 수 있는 것은 강한 남성상, 즉 강한 아버지를 원하는 심리다.

어떤 이야기라도 받아주면서 결론을 내리지 않는 남자보다 조금은 강압적이지만 힘껏 당겨주는 남자를 원한다고 나는 판단했다. 이 정도는 결코 지나치지 않다. 오히려 과감함에 끌리지 않을까?

예상한 대로 리카는 즉시 답장을 보냈다.

혼다 씨는 정말 굉장해요! 어떻게 리카에 대해 그렇게 잘 아세요?

너무도 정확히 맞혀서 왠지 부끄러워요.

그래요. 사실 리카는 학교 친구나 병원 사람이나, 어쨌든 누군가가 저를 싫어할까 봐 항상 두려움에 떨고 있어요.

무슨 일을 해도 '누군가가 귀찮아하면 어떡하지?'라는 생각이 먼저 떠올라요.

그래서 하고 싶은 일이 있어도 저도 모르게 뒤로 미루곤 하죠.

뭐든지 쉽게 포기하고, 그런 제 자신이 견딜 수 없이 싫어서 매일 한숨만 쉬어요.

그런데 어떻게 아셨어요?

혼다 씨, 혹시 리카를 아세요?

그런 일은 있을 수 없지만 그렇게밖에 생각할 수 없어요.

어쨌든 세상은 참 넓네요. 어떻게 이런 일이.

이 세상에 이렇게 리카를 이해해주는 사람이 있었다니.

혼다 씨에게 메일 보내길 정말 잘한 것 같아요.

여기까지는 완벽하다. 리카의 메일을 읽고 나는 흐뭇한 미소를 지으며 고개를 끄덕였다.

내가 쓴 메일은 특별한 게 아니라 돌팔이 점쟁이라도 대답할 수 있는 내용이다. 자신을 좋아하지 않는 여성 중에는 정반대로 자기애가 강한 타입이 많다.

그녀들이 진짜로 두려워하는 건 주변 사람들이 자신을 싫어하는 것, 그것에 의해 자아가 무너지는 것이다. 그래서 다른 사람과의 관계를 피하게 된다. 다른 사람과 관계를 맺으면 아무래도 알력이 생기고 감정이 격해지며 좋고 싫음이 나오게 되니까.

'다른 사람에게 미움을 받을 바에야'라는 마음으로 자신만의 세계에 틀어박히려고 하지만, 그래서는 살아갈 수 없게 된다. 그 딜레마로 인해 무의식중에 자신을 싫어한다고 말하게 되는 것이다.

리카도 역시 세상에 넘치고 있는 그런 여성 중 한 사람이라고 추측해서 메일을 보냈는데, 우연히 과녁의 한가운데에 정확히 맞았을 따름이다.

이제 결승점은 보인 것이나 마찬가지다. 이제부터는 내가 주도권을 쥐고 리카를 유도할 수 있다. 약간 마음에 걸리는 점은 리카가 과연 여성일까 하는 근본적인 의문이었다.

물론 지금까지 주고받은 메일을 보면 99퍼센트 여성임이 틀림없다. 다만 한 가지 불안한 점은 메일의 1인칭이 '리카'로 되어 있는 것이다.

자신을 이름으로 말하는 여성은 의존심이 강하고 본인을 아직 어린아이라고 인식하는 경우가 많은데, 반대로 네카마인 경우에도 본인이 여성임을 강조하기 위해 주어를 이름으로 말하곤 한다.

한참을 망설이다 리카에게 휴대전화 번호를 가르쳐주기로 했다. 조금 이르지 않을까 하는 생각도 있었지만 만나려면 언젠가는 가르쳐줘야 하고, 여자인지 네카마인지를 아는 데 그보다 더 확실한 수단은 없다고 판단했다.

그날 한밤중에 휴대전화 번호를 적어서 리카에게 메일을 보냈다. 내일 점심시간 이후라면 통화가 가능하다고 메일의 말미에 적어두었다. 과연 리카로부터 전화가 걸려올까?

14

"저기……."

그 말만 하고 상대가 입을 다물었다. 영원히 계속되지 않을까 생각될 만큼 오랜 시간이 지나고 나서 당장이라도 꺼질 듯한 여자의 목소리가 들렸다.

"혼다 씨……인가요?"

"그래요. 리카 군요."

"아아, 다행이에요. 어떻게 해야 할지 몰라서 앞이 캄캄했어요. 아무 말도 없어서요."

리카의 목소리가 눈물로 잠시 끊어졌다.

"미안해요. 목소리가 너무나 사랑스러워서 갑자기 아무 말도 할 수 없었어요."

"아이 참, 처음부터 농담을 하시다뇨."

리카가 토라진 것처럼 말했다.

모르는 여성과 처음 전화로 대화를 하게 되면, 나는 반드시 상대의 목소리를 칭찬해주고 있다. 목소리가 참 귀엽다, 섹시하다, 어른스럽다 등등…….

하지만 빈말이 아니더라도 리카의 목소리는 아름다웠다. 약간 낮은 톤, 어미가 가볍게 떨리는 특징 있는 억양, 촉촉이 젖은 듯한 매력적인 콧소리. 목소리를 듣기만 해도 등줄기가 파도를 치는 듯했다. 나는 모든 신경을 귀에 집중했다.

"정말입니다. 그런 말 자주 들죠?"

"목소리만 그래요. 혼다 씨, 지금 괜찮아요?"

주변에 신경 쓸 필요는 없었다. 리카가 전화를 걸어오리라 예상하고 소회의실을 잡아두었던 것이다. 지금 회의실 안에는 나밖에 없다. 더구나 이제 막 점심시간이 시작되어서 사무실에도 사람은 거의 없었다. 준비는 완벽했다.

"괜찮고말고요."

"가슴이 얼마나 두근거리는지 몰라요. 심장박동 소리를 들려주고 싶을 정도예요."

"나도 그래요."

실제로 내 심장의 고동도 평소보다 빨라졌다. 처음으로 같은 반 여학생에게 전화를 걸었던 중학교 1학년의 여름이 떠올랐다.

"별안간 전화번호를 가르쳐주셔서 얼마나 놀랐다고요. 처음엔 어떻게 해야 할지 몰랐어요. 전화를 걸어도 될까 아침부터 계속 고민하느라 밥도 못 먹었고요."

"그렇게 깊이 생각할 필요 없었는데요. 그냥 통화를 해보고 싶었어요. 지난번에 목소리를 듣고 싶다고 했잖아요."

리카는 당황한 목소리로 말했다.

"그건 진심이었어요. 그렇게 되면 좋겠다, 그런 뜻이었어요."

"어느 쪽이든 상관없지 않아요? 이미 전화를 하고 있으니까. 이제 와서 전화를 끊는 것도 이상하고요."

나는 가볍게 웃었다.

"그래요. 이미 전화를 걸었으니까요. 하지만 굉장해요. 저 자신에게 깜짝 놀랐어요. 리카가 이렇게 용기가 있다니."

수화기 너머에서 리카의 밝은 웃음소리가 들렸다.

"리카는 지금 뭐하고 있어요?"

"벌써 병원이에요. 지금 탈의실인데, 잘 들려요?"

잘 들린다고 대답하자 "다행이에요"라고 말하며 리카는 크게 한숨을 토해냈다.

"벌써 일하러 갔군요. 미안해요, 이 시간에 전화하라고 해서요."

"괜찮아요. 하지만 오래 얘기할 수 없을지도 몰라요. 아아, 속상해요. 기껏 통화가 되었는데 오래 얘기할 수 없다니."

메마른 금속음이 들렸다. 리카가 무엇인가를 두들기는 소리 같았다.

"속상해하지 말아요. 어쨌든 오늘 통화할 수 있었고, 이게 마지막 전화도 아니니까요."

"그럼 또 걸어도 돼요?"

리카의 목소리가 밝아졌다.

"앞으로는 언제든지 통화할 수 있어요. 그러니까 오늘 오래 얘기할 필요는 없죠. 이번에는 인사라고 생각하세요."

"그렇군요. 또 걸면 되는군요……."

목소리에 아쉬움이 잔뜩 배어 있었다.

"그래요. 언제든지 걸어도 돼요. 아! 일하느라 못 받을 때가 있을지도 모르지만 그럴 때를 대비해서 미리 사과할게요."

나는 큰 소리로 대답했다. 여기서 망설임을 느끼게 해서는 안 된다.

"그건 저도 마찬가지예요. 일하는 중에는 걸지 않을게요. 그건 당연하잖아요."

"어? 지금 일하는 중이 아닌가요?"

내가 놀리자 리카가 애교 섞인 목소리로 항의했다.

"혼다 씨가 이 시간에 걸라고 하셨잖아요."

"참, 그랬죠. 미안해요."

리카의 목소리가 갑자기 멀어지더니 "네!"라고 대답하는 소리가 들렸다. 그리고 목소리가 다시 가까워졌다.

"죄송해요. 간호부장님한테 들켰어요. 다음에 또 전화할게요."

"알았어요. 리카, 당신 전화번호를 가르쳐주지 않을래요?"

전화가 걸려왔을 때 휴대전화 액정 화면에는 '발신번호 표시제한'
으로 되어 있었다.

"다음엔 내가 걸게요. 전화비도 무시 못 하잖아요."

"다음에 가르쳐줄게요. 지금은 빨리 가봐야 하거든요."

나는 고개를 끄덕였다.

"그렇겠군요. 일 열심히 하세요."

"혼다 씨도요. 그럼 실례할게요."

잠시 침묵이 이어졌다.

"리카, 왜요?"

왜 전화를 끊지 않느냐는 뜻이었다. 그러자 리카가 가냘픈 목소리로
대답했다.

"혼다 씨가 먼저 끊으세요. 리카가 먼저 끊을 순 없어요."

"난 또 뭐라고. 그런 걸 뭐 하러 신경 써요? 난 괜찮으니까 빨리 끊고
일하러 가세요. 간호부장님한테 혼나면 어쩌려고요."

내 얼굴에 미소가 감도는 것이 느껴졌다.

"안 돼요. 리카가 먼저 걸었는데, 앞서 끊을 순 없어요."

"알았어요."

이래서는 한창 수줍음이 많은 중학교 2학년생이 아닌가? 이대로 있
으면 둘 다 언제까지나 휴대전화를 붙잡고 있어야 한다.

"그러면 먼저 끊을게요. 괜찮겠죠?"

"잠시만 기다려요. 너무 아쉬워요."

슬픈 목소리였다.

"떼쓰지 말아요."

"알았어요."

리카가 작은 목소리로 대답했다.

"그럼 또 통화해요."

플립을 닫았다.

착한 여자다. 나는 웃음이 터져 나오는 걸 가까스로 참으면서 자리에서 일어섰다.

15

그로부터 일주일 동안 나와 리카는 하루도 빠짐없이 메일과 전화를 주고받았다. 메일이든 전화든 시시한 말들뿐이었지만, 그래도 두 사람의 거리가 가까워지는 것을 손에 잡힐 듯이 알 수 있었다.

일반적으로 메일 연애는 보통 연애에 비해 진행 속도가 빠르다. 얼굴이 보이지 않음으로써 친밀도가 더 높아지고, 메일에서는 입에 담기 부끄러운 말이라도 할 수 있다는 독특한 심리 때문이라고 하는데, 어쨌든 리카와 내 관계는 급속히 깊어졌다.

날이 갈수록 나에 대한 리카의 의존도는 높아지고, 나도 끊임없이 그것을 부추겼다. 그동안의 긴장감은 무엇과도 바꿀 수 없을 만큼 짜

릿했다.

직접적인 만남보다 이 시기가 즐겁다는 사람도 있을 만큼, 마음이 사랑으로 바뀌는 걸 확실히 알 수 있는 이 시기야말로 어쩌면 메일 연애의 묘미일지도 모른다. 이번에는 나도 만난다는 목표가 분명하기 때문에 마음이 한껏 부풀어 올랐다.

처음 메일을 보내고 일주일 만에 내게는 아내와 아이가 있다고 밝혔는데, 그것에 대한 답장에는 '대강 짐작했어요'라는 제목이 붙어 있었다.

> 혼다 씨 나이에, 그리고 혼다 씨처럼 멋진 분에게 아내가 없는 일은 있을 수 없잖아요.
> 메일을 주고받으면서 왠지 그런 생각이 들더라고요.
> 슬프지만, 마음이 아프지만, 그래도 어쩔 수 없잖아요.
> 혼다 씨가 결혼할 때, 혼다 씨는 리카를 못 만났으니까……
> 혼다 씨에게 아내가 있어도, 아이가 있어도 리카의 마음은 변하지 않아요. 오히려 그런 것까지 솔직히 말해주셔서 리카의 마음은 점점 더 혼다 씨에게 향해요.

메일을 읽고 나서 이제 괜찮겠다고 판단했다. 지금까지 시간을 들여 신중하게 상황을 살펴봤지만 이제 슬슬 마무리를 짓는 편이 좋을 것 같았다.

이쯤에서 만나지 않으면 좋은 사람으로 끝날 가능성이 있다. 딱 한 사람만 만나고 만남 사이트를 그만둔다면, 상대는 리카밖에 없다는 게 내 결론이었다.

한 가지 찜찜한 점은 리카가 아직 자신의 연락처를 가르쳐주지 않은 것이었지만, 그녀에게도 나름대로 이유가 있었다.

"만약 가르쳐주면 리카는 충견 하치코(주인이 세상을 떠난 뒤에도 계속 시부야 역 앞에서 주인을 기다렸다는 충견 - 옮긴이)처럼 하루 종일 전화기 앞에서 당신 전화만 기다릴 거예요."

그 말을 듣고는 더 이상 강요할 수 없었다. 그 대신에 나는 다음 같은 메일을 보냈다.

이제 우리 둘 다 서로에 대해 충분히 이해했다고 생각해요.
더 깊이, 더 많이 이해하고 싶다면 역시 만나는 수밖에 없지 않을까요?
난 리카를 만나고 싶어요.
실은 집사람과 사이가 좋지 않다는 이유도 있지만…….
리카는 내가 그동안 계속 찾고 있던 운명의 여인 같다는 생각이 들어요.
다음 주 목요일과 금요일에는 시간을 낼 수 있는데, 리카는 어때요?

운명의 여인이라는 말에 스스로도 닭살이 돋았지만, 메일의 경우에는 이런 케케묵은 말이라도 아무런 거부감 없이 할 수 있다. 이번처럼 서로의 얼굴을 모를 때는 더욱 그렇다.

그리고 이렇게 거창한 표현이 아니면 상대의 마음에 닿지 않는다는 걸 나는 경험을 통해 배웠다.

일요일 밤에 메일을 보내고 나서 침대로 파고들었다. 이제 남은 건 리카의 대답뿐이다.

다음 날은 아침부터 회의의 연속이었다.

이번 분기 결산보고를 시작으로 이번 달 목표와 예산관리, 내년도에 도입하는 페이퍼리스(Paperless) 전표제도의 설명회, 각 팀의 업무 회의 등 나는 시간에 쫓기며 사내 회의실을 돌아다녔다.

어느 회사나 마찬가지이지만 의미가 있는 회의는 거의 없다. 알고 있는 사항을 확인하는 따분한 시간일 뿐이다. 하지만 회의란 본래 그런 것일지도 모른다.

전표제도의 설명회 때 휴대전화가 두 번 울렸지만, 모두 발신번호 표시제한이라서 그냥 놔두었다. 리카일까? 아니면 다른 사람일까? 어느 쪽이든 회의 도중에 받을 필요는 없으리라. 나는 휴대전화의 전원을 끄고 주머니에 넣었다.

평소처럼 각각의 회의가 조금씩 지연되어서 모든 회의가 일단락되었을 때는 12시 반이 조금 넘었다. 동료가 점심을 먹으러 가자고 했지만 나중에 간다고 하면서 그대로 회의실에 남았다. 음성 메시지를 들어야 했기 때문이었다.

"음성 메시지가 열두 건 있습니다."

기계음이 그렇게 말했다.

열두 건? 무슨 일이 있었던 걸까?

"리카예요. 왜 전화를 안 받죠? 지금 어디 있어요?"

그 말뿐이었다. 기계음이 시각을 말하고 즉시 두 번째 메시지가 흘러나왔다.

"리카예요. 어떻게 된 거예요? 빨리 전화 좀 받아요!"

1분쯤 침묵이 이어지고 그대로 메시지가 끊어졌다. 설마 열두 건 모두 리카의 메시지는 아니겠지.

"리카인데요."

"혼다 씨, 뭐하는 거예요? 왜 전화를 안 받죠?"

"지금 누구와 같이 있어요? 설마 아내와 같이 있는 건 아니겠죠?"

"리카를 무시하지 말아요. 리카는 무시당하는 게 제일 싫어요!"

"부탁이에요. 제발 전화 좀 받으세요."

"장난 그만하고 빨리 전화 받으세요! 안 받으면 화낼 거예요!"

"왜 전화를 안 받죠? 빨리 전화 받아요!"

"당신의 목소리를 듣고 싶어요."

"리카를 버릴 거예요?"

마지막 메시지에는 울음소리만이 흘러 나왔다. 나는 아연해서 메시지를 모두 삭제했다. 어떻게 이런 일이……. 마치 어린아이 같지 않은가?

기계음이 알려주는 시각을 듣자 리카의 메시지는 거의 몇 분마다 반복되었다. 마지막 메시지를 삭제한 순간, 휴대전화의 진동음이 들렸다. 나는 플립을 열었다.

리카였다.

"혼다 씨, 왜 전화를 안 받았죠?"

"회의가 길어졌어요."

"변명하지 말아요! 리카는 변명이 제일 싫어요!"

거친 호흡이 이어졌다.

"변명이 아니에요. 정말로 회의 중이었어요. 리카야말로 무슨 일이 있었어요? 메시지를 그렇게 많이 남기다니."

나는 당황해서 황급히 달래려고 말했다. 끊어질 듯 이어지는 거친 숨소리가 들렸다. 잠시 후, 리카가 갑자기 애교를 부렸다.

"혼다 씨가 전화를 안 받아서 그랬어요. 리카가 얼마나 슬펐는지 아세요?"

"미안해요. 하지만 난 월급쟁이예요. 전화를 못 받을 때도 있어요. 그건 당신도 이해하죠?"

"이해는 하지만 그래도……."

리카는 잠시 입을 다물고 나서 "죄송해요……"라고 중얼거렸다.

"죄송하긴요. 나무라는 게 아니에요. 그냥 좀 놀랐을 뿐이에요. 이해해주면 그걸로 됐어요."

여기에서 리카의 기분을 상하게 만들면 지금까지의 고생이 전부 물거품이 된다.

"미안해요. 정말 미안해요. 혼다 씨, 리카가 싫어졌어요?"

"그럴 리가요, 리카가 왜 싫어지겠어요? 그런 일은 있을 수 없어요!"

나는 필요 이상으로 크게 대답했다.

"다행이에요. 혼다 씨가 전화를 안 받았을 땐 눈앞이 캄캄했어요."

리카가 코를 훌쩍이며 눈물 젖은 목소리로 말했다.

"이제 괜찮아요. 그보다 내가 보낸 메일 봤어요?"

"네."

작은 목소리가 들렸다.

"이번 주에 만날 수 있어요?"

"네. 리카도 만나고 싶어요."

수줍은 목소리가 돌아왔다.

그러자 딱딱하게 굳었던 어깨에서 힘이 빠졌다. 평소의 리카로 돌아왔다. 내가 전화를 받지 않자 일종의 패닉 상태에 빠졌던 모양이다. 그렇게 생각하자 음성 메시지를 열두 건이나 남긴 것도 이해가 되었다.

"목요일과 금요일, 어느 쪽이 좋아요?"

"가능하면 금요일이요. 목요일에 야근하고 금요일은 쉬거든요. 저녁때라면 아무 문제 없어요."

"그럼 금요일에 만나요. 나도 저녁엔 시간을 낼 수 있으니까 7시쯤 만나는 게 어때요?"

리카가 갑자기 말을 머뭇거렸다.

"저기, 혼다 씨…… 외모는 너무 기대하지 마세요. 리카는 외모에 자신이 없어요."

나는 웃으면서 대꾸했다.

"그건 나도 마찬가지예요. 난 서른여덟 살이에요. 리카의 눈에는 평범한 아저씨일 거예요."

"그렇지 않아요! 절대로 그렇지 않아요!"

리카가 필사적으로 부정했다.

"어쨌든 벌써 금요일이 기대되는군요. 장소와 시간은 메일로 알려줄게요."

리카의 당황한 모습이 사랑스러워서 나는 미소를 지었다.

그녀는 멍한 목소리로 대꾸했다.

"혼다 씨를 만날 수 있다니, 꿈만 같아요."

"나도 마찬가지예요."

나는 시계를 보았다.

이제 가지 않으면 점심을 굶을 수도 있다. 자세한 건 메일로 보내겠다고 말하고 나서 전화를 끊었다.

그나저나 어떻게 된 걸까? 메시지를 열두 건 남긴 리카와 지금 통화한 리카는 완전히 딴사람이다. 목소리는 똑같지만, 뭐랄까 분위기가 완전히 다르다.

지금은 생각해봤자 소용이 없으리라. 나는 먼저 간 동료들과 합류하기 위해 회의실을 나왔다.

16

다음 날 아침, 리카로부터 또 전화가 걸려왔다. 나를 만나는 것만이 유일한 즐거움이라고 거듭해서 말하고, 정말로 만나줄 거냐고 몇 번이고 확인했다. 그때마다 나는 정말로 만날 거라고 대답하며 리카를 안심시켰다.

그러나 전화는 한 번만이 아니었다. 오전 중에만 네 번이 걸려왔다. 내가 할 수 있는 일은 똑같은 대답을 반복하는 것뿐이었다. 골치 아픈 여자와 엮였을지도 모른다는 생각이 고개를 치켜들기 시작했다.

오후가 되어서 다음 분기 예산을 위해 부장과 의논하고 있을 때, 우리 부서의 이케다 모모코가 휴대전화를 높이 치켜들었다.

모모코는 이제 겨우 스물여섯이지만 우리 부서에서 제일 실적이 좋았다. 쓸데없이 큰 목소리와 기묘한 패션 센스를 제외하면 더할 나위가 없는 직원이었다.

"혼마 씨, 휴대전화가 울고 있어요."

"알았으니까 내버려둬!"

나는 그렇게 말하며 손을 흔들었다. 또 그 여자이리라. 마음속으로 혀를 차고 부장과 이야기를 계속했다.

의논을 마치고 자리로 돌아오자 화려한 하이비스커스 무늬의 블라우스를 입은 모모코가 다가와서 내 책상을 가리켰다.

"휴대전화는 책상 안에 넣어뒀어요."

나는 서랍을 열면서 말했다.

"왜?"

"아까부터 계속 울어대는 통에 시끄러워서 일을 할 수가 있어야죠."

"사채업자야."

농담으로 말했지만 모모코는 웃지 않고 휴대전화를 가리켰다. 착신음이 울리고 있었다.

"보세요, 또 왔어요. 굉장한 집념이네요."

"쓸데없는 소리 하지 마."

나는 가볍게 모모코를 노려본 뒤, 휴대전화를 들고 비상계단으로 향했다. 그곳에는 거의 사람이 가지 않는다. 플립을 연 순간 고막을 찢는 소리가 들렸다.

"왜 전화를 안 받았어요!"

순간 어안이 벙벙해서 휴대전화를 귀에서 뗐다.

"잠시 회의 중이었어……."

말이 끝나기도 전에 내 말을 뒤덮듯이 리카가 소리쳤다.

"왜 전화를 안 받아요! 왜 리카를 무시하고 그래요! 리카를 그렇게 괴롭히고 싶어요?"

"그런 생각은……."

비상계단 위에서 발소리가 들렸다. 황급히 송화기를 손으로 덮었다.

"리카를 무시하지 말아요. 리카는 그런 취급을 받을 만한 여자가 아니에요. 전화를 걸었으면 즉시 받아야죠!"

평소의 리카 목소리가 부드러운 솜털이라면 이 목소리는 날카로운 금속이다.

나는 겨우 그녀의 말을 가로막았다.

"잠깐만, 잠깐만! 제발 진정해요. 마음은 이해하지만 어쩔 수 없잖아요. 일은 해야죠."

"거짓말. 사실은 딴 여자와 있었죠? 리카를 좋아한다고 한 것도 다 거짓말이었죠?"

"아니에요. 정말 회의를 했다니까요!"

"리카와 그 여자, 둘 중에 누가 더 좋아요?"

말이 통하지 않는다. 이런 상황에서는 계속 말해봐야 시간 낭비일 뿐이다.

"어쨌든 지금 일하는 중이니까 나중에 얘기해요. 네?"

"안 돼요. 도망칠 생각이군요. 지금 당장 말해요. 리카를 사랑한다고, 리카를 세상에서 제일 사랑한다고요!"

그때 비상구 문이 열리고 눈앞에 하이비스커스가 나타났다. 나는 반사적으로 전화를 끊었다.

"무슨 일이야?"

실험동물을 관찰하는 눈길로 나를 보고 나서 모모코가 입을 열었다.

"부장님이 찾아요. 예산 분야에서 물어볼 게 있대요."

손 안의 휴대전화가 파르르 떨면서 착신음이 울리기 시작했다.

"또예요?"

모모코가 입술 끝을 일그러뜨렸다. 전원을 끄자 휴대전화가 움직임을 멈추었다.

"괜찮아. 아무것도 아니야."

나는 비상구 문을 잡고 있는 모모코 앞을 지나 통로로 들어갔다.

"계속 이러면 사모님께 이를 거예요."

등 뒤에서 조롱하는 듯한 모모코의 목소리가 쫓아왔다. 나는 얼굴에 굳은 미소를 매달고 돌아보았다.

"그게 무슨 소리야? 그런 거 아니거든."

"네, 아니겠죠."

모모코는 가볍게 받아넘기며 자기 자리로 돌아갔다.

그 이후 나는 휴대전화의 착신음을 껐다. 이제 주변에서 수상한 눈으로 보는 일은 없으리라. 그 대신 진동 기능은 살려두어서, 전화가 오게 되면 진동으로 알 수 있다.

재킷 안주머니에 휴대전화를 넣고 그날 일을 마쳤다. 휴대전화가 몇 번 몸을 떨었지만 모두 발신번호 표시제한이라서 받지 않았다.

처음에는 리카의 전화를 독점욕의 표현이라고 생각했다. 그래서 한편으론 사랑스럽게 여기기도 했다. 하지만 이렇게 끈질기게 전화하면 민폐라고밖에 볼 수 없다. 이 여자는 메일 교제의 암묵적인 규칙을 깨뜨렸다.

리카에 대한 내 직감이 틀렸음을 인정할 수밖에 없었다. 애초에 만남 사이트 따위에 빠진 것 자체가 잘못이었다.

그런 짓은 하지 말았어야 했다. 가족을 배신하는 일을 해서는 안 되었다. 어떤 문제에 휘말려도 변명할 여지가 없다.

그러나 나의 반성은 이미 늦었다. 다음 날 아침 맨 먼저 부재중 메시지를 확인하자 기계음이 "음성 메시지가 20건 있습니다"라고 가르쳐주었다. 20건은 내 휴대전화의 음성 메시지 서비스가 보관할 수 있는 최대 숫자였다.

회사에 가는 전철 안에서 메시지를 들었다. 메시지는 전부 리카에게 온 것이었다. 그녀는 협박과 애원, 간청, 읍소, 눈물 등 모든 수단을 동원해서 전화를 받아달라고 요구했다.

메시지는 약 30분 간격으로 녹음되었는데, 마지막 메시지를 녹음한 시각은 새벽 4시가 넘었다. 이게 무슨 짓인가. 이 여자는 잠도 자지 않는 건가?

나는 일부러 메시지를 삭제하지 않고 그대로 놔두었다. 어차피 지우면 또 전화를 걸어 새로운 메시지를 남길 것이다. 그런 헛소리를 일일이 들을 만큼 한가하지 않다.

회사에 도착한 순간 휴대전화가 몸을 떨었지만, 상대가 누구인지 확인할 마음도 들지 않았다. 다만 계속 내버려두면 언젠가 일에 지장을 초래하게 된다. 한 번 제대로 말할 필요가 있으리라.

오전 중에 계속 전화가 왔지만 점심시간이 될 때까지 무시했다. 나는 점심시간이 시작되자마자 회의실에 틀어박혔다. 마치 그때를 기다렸던 것처럼 휴대전화가 몸을 떨었다. 액정 화면에서 발신번호 표시 제한이라는 글자를 확인하고 나서 전화를 받았다.

축축한 리카의 목소리가 귀로 뛰어들었다.

"아아, 다행이다! 리카는 간밤에 한숨도 못 잤어요. 하도 전화를 안 받아서 사고라도 난 줄 알았잖아요."

나는 냉정하게 대답했다.

"바빴어. 매번 전화를 받을 만큼 한가하지 않아."

그러나 리카는 내 말을 듣지 않았다.

"괜찮아요. 혼다 씨가 무사하면 됐어요."

울면서 말하는 그녀를 향해 나는 차갑게 내뱉었다.

"아무튼 이제 전화하지 마. 음성 메시지도 남기지 말고. 당신이 계속 녹음하는 바람에 음성 메시지 기능을 사용할 수 없잖아. 굉장히 민폐 라고, 알아?"

"리카의 목소리를 많이 들어서 혼다 씨도 기쁘죠?"

이 여자는 도대체 무슨 말을 하는 건가?

"사람이 말을 하면 좀 들어! 지금 민폐라고 하는 거 못 들었어?"

"민폐요? 뭐가요?"

어린아이 같은 천진난만한 목소리였다.

"언제든지 전화하라고 한 건 혼다 씨잖아요. 전화를 못 받으면 메시 지를 남기라고 했고요. 그래서 리카는 그렇게 했어요. 그러면 안 되는 건가요?"

"웃기지 마! 상식이라는 게 있잖아! 메시지를 스무 건이나 남기는 사람이 어디 있어?"

아무도 없는 회의실 안에 내 목소리가 울려 퍼졌다.

"그보다 왜 메일을 안 보냈어요? 금요일에 어디서 만나요?"

내 분노를 무시하듯 리카가 이야기의 방향을 바꾸었다.

"이제 그 약속은 없어. 당신과는 안 만나. 만날 마음이 사라졌어!"

나는 목소리에 힘을 주어 강력하게 말했다. 당연하지만 리카를 만날 마음은 완전히 사라졌다. 이제 와서 생각하니 왜 이렇게 어리광 부리는 여자를 만나고 싶었는지 스스로를 이해할 수 없었다.

"또 마음에 없는 말씀을 하시네요. 부끄러워서 그렇죠? 리카를 만나고 싶지 않을 리 없잖아요."

리카가 밝게 웃었다.

"무슨 말이야?"

그제야 겨우 깨달았다. 이 여자는 어딘가 이상하다. 무엇인가가 빠져 있다.

"리카가 만나준다고 하면 행복하게 받아들여야죠."

틀림없다. 이 여자는 미쳤다.

"당신 같은 여자는 만나고 싶지 않아."

그러자 손뼉을 치는 소리가 났다.

"화났다, 화났다! 혼다 씨, 그거 알아요? 사람은 진실을 들으면 화가 나거든요."

"잘 들어, 다시는 전화하지 마! 계속 끈질기게 따라다니면 내게도 생각이 있어. 자꾸 이러면 경찰에 신고할 거야."

"아이 참." 리카가 한숨을 쉬었다. "또 화났다. 혼다 씨, 많이 바빠요? 스트레스가 쌓여서 그래요? 하지만 리카가 있잖아요. 리카는 항상 혼다 씨 편이에요."

나는 아무 말도 하지 않고 전화를 끊었다. 너무나 비생산적인 대화였다. 미친 여자를 상대로 말을 해봤자 무슨 의미가 있겠는가.

그날도 하루 종일 휴대전화가 몸을 떨었다. 액정화면에 발신번호 표시제한이라고 되어 있어서 받을 필요는 없었지만, 전화기가 몸을 떨 때마다 액정화면을 확인해야 하는 게 번거로웠다.

컴퓨터의 메일함도, 아직 읽지 않은 새로운 메일로 가득 찼다. '요즘에는 왜 메일을 보내지 않아요?'라는 다른 메일 교제 상대로부터 온 메일이 한 통, 증권회사의 새로운 상품 홍보 메일이 한 통, 그것 말고도 90통이나 들어와 있었다. 전부 리카에게 온 것이었다.

나는 조심스럽게 가장 최근에 온 메일을 열어보았다. 메일은 아무런 서두도 없이 다짜고짜 본론으로 들어갔다.

기뻐요. 기뻐요, 기뻐요, 기뻐요.

조금 전에 혼다 씨 메일이 도착했어요.

그 메일을 읽었더니 갑자기 눈물이 쏟아지더라고요.

혼다 씨는 꽤 로맨티스트군요.

'첫 데이트니까 도쿄 타워에서 만나면 어떨까?'라니.

그럼 금요일에 기다릴게요.

혼다 씨를 리카의 것으로 만들고 싶어요.

빨리 만나고 싶어요.

무슨 말일까? 나는 그녀에게 메일을 보낸 적이 없다. 망상일까? 나는 그 앞에 온 메일도 읽어보기로 했다.

메일은 '혼다 씨 말이 맞을지도 몰라요'라는 뜬금없는 말로 시작되었다. 이 여자 안에서 이미 인사 같은 것은 필요가 없는 듯했다.

누군가 지켜주는 사람이 있다면……. 그렇게 생각하는 건 당연해요.

리카는 어릴 때 유괴를 당했어요.

자세히 기억나진 않지만 두 살인가 세 살 때였을 거예요.

지금까지 키워준 사람은 진짜 부모님이 아니라 모르는 사람이에요.

그래서 가끔 친부모님을 만나고 싶어요.

메일은 어이없게도 그렇게 끝났다. 나는 어안이 벙벙했다. 무슨 말인지 이해할 수 없었다. 내가 무슨 이야기를 했다고 이런 말을 하는 걸까? 다음 메일을 열었다.

이런 말을 하면 리카를 경멸할지도 모르지만 리카는 굉장히 잘 느껴요. 스스로도 부끄러울 만큼이요.

그래서 혼다 씨의 따뜻한 사랑을 받고 싶어요.

시간을 들여서 천천히, 천천히.

사실은 항상 섹스를 하고 싶어요. 섹스를 하고 싶어서 견딜 수 없을 때도 있어요.

그런 때는 너무나 천박한 생각이 들어서 어떻게 해야 좋을지 모르겠어요. 몇 명의 남자에게 성폭행을 당한다든지 반대로 리카가 남자를 꽁꽁 묶어서 온몸을 전부 핥아준다든지.

삼류 에로소설 같은 내용이 쓰여 있었다. 나는 계속해서 메일을 열었다. 몇몇 메일 안에서 그녀는 자신에 대해 말한 적이 있었다.

예전에 결혼한 적이 있었지만 4년 만에 헤어졌다, 재작년 여름에 원인을 알 수 없는 병에 걸려 석 달간 입원했다, 친엄마가 여동생을 죽였다, 예전에 일하던 병원에서 불륜을 저질렀다, 아버지로부터 성폭행을 당했다, 뉴욕에서 태어나 중학교 때까지 미국에 있었다, 두 번 임신했지만 두 번 다 유산했다, 고등학교 시절에 미스 콘테스트에서 우승했다, 자신을 버린 남자는 모두 이상하리만큼 빨리 죽는다, 스쳐 지나가는 남자와의 섹스가 제일 좋았다, 사실은 지금 일곱 살이다, 장래가 촉망되는 모델이었지만 업계의 더러운 시스템에 견딜 수 없어 그만두었다, 어렸을 때는 우량아라서 오히려 뚱뚱했다…… 그밖에도 꿈인지 바람인지 모를 자신의 모습이 지리멸렬하게 쓰여 있었다.

하나하나의 내용은 얼마든지 있을 수 있지만, 늘어놓고 보니 모순된다는 사실을 알 수 있었다. 분열된 정신이 그려내는 일종의 망상임이 틀림없다. 어떻게 이런 일이. 나는 산더미처럼 남아 있는 메일함을 닫고 앞으로 어떻게 할지 방법을 생각하기 시작했다.

17

금요일 밤 7시.

나는 회사 옥상에 있었다. 평소에는 들어갈 수 없는 곳이지만 건물 관리회사에 연락해 한 시간만 있겠다고 허락을 받았다.

그날도 아침부터 한 시간마다 휴대전화가 몸을 떨었다. 6시가 지났을 때부터 액정화면에선 10분마다 착신을 알리는 파란색 불빛이 빛났다. 약속을 확인하려는 리카의 전화이리라. 당연한 일이지만 나는 도쿄타워에 갈 생각이 없었다.

7시가 지나자 전화는 5분마다 진동을 했다. 건물 옥상에서 도쿄타워의 조명이 보인다.

리카는 정말로 그곳에 있을까? 틀림없이 있을 것이다. 지금 전화를 걸 사람은 리카밖에 없다. 도쿄타워 밑에서 나를 기다리고 있을 그 여자밖에.

시곗바늘이 7시 반을 지나갔다. 파란색 불빛은 거의 계속 켜져 있었다. 필사적으로 전화를 걸고 있는 키 큰 여자의 모습이 뇌리에 떠올랐다. 그녀는 지금 무슨 생각을 하고 있을까? 왜 내가 오지 않는지, 그런 생각을 하고 있을까?

휴대전화는 끊임없이 진동을 했다. 오직 나를 기다리는 여자의 호출음. 휴대전화의 떨림은 그 여자의 흔들리는 마음일지도 모른다. 그때 처음으로 내 안에서 연민과 비슷한 감정이 태어났다.

'리카.'

전화기를 들고 급수 탱크 앞에 섰다.

'이제 곧 편하게 해줄게.'

나는 그렇게 중얼거린 뒤, 팔을 크게 휘두르며 휴대전화를 콘크리트 벽에 내던졌다. 둔탁한 소리와 함께 플립 부분이 튕겨나갔다. 액정 부분은 여전히 빛나고 있었다. 모든 힘을 담아 힘껏 내던졌지만 최신 통신기기는 매우 튼튼한 모양이다.

다시 주워서 힘껏 내던졌다. 휴대전화가 벽에 부딪혔다가 튕겨 나왔다. 휴대전화를 줍자 액정화면에 크게 금이 가 있었다. 그래도 진동은 멈추지 않았다. 이것은 리카다. 그 여자의 집념이다.

휴대전화를 콘크리트 벽에 세우고 발뒤꿈치로 힘껏 짓밟았다. 두 동강 난 휴대전화가 겨우 움직임을 멈추었다.

오물이라도 줍듯이 휴대전화를 들어올렸다. 내일 새로운 휴대전화를 사자. 전화번호를 바꾸는 것이다. 그러면 모든 게 끝난다.

철문을 열고 밖으로 나와서 문을 잠갔다. 이제 모든 게 끝났다. 오랜만에 속이 후련했다. 탕비실로 들어가 '일반 쓰레기'라고 큼지막하게 쓰여 있는 쓰레기통에 휴대전화의 잔해를 던져 넣었다.

리카, 잘 가…….

나는 그렇게 중얼거리고 엘리베이터로 향했다.

18

휴대전화기를 새로 사서 전화번호를 바꾸자 당연한 일이지만 리카로부터 전화가 걸려오지 않았다. 그 후에도 며칠간은 불안이 떠나지 않았지만 일주일이 지나도 휴대전화는 조용했다. 열흘째에는 오랜만에 단잠을 잘 수 있었다.

사카이에게 전화해서 리카에 대해 이야기하자 느긋한 목소리가 돌아왔다.

"그 정도는 흔한 일이에요. 6개월쯤 됐을까, 내 휴대전화가 하루 종일 울리는 날이 있었어요." 그는 따분한 목소리로 말을 이었다. "전화를 받으니까 '어? 히로코가 아니네?'라고 젊은 남자가 불만스럽게 말하더라고요. 그 후로도 하루 종일 남자들이 전화를 걸어 히로코의 전화가 아니냐고 하더군요. 나중에 전화 건 상대에게 물어보니 어느 게시판에 다카하시 히로코가 자기 전화번호라고 내 전화번호를 남겼다

117

지 뭐예요?"

"그 아이돌 말이야?"

다카하시 히로코는 남자들의 사랑을 한 몸에 받고 있는 여자 아이돌의 대표 주자로, 그라비아의 여왕이라는 별명을 가지고 있다.

"그래요, 그라비아의 여왕님이요. 그래서 어떻게 된 건지 알아봤더니 예전에 만남 사이트에서 만난 여자 중 누군가가 내게 화가 났는지, 어느 게시판에 다카하시 히로코의 전화번호라고 하면서 내 전화번호를 써놓았더라고요."

"그래?" 나도 모르게 웃음이 새어나왔다. "그걸 본 머리 나쁜 고등학생이 일제히 자네에게 전화를 걸었다, 이건가?"

"뭐 세상엔 이상한 사람들이 많으니까요."

"그건 알지만 내 경우하곤 다르잖아. 리카라는 여자는 더 끈질겨. 집착이 도를 지나쳤다고!"

"그래도 계속 무시하면 조만간 지칠 거예요. 휴대전화 번호도 바꿨잖아요. 그런데 어떻게 연락하겠어요? 아마 이대로 끝날 거예요."

그는 어디까지나 낙관적이었다. 그의 말이 맞으리라. 하지만 지난 2주 동안 내가 리카로부터 얼마나 심리적 압박을 받았는지는 잘 모르는 것 같았다.

사카이의 경험은 조금 심한 장난일 뿐, 어느 누구도 심각한 피해를 입지는 않았다. 그가 스스로 초래한 불행이라고도 할 수 있다. 하지만 리카의 경우는 다르다.

원인은 알 수 없지만 어딘가에서 생긴 작은 틈이 시간이 지나면서 커지더니, 한계를 뛰어넘어 폭발했다. 그리고 어느 순간에 나에 대한 집착으로 이어진 듯했다.

단순한 악의(惡意)나 원한이 아니라 인간의 근원에 있는 무엇인가에서 뿜어 나오는 것 같았다. 내가 두려운 건 리카 안에 있는 무엇인가가 설명이 되지 않는다는 점이었다.

의미나 이유를 알면 웬만한 것은 대처할 수 있다. 그러나 아무리 머리를 굴려도 무의식의 악의에는 대처할 도리가 없다. 내가 리카에게 느낀 건 그런 종류의 위협이었다.

하지만 사카이의 말처럼 결국 대단한 일은 없으리라. 휴대전화를 버림으로써 나는 공포에서 해방되었다. 마음이 후련할 만큼 커다란 해방감에 휩싸였다.

거래처나 친구들에게 휴대전화 번호가 바뀌었다고 연락하는 게 번거롭긴 했지만, 그런 와중에 오랜만에 친구와 이야기를 할 수도 있었고 업무가 원만히 진행된 경우도 있어서 꼭 나쁘지만은 않았다. 이번 일이 인간관계를 되돌아보는 계기가 되었다고 할까?

가장 잔소리를 많이 한 사람은 아내로, 집 전화와 자기 휴대전화에 새 전화번호를 등록하는 게 얼마나 귀찮은지 아느냐고 끊임없이 불평을 늘어놓았다.

시간은 다시 원래대로 흐르고, 나와 나를 둘러싼 세계는 평온함을 되찾았다.

보름이 지났다. 그때까지 아무 문제도 일어나지 않았다. 일도 일단 락되어서 오랜만에 오모테산도에 있는 PC방에 들렀다.

"어서 오세요."

언제나 그렇듯이 금발이 나른한 눈으로 나를 맞이했다. 달라진 것은 아무것도 없었다. 나는 여느 때의 자리에 앉아 내 메일함을 열었다.

"요즘 바쁘셨어요? 한동안 왜 그렇게 뜸하셨어요?"

금발이 커피를 가져왔다. 대낮의 이 시간대에는 여전히 손님이 없다. 이 PC방 주인은 무슨 생각으로 운영하고 있을까?

나는 어깨를 살짝 들썩였다.

"그동안 좀 바빴어. 출장 다녀왔거든."

"그래요? 난 여자 때문에 안 오는 줄 알았거든요. 혼다 씨를 찾는 여자요."

금발이 히죽거리며 한 말이 내 귀를 때렸다.

"혼다?"

"시치미 떼지 마세요. 혼마 씨가 얼마나 유명하다고요."

"무슨 뜻이지?"

메일함을 열면서 물었다.

예상한 대로 메일함은 리카의 메일로 가득 찼다. 이 여자는 도대체 무슨 생각으로 이러는 걸까?

매일 100통 넘게 보내고 있다. 어제와 오늘 것만 합쳐도 200통이 넘는다. 나는 내용도 확인하지 않고 전부 휴지통에 버렸다.

"본인 일인데 모르세요?"

입술 끝에 천박한 웃음을 매단 채 금발이 손으로 턱을 괴었다. 그의 표정이 마음에 들지 않았다.

"무슨 말이지?"

"아무 데라도 좋으니까 만남 사이트를 열어보세요. 그럼 금방 알 테니까요."

금발의 재촉을 받고 'Q 양의 러브어택'에 들어가서, 여성의 메시지라는 항목을 클릭했다.

순간 '혼다 다카오 씨를 찾습니다'라는 제목이 눈으로 뛰어 들어왔다.

> 혼다 다카오 씨를 찾습니다.
>
> 키는 180cm, 체중은 75kg.
>
> 40세 전후로, 인쇄회사에 다닌다고 했어요.
>
> 그는 제 육체를 가지고 놀다 별안간 연락을 끊었습니다.
>
> 저는 지금 임신 3개월이에요.
>
> 어떻게 해야 좋을지 몰라서 매일 눈물만 흘리고 있어요.
>
> 누구라도 상관없습니다. 혼다 다카오 씨를 아시는 분은 메일로 연락을
>
> 주세요.
>
> 간절히 부탁합니다.

"이게 뭐야?"

이건 나다. 그리고 메시지를 쓴 사람은 틀림없이 리카다. 이 여자는 대체 무슨 짓을 하고 있는 건가.

전부 거짓말이다. 나는 그녀의 육체를 가지고 논 적도 없고, 임신을 시킨 적도 없다. 전부 망상이다. 그 여자가 자기 머릿속에서 만들어낸 거대한 망상이다.

"연락을 해달라고 했지만 메일 주소도 쓰여 있지 않잖아? 이런 게 무슨 의미가 있어?"

"한두 개가 아니에요."

금발이 마우스에 손을 대고 재빨리 만남 사이트를 검색하기 시작했다. 맨 처음에 나온 사이트를 클릭했다. 리카의 메시지는 세 번째에 실려 있었다.

혼다 다카오를 저주한다. 비열한 남자. 그렇게 사랑한다고 하더니.

온갖 추잡한 짓을 다 해놓고 왜 전화를 안 받지?

왜 연락을 끊었지?

나는 처녀였는데. 당신이 처음이었는데. 어떻게 이럴 수가 있어?

그렇게 끔찍한 짓까지 해놓고 연락을 끊다니.

죽여버리겠어. 죽여버리겠어. 죽여버리겠어.

용서 못 해. 죽여버리겠어. 죽여버리겠어.

아연한 표정을 짓고 있는 내 손에 금발이 마우스를 돌려주었다.

"혼마 씨는 잘 모르겠지만 우리 PC방의 주요 고객은 심야의 단골손님이거든요. 그런데 이 여자가 장난이 아니래요. 심할 때는 10분마다 새로운 메시지를 보낸다더라고요. 몇몇 사이트에서는 관리자가 알아서 리카라는 여자의 메시지를 삭제한다고 하는데, 하도 많아서 전부 없애진 못하는 것 같아요. 관리자의 눈에 띄지 않는 것도 있고요."

나는 연이어서 다른 만남 사이트를 열어보았다. 거의 모든 사이트에 리카의 메시지가 남아 있었다.

키, 체중, 리카에게 말한 내 외모의 특징, 취미 등 상세한 프로필, 없애버린 휴대전화 번호, 직장이 인쇄회사라는 것, 거래처 이름과 직원 이름 등 회사에 관한 내용도 있었다.

"밤에 오는 고객은 혼마 씨를 잘 모르잖아요. 그래서 다들 '도대체 혼다란 남자가 무슨 짓을 했기에 이러지?'라든지 '이 여자의 집념도 대단하군'이라든지 한두 마디씩 하더라고요. 아는 사람이 보면 누구나 혼마 씨란 걸 알 수 있잖아요. 내가 알 정도니까요." 금발이 득의양양한 표정을 지으며 덧붙였다. "그래서 요즘 혼마 씨가 안 오는 줄 알았어요. 회사에 들켜서 난리가 난 게 아닐까 하고요."

분명히 아내와 친구, 회사 동료가 이 메시지를 본다면 혼다라는 인물이 나라는 사실을 즉시 알 수 있을 것이다.

"혼마 씨, 왜 그러세요? 혼마 씨."

금발의 목소리가 멀어졌다. 나는 떨리는 무릎을 짚고 일어섰다. 금발이 걱정스러운 표정으로 내 얼굴을 들여다보았다. 어떻게 해야 좋을지 모르는 채 가방을 들었다.

"미안해, 그만 갈게."

"혼마 씨, 잠깐만요. 괜찮겠어요?"

나는 그대로 출구로 향했다. 조금 비뚤어진 철문의 날카로운 금속음이 귀를 찔렀다.

19

PC방에서 나온 뒤, 나는 정체를 알 수 없는 불안감에 사로잡힌 채 경사가 급한 계단을 뛰어내렸다. 층계참에서 발을 헛디뎌 오른쪽 발목이 삐끗했지만 통증은 느껴지지 않았다. 지금 해야 할 일은 어둠에서 도망치는 것이다. 그 여자가 원하는 것은 도대체 무엇인가.

처음에는 그렇지 않았다. 오히려 생각이 많고 내성적인 여자라고 여겼다.

집과 직장을 왔다 갔다 하는 평범하고 따분한 날들. 어딘가에 나만의 장소를 가지고 싶다……. 그런 마음으로 만남 사이트에 왔다고 했다. 그런데 왜 이렇게 됐을까. 내가 무엇을 잘못했을까.

건물 밖으로 나왔다. 오모테산도의 교차점은 평소처럼 사람들이 넘쳤다.

화려한 색상의 최신 패션으로 몸을 감싼 여자들이 거리를 지나갔다.

패스트푸드점의 커피를 손에 든 채 환하게 웃으면서 지나가는 학생. 늙은 아내를 지키듯 천천히 걸어가는 지팡이를 짚은 노인. 휴대전화를 손에 들고 큰 소리로 옆 사람과 이야기하면서 종종걸음으로 지나가는 젊은 샐러리맨.

나는 사람들 틈에 몸을 숨기며 교차로 앞에 섰다.

그 여자는 나에 관한 정보를 손에 넣었을까? 길을 걸으며 두리번거렸다. 사람들이 전부 나만 쳐다보는 것 같았다.

피해망상이란 건 알고 있지만 아무리 애를 써도 몸이 말을 듣지 않았다. 뒤에서 발소리가 다가올 때마다 나도 모르게 흠칫거리며 돌아보았다.

틀렸다. 계속 이러면 정말로 노이로제에 걸리게 된다. 뛰어가려는 발걸음을 의지의 힘으로 억지로 붙잡았다. 침착해라. 마음을 가라앉히고 천천히 생각하자. 어쨌든 그 여자는 지금 이 자리에 없다. 끊임없이 보내는 메일이 그걸 증명하고 있다.

그 여자는 집의 컴퓨터에서 계속 메일을 보내고 있다. 지금 여기서 패닉에 빠질 필요는 없다. 침착하자. 냉정해지자. 오른쪽 발목이 욱신거리기 시작했다. 조금만 참아라. 조금만 더 침착하게 생각하자.

그렇다. 만남 사이트 관리자에게 연락하면 된다. 이것은 분명히 비방과 중상모략이다. 사이트 관리자는 당연히 검열해서 삭제해야 할 의무가 있다. 몇 군데인지 모르지만 지금은 그렇게 하는 수밖에 없다.

그런데 만남 사이트가 몇 군데나 될까? 휴대전화용까지 합치면 족히

수천 군데는 되지 않을까? 나는 혀를 찼다. 그래도 하는 수밖에 없다.

그것까지 생각했을 때 신호가 깜빡이기 시작했다. 발을 끌면서 횡단보도를 건넜다. 은행 앞에서 천천히 뒤를 돌아보았다. 이 기묘한 느낌은 무엇일까? 왜 누군가가 나를 쳐다보는 느낌이 들까?

아니다. 생각 탓이다. 신경이 예민해졌을 뿐이다. 지금 나를 쳐다보는 사람은 아무도 없다. 하지만 기묘한 감각은 점점 더 팽창되었다. 오른손으로 입을 틀어막았다. 그렇게라도 하지 않으면 비명이 터져 나올 것 같았다.

다시 걸음을 내디뎠다. 지하철 입구가 눈앞에 있다. 발목이 다시 통증을 호소했다.

나는 눈을 감고 기도했다.

'누가 좀 도와줘. 내가 잘못했어. 모든 건 내 책임이야. 다시는 그런 짓을 하지 않을게. 제발 용서해줘!'

그때 발길이 멈추었다. 몸이 움직이지 않는다. 왜지? 발의 통증 때문일까? 아니다. 눈을 크게 떴다. 누군가가 있다. 누군가가 나를 쳐다보고 있다. 어디서 보는지는 모르지만 나를 쳐다보는 것만은 틀림없다.

얼굴을 숙인 채 조용히 시선을 양쪽으로 움직였다.

교차점의 맞은편에 책방이 있다. 차들이 일정한 간격으로 지나갔다. 손에 햄버거를 든 고등학생들이 왁자지껄 떠들며 나를 추월했다. 행복해 보이는 옆얼굴. 입 안에 씁쓸함이 퍼져나갔다. 아니다, 여기가 아니다. 나는 시선을 옮겼다.

눈앞에 은행이 있다. 은행의 간판 밑에 몇몇 사람들이 서 있다. 그 앞에서 누군가를 만나기로 한 모양이다. 남자들과 여자들이 누군가를 기다리는 얼굴로 멍하니 하늘을 올려다보았다.

그들 중에 나를 쳐다보는 사람은 없었다. 어디지? 어디 있지? 나는 공포에 휩싸여 재빨리 주변을 둘러보았다.

커피숍. 작은 슈퍼마켓. 마작방. 편의점. 오픈 카페. 아니다. 그곳도 아니다. 옷가게. 파출소. 라면가게. 치과. 패스트푸드점. 잡화점. 이탈리안 레스토랑. 전화부스.

쇼핑을 마치고 전화를 걸면서 걸어가는 중년 여인. 좁은 전화부스 안에서 메모를 하려고 수첩을 펼친 젊은 남자. 전화부스 옆에 노트북 컴퓨터를 껴안고 있는 키 큰 여자…….

여자가 천천히 고개를 들었다. 커다란 마스크가 얼굴을 온통 뒤덮었다. 좁은 턱. 여자가 서서히 몸을 움직여 정면에서 나를 똑바로 쳐다보았다.

순간 몸이 멋대로 차도로 뛰어나갔다. 눈앞에 택시가 다가왔다. 급브레이크 소리와 동시에 뒷문이 열렸다. 중년의 운전사가 화난 얼굴로 돌아보았다.

"손님, 갑자기 뛰어들면 어떡…….”

"가! 어서 출발해!”

나는 택시에 타자마자 고함을 지르고는 왼손으로 힘껏 문을 닫았다.

"다짜고짜 출발하라니요? 손님, 어디 가시는데요?”

"잔소리 말고 어서! 제발, 어서 출발해!"

"이거야 원……."

운전사가 깜빡이를 켠 순간, 차체가 크게 흔들렸다. 커다란 손이 눈으로 파고들었다. 택시의 창문을 때린 것은 그 여자의 손이었다.

"손님!"

"가! 가! 어서 가!"

나와 운전사가 동시에 외쳤다.

키가 크고 빼빼 마른 여자가 눈앞에 있었다. 가냘픈 실루엣. 옅은 핑크색 바탕에 하얀 꽃무늬 원피스. 고등학교 2학년 소녀가 첫 데이트에서 입을 만한 옷이다.

운전사가 여자의 얼굴을 보고 절규했다. 여자의 마스크가 벗겨졌다.

길고 가느다란 이중 눈동자. 작은 코. 야무진 턱선. 얇은 입술. 하나하나의 생김새는 분명히 아름다웠다. 하지만 그곳에 있는 것은 아름다움의 잔해였다.

상상을 초월할 만큼 야윈 것은 물론이고 얼굴색은 마치 진흙탕 같았다. 그런 얼굴 안에 눈과 코, 입이 둥둥 떠 있었다. 빼빼 마른 얼굴에서는 표정이라는 걸 찾아볼 수 없었다. 아무런 감정 없는 얼굴이 나를 바라보았다.

무엇보다 나를 공포로 몰아넣은 것은 여자의 눈동자였다. 눈동자에서 빛을 찾아볼 수 없었다. 깊은 어둠 같은 눈동자. 여자의 입술이 천천히 움직였다. 무슨 말인가 하고 있다. 듣고 싶지 않아서 나는 본능적으로 귀를 막았다.

뭐라고 중얼거리면서 여자가 계속 택시의 유리창을 때렸다. 혹시 꿈은 아닐까? 내가 지금 보고 있는 게 현실인가? 저 여자는 사람인가? 아니면 괴물인가?

"이게 웬 난리야? 저 여자가 미쳤나?"

운전사가 비명에 가까운 소리를 지르며 문을 열려고 했다.

"안 돼, 열지 마! 죽을 거야!"

운전사가 황급히 운전대를 바로잡았다.

"됐으니까 어서 가!"

"이런 상태로 어떻게 가란 거예요?"

울 것 같은 얼굴로 운전사가 나를 쳐다보았다. 시선 끝에서 차가 몇 대 지나갔다. 여자가 문을 걷어찼다.

"그런 걸 따질 때가 아니잖아!"

고함을 쳤을 때, 여자가 밖에서 손잡이를 잡아당겼다. 둔탁한 금속음과 함께 문이 열리려고 했다. 나는 문을 지키기 위해 젖 먹던 힘까지 짜냈다.

"어서 가!"

소리칠 필요도 없었다. 운전사가 깜빡이와 경적을 동시에 조작하며 택시를 차도로 밀어 넣었다. 여자의 몸이 데굴데굴 도로에서 구르는 게 백미러에 비쳤다. 하지만 그 즉시 튕기듯 일어나서 뛰어왔다.

"말도 안 돼! 손님, 저건 대체 뭐예요? 마치……."

말을 하던 운전사가 입을 다물었다. 백미러에 비치는 여자의 모습이 점점 커지고 있다.

"부탁이야, 빨리 달려줘!"

목소리가 떨렸다. 운전사가 대답하지 않고 액셀을 밟았다. 택시의 속도가 빨라졌다. 뒤를 보자 노트북을 껴안은 여자가 도로를 질주하고 있었다. 택시가 메이지 거리 교차점으로 나왔다.

"왼쪽, 왼쪽!"

택시의 속도가 떨어졌다. 앞의 경차가 신호 대기를 받고 서 있었다.

"안 돼요. 빨간 불이잖아요."

뒤를 돌아보려던 운전사가 백미러를 보았다. 나도 덩달아 룸미러를 쳐다보았다.

여자의 얼굴이 똑똑히 비추었다. 흐트러진 긴 머리칼. 넓은 보폭. 여자는 확실히 가까이 다가오고 있다. 지나가던 사람들이 멈추어서 여자의 달리는 모습을 신기한 듯 바라보았다. 고개를 돌려 뒤를 보았다. 여자의 시선이 나를 똑바로 쳐다보았다. 검은 눈동자. 아니다. 검은색이 아니다. 빛을 잃어버린 눈이다. 마치 빈 구멍 같다.

모든 걸 거절하고 모든 걸 부정한 사람, 그리고 모든 것에 절망한 사람의 눈동자다. 그곳에 있는 것은 영원한 어둠이다. 어둠이 나를 쫓아오고 있다. 나를 집어삼키려고 하고 있다.

"지금 그런 걸 따질 때가 아니야!"

운전사가 혀를 차더니 핸들을 힘껏 꺾어서 경차와 가드레일 사이를 빠져나갔다. 그리고 시끄럽게 경적을 울리며 인도로 올라갔다. 신호를 기다리는 엄마와 아들이 황급히 뒤로 물러섰다.

"미안해"라고 중얼거리며 운전사가 그대로 액셀을 밟았다. 귀를 찢는 소리와 함께 택시는 다시 차도로 돌아왔다. 메이지 거리를 달리며 백미러를 쳐다보았다. 여자가 차도를 뛰어오고 있다. 생각보다 간격은 벌어지지 않았다. 속도계를 보았다. 시속 30킬로미터. 빠르다곤 할 수 없지만 사람이 쫓아올 수 있는 속도는 아니다. 어떻게 이럴 수가 있는가.

운전사의 입에서 괴이한 소리가 새어나왔다. 눈앞의 신호가 빨간색으로 변했다. 개의치 않고 그대로 돌진했다.

"다음 신호에선 이렇게 할 수 없어요. 어떻게 할까요?"

룸미러를 통해 운전사가 나를 쳐다보았다. 뒤를 돌아보자 여자가 횡단보도에서 차의 물결이 끊어지기를 기다리고 있었다. 거리가 조금 벌어졌다.

"도망쳐야 돼."

내 입에서 나온 것은 그 말이 고작이었다. 운전사가 깊숙이 고개를 끄덕였다.

"그야 그렇겠죠. 나도 도망치고 싶어요. 저런 게 쫓아오면 지금 집에 누워 계신 병든 우리 할머니도 도망칠 거예요."

"고속도로로 올라갈 수 없어?"

그러면 여자를 떼어낼 수 있지 않을까?

"그게 좋겠네요."

운전사가 가볍게 경적을 울리더니 핸들을 왼쪽으로 돌리고는 옆길로 들어갔다. 택시가 좁은 길을 나아갔다.

"수도고속도로로 들어갈 건데 괜찮죠?"

나는 대답할 힘도 없어서 손으로 얼굴을 덮었다. 앞으로 어떻게 되는 걸까? 움켜쥔 머리칼이 땀으로 푹 젖어 있었다.

Click 2

접근

1

택시는 엄청난 속도로 다카기초 요금소를 통과해 고속도로로 들어 갔다.

그대로 잠시 달리자 가스미가세키로 나가는 곳이 보였다. 운전사가 백미러 너머로 나를 보더니 깜빡이를 켜고 핸들을 꺾었다. 차는 그대로 국도로 내려갔다. 첫 번째 신호에서 운전사가 차를 세우더니 문을 열었다.

"손님, 내리세요."

조용한 목소리였다.

"민폐를 끼쳤군."

내가 내민 만 엔짜리 지폐를 운전사는 받으려 하지 않았다.

"돈은 필요 없어요. 손님을 위해서 안 받는 게 아니에요. 분명히 말하지만 더는 손님과 엮이고 싶지 않습니다!"

그는 그렇게 말하며 햇볕에 탄 목 주변을 연신 쥐어뜯었다. 벗겨진 피부가 시트에 하늘하늘 떨어졌다.

"돈을 받으면 손님과 나 사이에 관계가 생겨요. 그러면 그게 따라올지도 모르잖아요. 안 그래요?"

뒤를 돌아보았다. 리카의 모습은 보이지 않았다.

"빨리 내리세요."

나는 순순히 그 말에 따랐다. 그리고 도로에 멍하니 선 채 움직이기 시작한 택시를 바라보았다. 택시는 깜빡이를 켜더니 도망치듯 멀어졌다.

발을 질질 끌면서 걷기 시작했다. 긴장이 풀려서인지 발의 통증이 심해졌다.

회사에는 거래처에 갔다가 곧장 퇴근하겠다고 연락하고 집으로 돌아왔다. 문을 열자 애니메이션 캐릭터 인형을 들고 딸이 뛰어왔다. 내 얼굴을 보자 의아한 표정으로 멈추었다.

"아빠, 아파?"

나는 무릎을 꿇고 딸을 껴안았다. 몸이 떨리는 걸 스스로도 알 수 있었다. 내 손을 잡은 딸의 손에서 따뜻함이 전해졌다.

"무슨 바람이 불어서 이렇게 일찍 왔어?"

아내가 그렇게 말하며 나오더니, 내 모습을 보고 얼굴을 찡그렸다.

"괜찮아?"

나는 고개를 끄덕이고 일어섰다.

"감기에 걸린 것 같아."

"그런 것 같네. 안색이 안 좋아. 얼굴이 창백해."

나는 넥타이를 풀었다.

"좀 잘게."

아내가 딸에게 손짓을 했다.

"아빠가 감기 걸렸대. 그러니까 조용히 있자, 알았지?"

딸이 아내의 무릎에 매달리며 울 것 같은 얼굴로 나를 보았다.

"아빠 죽어?"

"말도 안 돼! 아빠가 죽긴 왜 죽어?"

아내가 딸의 손을 잡고 거실로 돌아갔다. 잠시 후 주방에서 뭔가를 씻는 소리가 들렸다.

나는 방으로 들어가 재킷을 벗었다. 머리가 깨질 것처럼 아팠다. 두 손으로 어깨를 감싸 안고 침대에 앉았다.

왜지? 왜 이렇게 된 거지? 리카는 어떻게 거기 있었지? 내가 그 PC방에 다닌다는 걸 어떻게 안 거야? 나는 기억을 더듬어보았다.

오모테산도의 PC방에서 메일을 보냈다고 말한 적은 있다. 그때 PC방 이름까지 썼을까? 기억이 나지 않는다. 설령 썼다고 해도 지난 2주일간 그곳에 가지 않았다.

'설마!'

내가 휴대전화 번호를 바꾼 날부터, 즉 나와 연락이 되지 않았을 때부터 매일 그 PC방을 감시했던 걸까? 그런 일이 있을 수 있을까?

하지만 리카가 그곳에 있었던 이유는 그것밖에 생각할 수 없었다. 오한이 온몸으로 파고들었다. 믿을 수 없다. 올지 안 올지 모르는 나를 기다리며 매일 그 전화부스에 있었단 말인가.

그렇다면 생활은 어떻게 했을까? 일은, 돈은, 식사는……. 애초에 2주 동안이나 그런 짓을 할 수 있을까? 이미 집념이나 오기의 차원이 아니다. 그곳에 있는 것은…….

"아빠."

살며시 연 문틈으로 딸의 얼굴이 보였다. 나는 입꼬리를 올려서 억지로 미소를 만들었다. 딸에게만큼은 걱정을 끼치고 싶지 않다.

"아빠, 괜찮아?"

"괜찮아. 열이 좀 있어서 그래."

딸이 방으로 들어와 내 무릎 위에 앉았다.

"아빠, 차가워."

무릎 위에서 꿈틀거리던 딸이 나를 껴안기 위해 팔을 내밀었다. 따뜻하게 안아주려는 것이다. 후회의 마음이 솟구침과 동시에 나는 딸을 꼭 껴안았다.

내가 한심한 짓을 저지른 탓에 이렇게 되어버렸다. 그런 짓은 하지 말았어야 했다. 아내와 딸을 배신하는 일은 결코 해서는 안 되었다. 알고 있었는데 왜, 왜…….

딸의 손이 눈으로 다가왔다.

"아빠, 울어? 울지 마."

"아빠가 울긴 왜 울어? 안 울어."

나는 손으로 눈을 훔치면서 일어섰다. 딸이 고개를 갸웃거리며 그 모습을 바라보았다. 딸의 머리를 쓰다듬었다.

"아빠, 잠깐 병원에 다녀올게. 엄마한테 그렇게 말해줄래? 알았지?"

딸이 고개를 끄덕였다. 하지만 걱정스러운 얼굴로 잡은 손은 놓지 않았다. 나는 딸의 손을 놓고 재킷을 입었다.

사태가 이렇게 된 이상, 이제 나 혼자 해결할 수 있는 문제는 아니다. 경찰서에 가자.

가족에게 알려지는 것은 어떻게든 피하고 싶지만 그런 사정은 경찰도 이해해주리라. 차키를 들고 딸을 보며 엄마 곁에 가 있으라고 말했다. 딸이 슬픈 눈으로 나를 바라보았다. 나는 고개를 한번 끄덕이고 나서 집을 나왔다.

2

다카이도 경찰서는 우리 집에서 차로 10분 정도 걸리는 곳에 있었다. 주차장에 차를 세우고 정면 현관으로 향했다. 제복 경찰이 누구냐는 듯이 힐끔 쳐다보았다. 나는 약간 고개를 숙이고 안으로 들어갔다.

접수처에서 찾아온 이유를 말하자 부루퉁한 표정의 중년 경찰관이 나타나서 생활안전과의 작은 회의실로 데려갔다. 그리고 귀찮다는 얼굴로 내 이야기를 듣더니 퉁명스럽게 기다리라고 말하고는 밖으로 나갔다.

30분쯤 지나서 젊은 형사가 들어왔다. 미시마라는 이름의 형사는 친절하게 대했지만, 내가 껴안고 있는 문제에 대해서 아무 생각도 없다는 게 여실히 느껴졌다.

"그건 민사입니다."

경박한 밝은 갈색 양복을 입은 형사가 서류 다발을 펼쳤다.

"하지만 스토커법이 있잖아요?"

나는 기다림에 지친 나머지 형사에게 조바심을 터뜨렸다. 빨리 집에 가지 않으면 아내가 이상하게 여길지도 모른다.

"네, 있긴 있죠. 하지만 아시다시피 아직 법률로 정비되진 않았습니다. 우리처럼 현장에서 일하는 사람들은 실제로 어떻게 해야 좋을지 모르는 게 현실이지요."

형사는 얼굴에 웃음을 끊이지 않고 말했다. 울화통이 치밀게 하는 웃음이었다.

형사가 조서를 힐끔 쳐다보며 말했다.

"일단…… 혼마 씨라고 하셨죠? 혼마 씨가 특별히 육체적, 또는 경제적 피해를 입은 건 아니잖아요?"

"정신적으론 심각한 피해를 입었습니다."

"네, 그건 얼굴을 보니 금방 알겠네요."

형사가 조서를 보면서 또 웃었다. 속에서 열불이 날 만큼 붙임성은 좋다.

"그렇다면……."

"하지만 혼마 씨에게도 원인이 없다고는 할 수 없잖습니까?"

얼굴이 화끈 달아올랐다.

"나이가 그러니까…… 마흔두 살인가요? 인쇄회사에 근무하시는군 요." 형사는 그렇게 말하더니, 나를 평가하는 눈길로 위아래로 훑어보 았다. "그런 분이 인터넷으로 여자를 만나려 하다니, 그러면 문제에 휘 말리는 것도 어쩔 수 없지 않나요?"

"하지만 오늘……."

말을 가로막기 위해 황급히 손을 들고 입을 열었지만, 형사의 입술 은 계속 매끄럽게 움직였다.

"네네, 알아요. 택시를 타고 도망쳤는데 쫓아왔고, 엄청난 공포를 느 꼈고……. 물론 그렇겠죠. 이해해요. 무서웠을 겁니다."

어린아이를 달래는 말투였다. 나는 아무 말도 할 수 없어서 입을 다 물었다.

"하지만 어쨌든 도망쳤잖습니까? 이제 그동안 다녔던 PC방에 안 가 면 모든 문제가 해결되는 거 아닌가요?"

이 형사는 모른다. 나는 절망적인 심정이 되었다. 시디신 위액이 목 구멍까지 솟구쳤다.

아니, 이 형사만이 아닐지도 모른다. 그때의 공포를 이해할 수 있는 사람은 이 세상에 나 하나뿐이다.

"상대 여성에게 휴대전화 번호와 프리 메일 주소밖에 안 가르쳐줬죠? 휴대전화 번호는 바꾸었으니까 그 여자가 당신을 찾아낼 방법은 없잖아요? 이제 괜찮을 것 같은데요."

형사가 서류를 파일에 집어넣었다.

"당신은 몰라요. 내가 얼마나 무서웠는지……."

나는 두 손으로 얼굴을 덮었다. 내 의지와 상관없이 관자놀이 주변이 가늘게 떨리기 시작했다.

"그야 당연히 모르죠. 뭐든지 그렇지만 이 세상엔 당사자밖에 모르는 게 얼마든지 있으니까요."

즐거워 보이는 목소리였다. 내 불행을 즐기는 걸까?

시선을 느끼고 고개를 들자 형사의 친절해 보이는 표정에 웃음이 매달려 있었다. 뭐가 그렇게 우습지? 나도 모르게 움켜쥔 주먹에 힘이 들어갔다.

"더구나 그때까진 꽤 즐거웠던 것 같으니까 지금은 그 대가가 돌아왔다고 치고 참는 게 좋지 않을까요? 물론 사건으로써 피해신고를 내고 싶다면 말리지는 않겠습니다. 다만 그런 경우엔 당연히 형사가 댁으로 찾아가거나 회사를 방문하지 않으면 안 됩니다."

형사는 그렇게 말하며 가볍게 팔짱을 꼈다.

"그건……."

손이 부르르 떨렸다. 상상하고 싶지 않다. 아내에게, 딸에게, 그리고 회사에 내가 해온 일이 알려지면 어떻게 될까? 모든 게 끝장이다.

"그렇게 되어도 상관없습니까? 뭐 상관없다면 그래도 되고요."

나는 머리칼을 쥐어뜯었다.

"모르겠어요. 아무것도 모르겠어요."

"그리고 고소를 한다고 해도 말이죠, 솔직히 말해 상대의 주소도 모르고 정확한 이름도 모르는 상태에선 리카라는 여자를 찾아내는 게 쉽지 않습니다. 애초에 그 여자의 범죄를 입증할 수 있을까요? 그건 어려울 것 같습니다. 물론 이건 제 개인적인 생각이지만요."

형사는 승리를 거머쥔 사람 같은 표정을 지었다. 나는 마지막 저항을 시도했다.

"하지만 무슨 일을 당하지 않을까 생각하면 불안해지는 게 당연하지 않나요?"

"그야 그렇죠. 불안해지는 건 당연하고말고요."

형사는 어깨를 들썩인 뒤 잠시 허공을 바라보았다. 나는 매달리는 심정으로 아무것도 없는 공간을 바라보았다. 형사의 시선이 나에게 돌아왔다. 그는 자리에서 일어나며 말했다.

"이렇게 하면 어떨까요? 제가 파출소에 지시를 내려놓죠. 혼마 씨 자택을 잘 지키라고 말입니다."

"어떤 식으로요?"

"하루에 한 번 순찰을 돌라고 하겠습니다. 우리도 일손이 있으면 하루 종일 감시할 수도 있지만, 지금 단계에서 그렇게 할 수 없는 건 이해하시죠? 일단 그렇게 한 다음에 무슨 일이 있으면 다시 대처하는 게 어떨까요?"

가장 경찰다운 방법이다. 형식만 갖출 뿐 실제로 달라지는 건 아무것도 없다. 내 공포는 아직도 그대로인데.

애초에 하루에 한 번 순찰한다고 해서 무엇이 어떻게 달라진단 말인가? 내 눈초리가 험악해지는 걸 똑똑히 알 수 있었다.

나도 어느새 자리에서 일어났다.

"한마디로 말해 무슨 일이 있을 때까지는 개입하지 않겠다는 건가요? 내가 다치거나 살해당할 때까지 경찰에선 아무것도 해주지 않겠다는 거냐고요!"

"그런 뜻이 아닙니다."

나는 히쭉거리는 형사에게 삿대질을 했다.

"그런 식으로 일하니까 속수무책으로 살해되는 사람이 나오는 거잖아! 당신들, 그런 사실을 알고 있어?"

형사가 지긋지긋한 표정을 지으며 다시 자리에 앉았다.

"있잖아요, 혼마 씨. 그런 게 아닙니다. 그렇게 흥분하지 말고 일단 앉으시죠."

앉을 마음은 없었다. 나는 흐트러진 앞머리를 쓸어 올렸다.

"지금 단계에선 아직 범죄라고 할 수 없다는 겁니다. 솔직히 말하면 그 여자를 스토커로 볼 수 있느냐 없느냐도 판단하기가 쉽지 않습니다. 지속성이 있는지 없는지, 피해를 줄 생각이 있는지 없는지 등 여러 가지 조건이 있으니까요. 물론 혼마 씨가 얼마나 불안할지는 알아요. 하지만 이 단계에서 경찰을 파견하면 큰 문제가 되지 않을까요? 그 비용은 모두 세금에서 나오니까요. 이제 이해하시겠습니까?"

마치 학생을 상대로 강의하는 듯한 말투였다.

"그건 이해하지만요."

형사가 눈을 치켜뜨고 나를 뚫어지게 쳐다보았다.

"가족에게 말하지 말아달라, 회사에 비밀로 해달라, 하지만 수사는 해달라…… 마음은 이해하지만 그건 쉽지 않습니다. 그런 상황에서 어디를 어떻게 조사해야 할까요? 용의자가 어디에 사는 누구인지도 모르는 상태에선 저희도 손쓸 도리가 없습니다. 이제 아시겠죠?"

형사의 말이 맞다. 분명히 나는 지금 뻔뻔한 이야기를 하고 있다. 하지만 내가 말하고 싶었던 건 그런 게 아니다. 내가 느끼는 공포를 누군가에게 말하고 싶었다. 누군가에게 말하면, 누군가와 공유할 수 있으면 공포가 조금이라도 줄어들지 않을까.

하지만 실제로는 아무것도 달라지지 않았다. 오히려 어느 누구도 이해해주지 않는다는 걸 깨닫고, 내 안의 공포는 한층 팽창되었다.

"내가 하고 싶은 말은 무슨 일이 있은 다음에 움직이면 늦지 않느냐는 겁니다."

나는 입 안으로 중얼거렸다. 이제 아무래도 상관없었다. 이 형사는 내가 느낀 공포를 이해하지 못한다. 이 형사만이 아니다. 이 세상의 어느 누구도 이해하지 못한다. 확실한 건 그것뿐이다.

"그건 그렇지요."형사는 활짝 웃으면서 가지고 있던 천 주머니를 펼쳤다."그래서 이런 게 있는데요."

천 주머니에서 나온 건 방범 벨이었다.

"무슨 일이 있을 때는 이런 방범 상품이 필요하죠. 어떠세요, 한번 사용해보실래요?"

형사가 눈을 반짝이며 여러 종류의 방범 벨을 늘어놓았다.

"무료로 드릴 수는 없지만 백화점 같은 데서 사는 것보다 훨씬 싸거든요. 어디 보자, 이런 건 어떠세요?"

형사가 열쇠지갑처럼 생긴 작은 벨을 내 앞에 내려놓았다.

"크기가 작아서 가지고 다니기 편리하죠. 하지만 소리는 사방 1킬로미터까지 들립니다. 2,500엔밖에 안 하니까 그 정도면 가성비 대비 최고라고 할 수 있어요. 어떠세요?"

"필요 없습니다."

만약 리카가 나를 해코지하려 한다면, 방범 벨로 대처할 수 있을 만큼 어설프게 끝나지는 않으리라. 형사는 고개를 숙인 나를 유감스러운 눈길로 쳐다보았다.

"뭐 천천히 생각해보십시오. 나중에라도 필요하시면, 전 아래층에 있으니까 언제든지 말씀해주시고요. 그럼……."

형사는 정중히 인사를 하고 밖으로 나갔다. 어떻게 해야 할지 모르는 채, 나는 형사의 뒷모습을 멍하니 바라보았다.

3

다음 날 아무 일도 없는 듯이 출근했다. 그리고 거래처 사람을 만나기로 했다고 하고는 11시가 넘어 회사를 나왔다. 사람을 만나는 건 거짓말이 아니지만 거래처 사람은 아니었다.

회사 앞에서 택시를 타고 긴자의 호텔 이름을 말했다. 가을은 이미 끝자락에 접어들었는데 이상하리만큼 무더운 날이었다. 넥타이를 느슨히 하자 목에 땀이 배어 있었다.

"에어컨을 켤까요?"

운전사가 그렇게 말했지만 대꾸하지 않았다. 택시는 10분쯤 달려서 호텔 앞에 도착했다.

히비야 역에서 가까운 호텔의 로비는 아직 점심시간이 되지 않아서 그런지 그렇게 혼잡하지는 않았다. 나는 1층 라운지로 가서 만나기로 한 남자를 찾았다.

아직 오지 않은 모양이다. 검은 옷을 입은 웨이터가 가까이 다가왔다. 일행이 있음을 말하고 자리를 준비해달라고 했다.

웨이트리스에게 커피를 주문하고, 들고 있던 신문에 눈길을 떨구었다. 늘어서 있는 활자가 눈에 들어오지 않았다. 나는 신문 읽기를 포기하고 경찰의 대응에 대해 생각하기 시작했다.

경찰이 움직이기 시작하면 회사에서는 내가 리카에게 한 일을 알게 된다. 그리고 사생활에 치명적인 문제가 있으면 가차 없이 나를 처분

하리라.

해고하지는 않더라도 어쩌면 한직으로 돌려서 앞으로 햇빛을 볼 수 없게 만들지도 모른다. 출세욕이 강한 건 아니지만 그래도 현재 수입과 지위를 내놓을 생각은 없다.

더구나 아내에게도 이런 사실을 말해야 한다. 그것만은 어떻게든 피하고 싶었다. 지금 가장 무서운 일은 아내와 딸을 잃는 것이다. 단 한 사람이라곤 하지만 인터넷을 통해 만난 여자와 바람을 피웠다고 하면 아내는 어떻게 나올까? 얼마나 괴로워할까?

아내에게 상처를 주거나 슬프게 만들 생각은 없었다. 하지만 그런 말은 변명이 되지 않는다. 아무리 머리를 조아리며 사죄해도 용서해주지 않으리라. 더구나 딸은 어떻게 될까?

만약 이혼이라도 하면 가장 상처를 받는 사람은 딸이다. 나도 딸과 헤어져서 산다는 것은 상상도 할 수 없다. 차라리 오른팔을 뜯기는 편이 나으리라.

지금의 상황에서는 정식으로 경찰에 신고할 수 없다. 이 문제는 아무도 몰래 처리해야 한다.

생각이 거기에 이르렀을 때 테이블 위로 그림자가 드리웠다. 고개를 들자 눈앞에 그리운 얼굴이 있었다.

"어이, 오랜만이군."

하라다 신야가 손등으로 내 어깨를 툭 쳤다. 옛날 버릇은 쉽게 바뀌지 않는다.

"10년 만인가?"

손을 들자 교육을 잘 받은 웨이트리스가 빠릿빠릿하게 우리 테이블로 다가왔다. 메뉴판을 받은 하라다가 진지한 표정으로 생각에 잠겼다. 그러고는 2분쯤 충분히 생각하고 나서 입을 열었다.

"아이스 코코아."

웨이트리스가 복창을 하고 자리를 떴다.

"정말 오랜만이군."

그가 다리를 꼬며 다시 한 번 말했다.

"그래." 나는 그를 거리낌 없이 바라보았다. "자네는 정말 하나도 안 변했군."

눈앞의 하라다는 서른 살이라고 해도 충분히 통할 것 같았다. 회색 재킷과 얇은 갈색 면바지의 편안한 복장이 근육질 몸에 잘 어울렸다.

"자네는 많이 변했군."

그는 머리끝에서 발끝까지 내 몸 전체를 훑어보았다. X레이 같은 시선이었다.

"졸업하고 처음 보니까 20년 만인가? 1년에 1킬로그램씩 찐 거 아니야? 이런 경우엔 관록이 붙었다고 해야 하나?"

"내가 보통이야."

나는 쓴웃음을 지었다. 이 녀석은 체형과 마찬가지로 성격도 변하지 않았다.

"인쇄소는 어때? 경기 좋아?"

그는 비어 있는 다른 의자에 발을 뻗었다. 비상식적인 태도였지만 뭐라고 해도 쓸데없는 일임을 알고 있다. 옛날부터 그런 사람이었다.

"별로 안 좋아. 요즘 다들 불경기잖아. 그쪽은 어때?"

"의외로 나쁘지 않아." 그는 웨이터가 가져온 아이스 코코아에 스트로를 꽂으며 덧붙였다. "우린 세상이 불경기일 때 오히려 더 바쁘거든. 이상한 직업이지."

하라다는 남의 일처럼 말하고 가슴 주머니에서 명함을 꺼내 테이블 위에 놓았다.

'하라다 탐정 사무소 소장, 하라다 신야.'

명함에는 그렇게 쓰여 있었다.

하라다 신야와는 대학 동기다. 어학 수업을 같이 들어서 1학년 때는 자주 술을 마시러 다녔지만, 그 이후에는 전공이 다르기도 해서 조금 소원해졌다.

취미인 오토바이에 빠져 아마추어 레이스에 참가했다는 둥 근처 여대의 여학생을 임신시켰다는 둥 가끔 소문을 들었지만 나와는 인연이 없는 사람이었다. 졸업할 때까지 얼굴을 마주친 적은 거의 없었다.

졸업한 뒤에도 달리 신경 쓰지 않고 살았는데 공통의 친구를 통해 경찰에 들어갔다는 이야기를 들었다. 왜 경찰을 택했는지 이해할 수 없었지만 그것뿐이었다. 그로부터 몇 년 후에 신주쿠 역에서 우연히 만났는데 서로 안부만 묻고는 그대로 헤어졌다. 그 이후 만나지 못했으니까 분명히 10년쯤 되었으리라.

하라다가 스트로를 입에 문 채 말했다.

"그나저나 내가 이런 일을 한다는 걸 용케 알았군."

"아이자와에게 들었어."

나는 지금도 가끔 만나는 대학시절의 친구 이름을 말했다. 하라다가 경찰을 그만두고 탐정 사무소에 들어갔다고 아이자와가 말해준 게 벌써 7, 8년쯤 됐으리라. 어떤 이야기를 하다 그 말이 나왔는지는 잊어버렸지만, 이번에 아무한테도 의논할 수 없어서 막막했을 때 하라다의 이름을 떠올린 건 그 기억이 있었기 때문이다.

경찰에게도 의논하지 못하고 회사나 가족에게도 말할 수 없는 문제를 해결해줄 수 있는 사람은 지금 하라다밖에 없었다. 하라다 말고 달리 의논할 상대는 떠오르지 않았다.

나는 아이자와에게 하라다가 일하는 탐정 사무소를 물어서, 10년 만에 눈앞의 남자를 만나게 되었다.

하라다가 손가락을 꼽았다.

"3년 전인가? 그래, 꼭 3년 됐군. 일하던 탐정 사무소가 망했지."

"덕분에 찾느라 고생 좀 했어."

"미안해. 어쨌든 이렇게 만났으니까 됐잖아. 그런데 의논할 게 있다고 했는데, 대체 뭐야?"

그는 두 손을 올려 머리 뒤에서 깍지를 끼었다.

나는 리카와 어떻게 알게 되었는지 처음부터 이야기했다. 인터넷에서 알게 되어 메일을 주고받으며 휴대전화 번호를 가르쳐준 것, 도중에 리카의 태도가 바뀌어 물귀신처럼 매달렸다는 것, 관계를 끊으려고 했지만 리카가 거부해서 휴대전화 번호를 바꾸었다는 것, 인터넷을 통해 리카가 내 정보를 수집했음을 알게 된 것, 어제 오모테산도의 추격전에 대해서 말했을 때는 하라다의 입에서 신음이 흘러나왔다.

"샐러리맨은 참 불쌍하군."

옆자리에 앉은 여자가 한껏 기지개를 켜는 하라다를 신기한 동물처럼 쳐다보았다. 하라다는 모르는 체를 했다.

"아내도 있고 딸까지 있으면서 그런 짓을 하면 어떡해? 아직 혼자 사는 나도 그런 짓은 안 하는데. 아아, 이래서 내가 결혼하기 싫다니까."

"반성하고 있어. 왜 그런 짓을 했는지 나도 모르겠어."

"모르겠는 거 좋아하네. 어쨌든 인터넷 만남 사이트를 통해 리카란 여자를 알게 됐다 이거지?"

말투에 경멸이 담겼다.

"그래."

"지금 단계에서 할 수 있는 말은 자네가 세상을 몰라도 너무나 모른다는 거야."

"무슨 뜻이지?"

나는 정색을 하고 눈을 치켜뜨며 물었다. 이 인간에게는 그런 말을 듣고 싶지 않았다.

"인터넷이 어떤 곳인지 알아? 얼마나 무서운 곳인지 아느냔 말이야?

요즘엔 누구나 인터넷, 인터넷 노래를 부르지만 그게 악마의 소굴이
란 걸 왜 모르는 거지?"

"너무 오버하는 거 아냐?"

그는 얼굴 앞에서 손을 크게 흔들었다.

"오버가 아니라 실체는 그보다 더 심할 거야."

"아무리 그래도 악마의 소굴이라니……."

"아니면 알면서 일부러 말하지 않을지도 모르지. 분명히 편리하긴
하지만 거기에 악의가 들어가면 즉시 무서운 기계로 변하거든."

그는 미간을 찡그리며 스트로를 입에 물었다.

"그건 그렇지만……."

실제로 내게는 그러해서, 그의 말을 부정할 수 없었다.

"인터넷은 역사가 생긴 이래 인간이 처음으로 가지는 개인 미디어
야. 전 세계로 정보를 내보낼 수 있는 미디어 말이야. 그렇게 말하면 듣
기는 좋지만 실체는 무섭기 짝이 없지."

어느새 말투는 연설조로 변했다. 학창 시절에도 술이 들어가면 늘
이런 식으로 말했다.

"미디어는 본래 책임과 공공성이 없으면 존재해서는 안 돼. 그런데
인터넷은 그 부분이 완전히 빠져 있어. 그게 인터넷의 본질이야. 인쇄
업자니까 이런 부분은 누구보다도 잘 알 텐데?"

나는 순순히 고개를 끄덕였다.

"지금 쉽게 고개를 끄덕이지만 인터넷이 얼마나 무서운지 진지하게

생각해야 할 때가 아닐까?"

"알고 있어."

"아니, 몰라." 그는 나를 날카롭게 노려보았다. "알고 있으면 만남 사이트 같은 것엔 손을 대지 않았겠지. 그건 정상적인 사람이 할 일은 아니야. 그 세계엔 온갖 망령들이 날뛰고 있으니까."

그는 다 마신 아이스 코코아 잔을 높이 치켜들고 웨이트리스를 향해 "한 잔 더!"라고 말했다.

"최근에 일 때문에 인터넷 만남 사이트를 조사해봤는데, 실태는 음란 동영상의 통신판매더군. 자네도 경험했겠지만 섣불리 들어가면 음란 동영상이 나타나서 '이 화면을 다운로드할까요?'라고 묻지."

"아아, 그래."

나는 기억을 떠올리면서 대답했다.

"그런데 호기심으로 '예스'를 클릭하면 그때부터 난리도 아니야. 굉장히 비싼 전화요금을 빼앗아가면서 쓰레기 같은 사진을 보내주지. 그건 악마의 기계야."

"잘도 아는군."

그는 입술 끝으로 웃었다.

"나도 몇 번 속았거든."

"그 정도로 악마의 기계라고 부르는 건가? 인터넷도 참 힘들겠군."

내가 놀리듯 말하자 그는 "자네는 몰라도 너무 몰라"라고 말하며 한숨을 쉬었다.

"일 때문에 조사했다고 했잖아. 자네는 잘 모르겠지만 여러 가지 수법이 있어. 예를 들면 이런 거야. 그런 종류의 사이트는 신원을 확인한다는 이유로 메일 주소를 등록하지 않으면 사이트에 들어갈 수 없게 돼 있어. 그건 알지?"

"물론이야."

그 정도는 나도 알고 있다.

"이쪽은 메일 주소쯤이야 하고 가볍게 입력하지만 그것도 훌륭한 개인정보야. 현금카드나 신용카드와 다르지 않지. 알아볼 마음만 있으면 메일 주소를 통해 집 주소도 알아낼 수 있으니까. 그다음은 뭐든지 할 수 있어."

"그런 게 가능해?"

"그럼! 내가 직접 해봤거든. ······시럽을 더 넣어야겠군."

나는 눈앞에 있던 유리 용기를 앞으로 내밀었다. 하라다가 아이스 코코아에 시럽을 추가했다.

"정확하게 말하면 내가 직접 한 게 아니라 사람을 시켜서 조사했지만 말이야. 전문지식과 전용 기자재를 가진 프로에게 의뢰했지. 쉽게 말하면 메일 주소와 메일을 보낸 컴퓨터의 인식번호를 확인해서 프로바이더(통신의 특정 업무를 제공하는 기업 – 옮긴이)를 알아내지. 그곳에서 반대로 찾아가는 거야. 원리는 경찰의 역탐지와 똑같다고나 할까? 내가 의뢰한 곳은 프로바이더 명부를 체크하는 소프트웨어를 사용하는 것 같더군. 더 이상 자세한 건 가르쳐주지 않았지만 기술적으론 결코 어려운 일이 아니야."

그는 그렇게 말하며 콧머리를 긁적였다.

"그런 짓을 뭐 하러 하지?"

그는 어이없는 표정으로 나를 빤히 쳐다보았다.

"뭐든 하겠지. 만남 사이트 정도라면 괜찮을지 모르지만 다른 사람에게 말할 수 없는 사이트를 이용한다고 가정해봐. 악의를 가진 사람이 자네가 SM이나 로리타 포르노 사이트를 이용한다는 걸 알았다고 쳐. 그러면 자네를 협박할 수도 있어. '부인에게 얘기해도 되나요? 회사에 알려져도 괜찮나요?'라고."

"무서운 말을 하는군."

나는 괴로운 얼굴로 커피를 홀짝였다.

"그것만이 아니야. 사이비 종교의 권유, 방문판매, 미인계, 다단계 판매, 피라미드 판매. 경우에 따라서는 자네 컴퓨터에 바이러스를 보낼 수도 있어. 그러면 순식간에 자네 회사의 모든 컴퓨터를 사용할 수 없게 될걸. 아마 라이벌 회사는 박수를 치며 좋아하겠지. 자네를 보아하니 컴퓨터에 대해 잘 모르는 것 같군."

한마디도 반박할 수 없었다.

"중요한 건 악의야. 거기에 악의가 있는지 없는지. 악의가 개입되면 사소한 거라도 문제의 씨앗이 되니까. 물론 선의의 사이트도 있어."

그는 입에 물었던 스트로를 테이블에 내려놓았다.

"예를 들면 내 지인이 하는 취미 사이트인데, 동성애자를 위한 사이트지. 세상이 좋아졌다고 해도 그들은 아직 어둠의 존재라서 상대를 찾을 때 고생해야 하거든. 2번가에 가면 되지 않느냐는 사람도 있지만, 호모나 레즈비언이 신주쿠에만 있는 건 아니잖아. 아오모리에도 있고, 시마네에도 있지. 어떻게 해야 좋을지 몰라서 오직 자신을 죽이며 참는 사람도 있을 테고. 그런 사람들에게 인터넷은 신이야."

무슨 말을 하고 싶은지는 알겠지만 지금 내가 껴안고 있는 문제와 관계가 없는 건 분명했다. 이야기를 처음으로 돌리려고 쳐다보았지만 그는 내 시선을 무시하고 아이스 코코아를 휘휘 저었다. 얼음이 부딪치는 투명한 소리가 들렸다.

"어쩌면 아파트 옆집에 운명의 상대가 있을지도 모르지. 이건 뭐 극단적인 사례일지 모르지만 내 지인의 훌륭한 점은 돈을 안 받고 운영한다는 거야. 그런데 그런 사이트는 극소수야. 사이트 관리자나 운영자의 목적은 대부분 돈이고. 경우에 따라서는 악의라고 할 수 있지."

나는 커피를 한 잔 더 주문했다. 이야기가 조금 길어질 것 같다.

"말이 참 많군."

하라다가 입술을 삐죽거리며 부루퉁하게 말했다.

"자네처럼 아무것도 모르는 사람을 보면 설교하고 싶어서 견딜 수 없다니까. 이 세상에 그렇게 위험한 건 없어. 경우에 따라서는 자네처럼 이상한 스토커에게 시달리게 되고 말이야."

"반박하고 싶지만 아무 말도 할 수 없군."

나는 자조적인 미소를 지었다.

"그래도 자네는 운이 좋아. 스토커법이 만들어졌으니까. 혼자 해결할 수 없으면 경찰서로 뛰어가면 돼."

"경찰서에 가봤는데 내가 예상했던 반응과 딴판이더군."

나는 경찰의 반응에 대해 이야기해주었다. 그가 다시 다리를 꼬았다.

"그거 참 골치 아프군. 나도 한때 경찰에 몸을 담아서 아는데, 그 형사의 태도가 잘못되었다고 하긴 힘들어. 한마디로 말하면 사건성이 너무 약하거든. 지금 단계에서 수사할 수 없다는 건 사실이야. 차라리 피해 신고를 내면 어때?"

나는 세차게 머리를 흔들었다.

"그럴 순 없어. 그러면 내가 한 짓이 아내나 회사에 드러날 테니까. 그것만은 도저히……."

"샐러리맨은 참 힘들겠군. 하긴 이번 경우엔 피해 신고를 내도 해결되지 않는 건 분명해. 상대의 본명도 신원도 모르는데 경찰이 어떻게 움직이겠나?"

"그런 것 같더군."

"더구나 자네에게 해를 가하려고 하는지, 나쁜 의도가 있는지도 모르잖아? 끈질기게 따라다니는 건 분명하지만, 리카라는 여자를 스토커로 볼 수 있느냐 없느냐도 확실하지 않고……."

"경찰에서도 똑같이 말하더군."

나는 남은 커피를 한꺼번에 들이켰다. 커피 잔을 든 손이 떨리기 시작했다.

"지금 상황에선 경찰이 나서진 않을 것 같아. 이럴 땐 어떻게 하면 되지? 아무도 도와주지 않아."

그가 말없이 손을 들었다. 가까이 다가온 웨이트리스에게 커피의 리필을 주문할 때까지 나는 아무 말도 하지 않았다.

"진정해. 그것 때문에 날 부른 거잖아."

"도와줘."

눈앞이 흐려졌다. 눈물을 흘린 걸까? 스스로도 알 수 없었다.

"나도 나만 믿으라고 큰소리치고 싶은데 그게 좀……." 하라다가 미소를 지으며 말을 이었다. "한 가지 말하자면, 통계적으로 볼 때 그런 스토커는 새로운 목표가 나타나면 지금까지 있었던 일을 깨끗이 잊는다고 하더군. 상대는 일종의 정신이상자니까 말이야."

"그게 언제인가?"

힘없는 미소를 지으며 나는 커피 잔을 입으로 가져갔다. 뜨겁기만 할 뿐 맛은 알 수 없었다. 하라다가 자기 명함의 메일 주소를 손으로 가리켰다.

"리카란 여자의 메일을 전부 내 메일 주소로 전송해줘. 아까도 말했지만 내용상에서 여자의 신원을 알아낼 수도 있어. 여자의 신원을 알아내면 어떻게 대처해야 할지 방법이 나오겠지."

"어떻게 할 건데?"

"난 프로야. 그런 일은 나한테 맡겨. 일단 메일을 샅샅이 훑어볼게. 어쩌면 주소와 이름을 알 수 있는 단서가 있을지도 모르니까. 상대의 정체를 알면 그렇게 두려워하지 않아도 돼."

"이제 좀 안심이 되는군."

나는 눈꼬리를 훔친 뒤 촉촉해진 손을 테이블보로 닦았다.

"현재 상황을 정리해볼게. 그쪽 상황은 이럴 거야. 자네가 휴대전화 번호를 바꿈으로써 일단 직접 연락할 방법이 없어졌지. 안 그러면 만남 사이트에 자네 정보를 알려달라고 메시지를 남기지 않았을 테니까."

"그건 그래."

"더구나 자네 이야기가 맞는다면, 그 여자는 매일 20시간 정도 컴퓨터 앞에 앉아 있어야 해. 물론 사람이 연애를 할 때는 평소에 상상도 할 수 없는 파워가 나오기도 하지. 그곳에 집념이나 망상이 들어가면 더욱 그래. 하지만 그런 에너지가 얼마나 가겠나? 매일 밤잠도 자지 않고 그런 일을 해보게. 분명히 쓰러지지 않겠어? 가령 체력이 유지된다고 해도 돈이 떨어질 거야."

그의 말이 맞다. 나는 그의 지적에 감탄했다. 전화요금도 무시할 수 없으리라.

"그럼 그다음은 인내력 경쟁이 되겠지. 그런 면에서 볼 때 자네는 오히려 편해. 앞으로 1년간 오모테산도 근처에 가지 않으면 되니까. 만남 사이트 쪽엔 내가 손을 써둘게. 약간 연줄도 있으니까 말이야. 비합법적 사이트라면 몰라도 합법적으로 운영하는 곳이라면, 위험하다는 걸 알면 즉시 손을 뗄 거야."

"그런 것 같아. 이미 삭제하기 시작한 곳도 있다더군."

하라다는 아이스 코코아 잔 끝을 손가락으로 튕겼다.

"그게 상식이야. 어때? 그러면 전부 해결되지 않겠어?"

자신만만하게 단언하는 그를 보고 얼어붙었던 마음이 서서히 녹아 내렸다. 갑자기 용기가 생겼다. 이제 해결될지도 모른다.

그가 둥글게 말은 스트로의 비닐을 던지며 말했다.

"그나저나 도저히 이해할 수 없군. 왜 휴대전화 번호를 가르쳐준 거지? 도대체 무슨 생각이었던 거야. 그런 사이트에서 사람을 만나려면 그 정도는 생각했어야지."

"그렇다고 집 전화번호를 가르쳐줄 순 없잖아?"

나는 사카이가 가르쳐준 대로 했을 뿐이라고 말했다.

"사카이? 기억나. 2년 후배지? 분명히 광고연구회였을 거야. 그런 녀석의 말을 믿은 게 잘못이야."

그는 떨떠름한 표정을 지으며 안주머니에서 휴대전화를 꺼냈다. 그리고 서류가방 안에서 색깔이 다른 휴대전화를 한 대 더 꺼냈다.

"이건 내 업무용 전화야. 그리고 이건 다른 사람 명의의 전화고. 알지?"

고개를 흔드는 나를 보고 그는 내 어깨에 손을 얹었다.

"이 나라에 자네 같은 사람들이 있다고 생각하니 참 슬프군."

나는 그의 손을 뿌리치면서 다른 사람 명의의 전화가 무엇이냐고 물었다.

"얼마 전까지는 프리페이드 전화란 게 있었지. 그건 참 편리했어. 미리 돈만 내면 번거로운 절차가 필요 없었지. 신분증명서도 필요 없고 도장도 필요 없고……. 더구나 금액은 1만 엔도 안 됐어. 나 같은 일을 하다 보면 가끔 필요하지만, 요즘은 자네 같은 사람이 많아서 구입하려면 신분증명서가 필요해졌지."

그는 원망스러운 눈길로 나를 노려보았다.

"그런데 다른 사람 명의의 전화란 건 뭐지?"

"이름 그대로 다른 사람 이름으로 등록한 전화야. 인터넷에서 알아봐. 취급하는 사이트는 얼마든지 있으니까. 조금 비싸긴 하지만 명의가 다른 사람으로 되어 있어서 발신인의 신원은 절대로 드러나지 않아. 리카라는 여자에게 그런 전화번호를 가르쳐줬다면 이렇게 고민할 필요는 없었겠지."

"그런 사이트가 있어?"

그는 다시 씁쓸한 표정을 지었다.

"인터넷에서 팔지 않는 건 없어. 어쨌든 리카란 여자에게 전화가 오면 철저하게 무시해. 그런 사람들은 이쪽에서 반응을 보일수록 좋아하니까. 화를 내든 소리치든 울며 매달리든 계속 무시해. 그들이 원하는 건 커뮤니케이션이야. 아무리 일그러진 형태라도 말이야."

"꼭 어린애 같군."

하라다가 손을 깍지 낀 채 우두둑 소리를 냈다.

"그래, 바로 그거야. 오늘 처음으로 옳은 소리를 하는군. 스토커는 원래 어린애야. 계속 똑같은 말을 해서 어른의 시선을 받으려는 어린애가 있잖아. 그런 어린애와 똑같아. 무시하면 언젠가는 없어져. 또 한 가지, 메일이나 음성 메시지는 전부 보관해둬. 나중에 재판할 때는 증거로 사용할 수 있으니까."

"재판이라니, 너무 오버하지 마."

깜짝 놀란 표정을 짓자 그는 "그런 것도 미리 각오해둬야 해"라고 진지하게 말한 뒤 시계를 보았다.

"아는 변호사가 있으니까 언제든지 소개해줄게. 어쨌든 지금 조언할 수 있는 건 그 정도야. 아까도 말했지만 메일을 보내줘. 조사해볼 테니까."

"고마워."

"다음은 여자가 자멸할 때까지 기다리면 돼. 마음이 꺾이든지 몸이 망가지든지 아니면 돈이 떨어지든지. 어느 쪽이든 그걸로 끝이야."

"그렇게 끝나주면 좋겠는데."

나는 라운지의 커다란 창문 너머로 밖을 보았다. 여느 때처럼 거리는 사람들의 물결로 가득했다. 히비야 거리를 달리는 차. 길거리를 돌아다니는 샐러리맨. 아무 일도 없는 평화로운 광경이었다.

"걱정하지 마. 무사히 끝날 테니까. 그럼 난 약속이 있어서 먼저 실례할게."

그는 서류가방에 휴대전화를 집어넣고 웃으면서 일어났다.

"뭐가 그렇게 바빠? 추억이라도 얘기하면서 좀 더 있다 가면 안 돼?"

그는 내 말을 무시하고 나를 향해 계산서를 던졌다.

"찻값은 자네가 내. 착수료 대신이야."

그는 아무런 여운도 남기지 않고 큰 보폭으로 걸으며 사라졌다. 나는 조금 편안해진 마음으로 담배에 불을 붙이고 나서 손을 들어 웨이트리스를 불렀다.

4

그로부터 이틀 후, 회사에 출근하는 도중에 하라다로부터 연락이 왔다. 나는 플랫폼에 들어온 전철을 그냥 보내고 계단 밑으로 들어갔다. 메일을 살펴보았지만 단서가 될 만한 건 없었다고 한다.

"특히 후반부의 메일은 심하더군. 그런 걸 전파계(電波系, 망상과 망상벽이 있으며, 다른 사람과 커뮤니케이션을 하려고 하지 않는 사람 – 옮긴이)라고 하지? 봤는지 안 봤는지 모르겠지만 자네와 그 여자는 전생에 남매였다고 하더군. 르네상스 후기에 이탈리아에서 말이야."

느긋한 목소리에 웃음소리가 섞였다. 나는 아무 말도 할 수 없었다. 사람들의 물결에 떠밀려 휴대전화를 떨어뜨릴 뻔했다. 다시 휴대전화를 꽉 부여잡았다.

"그건 그렇다고 치고 계속 간호사라고 주장하고 있더군. 아무래도 그건 사실인 것 같아."

"나도 그런 것 같아."

나는 세차게 고개를 끄덕였다.

사카이만큼은 아니지만 메일을 주고받는 가운데 상대의 말이 사실인지 아닌지는 대강 감을 잡을 수 있었다.

리카의 경우에도 가끔 믿을 수 없는 말이 있지만 간호사라는 직업은 꽤 신빙성이 있었다. 지금도 현역으로 일하는지는 모르겠지만 적어도 예전에 병원에 근무한 적이 있는 것은 분명하다.

"신주쿠의 꽤 큰 병원에서 일한다고도 했고, 의학 용어도 제법 그럴듯했어."

나는 리카와 주고받은 메일을 떠올리면서 대답했다.

"그래? 한번 조사해볼게. 신주쿠의 꽤 큰 병원이라면 여자의대나 게이오 병원 등 그렇게 많지는 않으니까. 신체적인 특징도 알고 있고, 가명일지 모르지만 이름도 알고 있고 말이야. 이봐, 내 말 듣고 있어?"

그때 통화 중 전화가 들어왔지만 무시했다.

"듣고 있어."

"자네가 말한 인상착의의 여자가 있으면 누군가는 기억하고 있겠지. 신원만 알아내면 자네도 안심할 수 있을 거고. 안 그래?"

"부탁할게. 자네만 믿네."

전화가 치지직거리면서 하라다의 목소리가 잘 들리지 않았다.

"알았어. 또 연락할게."

그 말을 남기고 그는 전화를 끊었다. 나는 도착한 전철에 올라타서 회사로 향했다.

사무실에 들어가기 전에 손목시계를 보았다. 9시 40분. 평소보다 10분 늦었다. 하라다와 통화하느라 열차를 두 대 보냈기 때문이다.

자리에 앉자 모모코가 서류 다발을 껴안고 다가왔다. 오늘은 민소매 셔츠로, 색깔은 평범하지만 'AKIRA KUROSAWA(구로사와 아키라, 일본의 천재 영화감독 – 옮긴이)'라는 글자가 새겨져 있었다. 어디서 샀을까.

"잠시 시간 있어요?"

"아침부터 뭐야?"

모모코가 서류 다발 위에 있는 전표를 내밀었다.

"얼마 전에 썼는데, 깜빡했어요."

나는 전표 뒤에 있는 영수증의 금액을 보았다. 4만 6,000엔.

"이봐……."

한마디 하려고 입을 열자 모모코가 내 앞에 캔 커피를 내려놓았다. 절묘한 타이밍이었다. 그러더니 뒷자리의 부장을 힐끔 보고 나서 두 손을 마주잡았다.

"부탁해요. 전 가고 싶지 않았거든요."

"누구와 같이 갔지?"

그녀는 캔 커피를 가리켰다.

"여기 광고부와 대리점 사람들과요. 거절할 수 없어서요."

"거절하면 되잖아. 다음부터는 확실히 품의서를 올려."

그렇게 말하면서 나는 책상에서 도장을 꺼냈다.

"고맙습니다. 오드리 헵번은 역시 아름답군요."

목적을 위해서라면 컴퓨터의 스크린세이버에게까지 입 발린 말을 한다. 그렇지 않으면 영업맨이 될 수 없다. 내 가르침을 충실히 지킨 모모코가 자기 자리로 돌아갔다.

캔 커피의 따개를 따고 기묘하리만큼 달콤한 커피를 목으로 내려 보냈다. 도장 하나에 캔 커피 하나인가. 관리직이 언제 이렇게 싸구려가 됐을까?

'잠깐!'

컴퓨터 화면을 쳐다보았다. 평소처럼 오드리 헵번이 우아하게 미소를 짓고 있다.

하지만 이상하다. 어제 회사를 나갈 때 분명히 컴퓨터의 전원을 껐다. 그건 확실히 기억한다. 그런데 어떻게 스크린세이버가 작동하고 있을까. 누가 내 컴퓨터를 사용한 거지?

고개를 들고 사무실을 둘러보았다. 아침의 나른한 시간을 업무 모드로 바꾸기 위해 각자 나름대로 의식을 치르고 있었다.

'컴퓨터를 사용하는 건 좋지만 다 사용했으면 전원을 꺼야지.'

나는 그렇게 생각하면서 마우스에 손을 댔다. 평소 같으면 즉시 작동화면으로 바뀌는데 스크린세이버가 움직이지 않았다. 고장 난 걸까? 이거 골치 아프게 됐군. 나는 마우스패드 위에서 마우스를 세게 흔들었다.

헵번의 얼굴이 움직이기 시작했다. 평소와 뭔가가 다르다. 무슨 일이 일어난 걸까. 혼란에 빠진 내 앞에서 아름다운 헵번의 미소가 물에 잠긴 모래처럼 스멀스멀 무너졌다. 턱이, 입술이, 코가, 그리고 눈동자가 미세한 입자가 되어 화면 안으로 빨려 들어갔다. 어떻게 된 걸까.

눈 깜빡할 새에 턱과 머리카락이 사라지고 화면이 잿빛으로 변했다. 약간 사이를 두고 작은 불빛이 켜졌다. 불빛은 점점 커지더니 하나의 형태를 이루었다.

R.

알파벳의 R이었다. 화면 가득히 커진 R 자가 사라지고 다시 작은 불빛이 깜빡거렸다. I. 나도 모르게 자리에서 일어났다. 누구지? 누가 이런 장난을…….

불빛은 계속해서 형태를 만들더니 K 자와 A 자가 나란히 나타났다.

R, I, K, A.

"혼마, 왜 그래? 무슨 일 있나?"

등 뒤의 부장이 말을 걸었다. 얼굴에 굳은 웃음을 매단 채 돌아보았을 때, 가슴의 휴대전화가 울렸다.

"아무것도 아닙니다."

나는 고개를 한 번 끄덕이고 나서 휴대전화의 액정화면을 보았다. 하라다였다. 복도로 나가면서 플립을 열었다.

"여보세요, 나야."

하라다가 재빨리 말했다.

"자꾸 전화해서 미안해. 물어볼 게 있어서 그래. 그 여자 메일을 보면 고향이 나가노라고 하던데, 혹시 통화했을 때 구체적인 장소나 지명을 들은 적이 없어? 산이라든지 강이라든지 근처의 놀이터라든지."

"지금 그게 문제가 아니야! 리카야. 그 여자가 회사에 왔어!"

"무슨 말이야?"

"정말이야! 내 책상에 와서 스크린세이버를 바꾸고 갔다고!"

"잠깐만, 진정해. 무슨 일이 있었는데?"

"그걸 내가 어떻게 알아!"

내 고함이 엘리베이터 홀에 울려 퍼졌다. 지나가던 퀵서비스 직원이 깜짝 놀라서 걸음을 멈추었다.

"어쨌든 오늘 만날 수 있어? 몇 시라도 상관없어."

"알았어. 나중에 연락하지."

하라다의 짧은 대답을 듣고 나는 플립을 닫았다. 그때 전자음이 들렸다. 액정화면에 '음성 메시지가 있음'이라는 표시가 보였다. '아침부터 누구야?'라고 생각하면서 나는 음성 메시지 버튼을 눌렀다.

"음성 메시지가 두 건 있습니다. 9시 7분입니다."

기계음이 시각을 말한 뒤 메시지가 흐르기 시작했다.

"여보세요, 저예요."

나는 손에서 휴대전화를 떨어뜨릴 뻔했다.

리카다. 놀라서 입이 다물어지지 않는다.

어떻게…… 어떻게, 리카가…….

"리카예요. 잘 있었어요?"

매일 통화를 하는 듯한 자연스러운 목소리. 이 전화번호를 어떻게 알아냈지?

"전화번호를 바꾸었는데 왜 리카에게 가르쳐주지 않았을까요? 아마 너무 바빠서 깜빡했겠죠. 그동안 리카의 목소리를 못 들어서 섭섭하지 않았어요?"

눈앞이 캄캄해져서 나는 벽에 기댔다. 빈혈일까?

"혹시 회의 중이에요? 바쁜 건 알지만 리카를 너무 내버려두면 바람 피울 거예요. 호호호. 농담이에요, 농담. 리카가 바람을 피울 리 없잖아요. 리카에겐 오직 혼다 씨뿐이에요. 호호호, 기뻐요? 이런 말을 하자니 좀 쑥스럽네요. 하지만 사실이니까 어쩔 수 없어요. 아아, 난 왜 당신 같은 사람을 좋아하게 됐을까요? 부인도 있고, 딸도 있다는 걸 알지만 어쩔 수 없어요. 아무리 잊으려고 해도 혼다 씨만 떠올리게 돼요. 혼다 씨는 참 나쁜 남자예요. 하지만 여자는 나쁜 남자에게 끌리는 법이죠. 이상하지 않나요?"

잠시 숨을 고르는 소리가 들렸다.

"혼다 씨, 리카를 칭찬해주세요. 리카는 굉장히 외롭지만 혼다 씨 집에 전화하지는 않잖아요. 규칙을 지켜야 하니까요. 혼다 씨와 리카는 서로 사랑하는 사이지만, 세상의 눈으로 보면 아무래도 불륜이 되겠죠. 그래서 규칙을 지키지 않으면 많은 사람이 괴로워할 거예요. 부인과는 사이가 좋지 않을지도 모르지만 딸은 사랑하죠? 아마 딸 때문이라도 가정은 깨뜨리고 싶지 않을 거예요. 리카가 고집을 부리면 안 된다는 거 알아요. 그런데 아야는 잘 있어요?"

온몸의 피가 차가워졌다. 어떻게 딸의 이름을 알고 있지? 메일을 보내거나 통화를 할 때 말한 적이 있었을까? 기억을 더듬어보았다. 말하지 않았다. 딸의 이름을 말한 적은 없다.

"아야가 참 예쁘게 생겼더군요. 혼다 씨를 닮았나요? 아니면 부인을 닮았나요? 참, 어제 입은 빨간색 블라우스가 아주 잘 어울리더라고요."

빨간색 블라우스. 그렇다. 딸은 분명히 미키하우스가 그려진 빨간색 블라우스를 가지고 있다. 딸이 제일 좋아하는 옷이다. 어제 입었던가?

내가 집에 들어갔을 때는 잠옷 차림이었다. 그러나 낮에 학교에 갔을 때는 그 옷을 입었을 수도 있다.

"어리광이 좀 있는 것 같았지만 그래도 너무너무 귀여웠어요. 그러니까 혼다 씨는 아야를 제일 좋아해도 돼요. 첫 번째는 양보할 테니까 리카는 두 번째로 좋아해주세요. 리카에겐 혼다 씨가 첫 번째지만요. 아아, 갑자기 화가 나네요. 하지만 아무리 리카가 혼다 씨를 사랑해도 딸에겐 이길 수 없으니까 어쩔 수 없죠 뭐. 그럼 나중에 또 전화할게요."

첫 번째 메시지는 거기서 끝났다. 나는 떨리는 손으로 두 번째 메시지를 재생했다.

"또 전화를 걸었어요. 혼다 씨는 끈질긴 여자를 싫어하나요? 혹시 절 싫어하면 어떡하죠? 하지만 그동안 너무 외로웠어요. 혼다 씨 목소리를 듣고 싶어요. 혼다 씨와 이야기하고 싶어요. 혼다 씨를 느끼고 싶어요. 혼다 씨를 리카의 것으로 만들고 싶어요. 부인도 나처럼 이렇게 생각할까요? 아니면 좋은 아파트에 살면 그걸로 충분할까요? 아참, 그 아파트는 자가(自家)예요? 굉장해요! 굉장히 좋아 보이던데. 그런 아파트는 얼마나 할까요? 돈은 역시 혼다 씨가 냈겠죠? 대단해요! 혼다 씨가 그렇게 부자인 줄 몰랐어요. 역시 진정한 어른이네요. 그렇게 경제력이 있는 걸 보니……. 리카는 항상 돈이 없어서 쩔쩔매는데 말이에요. 여기서 빈부 차이가 나네요. 아! 하지만 리카의 목적은 혼다 씨의 돈이 아니니까, 만약 혼다 씨가 회사에서 잘리거나 돈 한 푼 없는 빈털터리가 돼도, 리카는 계속 혼다 씨를 좋아할 거예요. 그때는 리카가 벌어서 혼다 씨를 먹여 살릴 거예요. 그래요, 그렇게 할게요."

나는 분명히 아파트에 살고 있다. 리카에게 그런 말을 한 적도 있다. 그걸 말하는 걸까?

"혼다 씨 집은 금방 알았어요. 문패가 알파벳이네요. 역시 혼다 씨답다고 생각했어요. 센스가 참 좋아요. 문패는 보통 예스럽고 케케묵은 느낌이 들잖아요. 하지만 혼다 씨는 당당하게 내놓았더군요. 혼다 씨 문패는 아주 멋있었어요. 참, 혼다 씨의 진짜 이름은 혼다가 아니라 혼마더군요. 물론 그건 상관없어요. 인터넷 닉네임은 자유니까요. 닉네임을 이상하게 지은 사람도 굉장히 많아요. '옥수수'라든지 '미스터 포테이토칩'이라든지 '뒷밭의 강아지'라든지. 저도 예전엔 '너스'란 닉네임을 자주 사용했거든요. 물론 리카에게는 진짜 이름을 가르쳐주었으면 했지만 이름 같은 건 아무래도 상관없어요. 리카가 좋아하는 건 혼다 씨 이름이 아니라 혼다 씨 자체라고 할까 혼다 씨 마음이니까요."

최악의 상황이다. 주소도 본명도 전부 알려져버렸다.

"있잖아요, 다음엔 언제 통화할 수 있을까요? 리카는 하고 싶은 말이 많아요. 혼다 씨도 리카에게 하고 싶은 말이 많죠? 언제쯤이면 일이 좀 한가해질까요? 죄송해요, 떼를 쓰면 안 되겠죠? 리카가 얌전히 기다릴 테니까 용서해주세요. 그럼 또 전화할게요."

메시지는 거기서 끝났다. "모든 메시지를 들으셨습니다"라고 기계 음이 흘러나왔다. 나는 이마에 배인 땀을 손등으로 닦고 나서 휴대전 화를 주머니에 넣었다.

점심때가 지나 하라다에게 연락이 와서, 우리는 회사 근처의 커피숍 에서 만났다. 나는 스크린세이버가 바뀌었다고 하면서 리카의 짓이 분명하다고 설명했다.

"회사에까지 왔다는 건가?"

"그래. 그것만이 아니야."

나는 그에게 휴대전화를 주고 음성 메시지를 들려주었다.

"목소리가 좋군. 푹 빠지는 것도 무리가 아니야."

그는 메시지를 듣고 휴대전화를 테이블 위에 내려놓았다.

"지금 농담할 때가 아니야!"

"알고 있어."

그가 손을 흔들며 말했다.

"그 여자는 회사에까지 왔어. 우리 집도 알고 있고. 주소도, 본명도, 전화번호도, 어떤 수단을 사용했는지는 모르겠지만 전부 다 알고 있다고!"

심장의 쿵쾅거림이 격렬해졌다. 유선방송에서 흘러나오는 록 음악이 시끄러워서 견딜 수 없었다.

하라다가 어이없는 표정을 지었다.

"그런 걸 알아내는 방법은 얼마든지 있어. 그렇게 어려운 일이 아니야. 그걸로 먹고사는 녀석들이 많으니까. 아마 휴대전화일 거야. 자네 개인정보 중에 상대가 알고 있는 건 그것뿐이었지?"

"어떻게 알아내는데?"

그는 테이블에 놓여 있는 내 휴대전화를 가리켰다.

"이 휴대전화 전에 가지고 있던 휴대전화를 샀을 때 주소와 전화번호, 그리고 회사 이름을 등록했지? 어떤 방법을 사용했는지 모르지만 그 기록을 살짝 봤겠지."

"해킹했다는 거야?"

그는 고개를 흔들었다.

"아니, 나라면 그렇게 귀찮은 짓은 안 해. 탐정 사무소에 의뢰하지. 리카라는 여자도 그렇게 하지 않았을까? 휴대전화 번호만 알면, 3만 엔이면 주소와 전화번호를 알아낼 수 있거든."

"그것밖에 안 해?"

이 나라에서는 그만한 돈이면 개인정보를 살 수 있는 건가?

"이 휴대전화 번호도 그런 식으로 알아냈을 거야. 아주 간단해."

그는 작게 하품을 했다.

"난 어떻게 하면 되지?"

"글쎄, 집도 회사도 알려졌다는 건 자넨 지금 알몸 상태란 거야. 그런 상태에선 몸을 지키기가 쉽지 않지."

"어떻게 안 될까?"

"어떻게 하면 좋을까?"

그는 깍지 낀 손 위에 턱을 올려놓았다.

"자네가 모르는 걸 내가 어떻게 알아?"

"이 단계에서는 경찰도 믿을 수 없고……."

그 자세로 눈을 감은 그를 보며 나는 똑같은 말을 반복했다.

"어떻게 안 될까? 그 여자를 찾아내서 그만두게 할 방법이 없을까?"

그는 커피 잔에 설탕을 넣은 뒤, 조용히 스푼으로 젓기 시작했다. 과학자 같은 손놀림이었다.

"어쨌든 그 여자를 찾아볼게. 모든 건 그다음부터야."

그는 스푼으로 맛을 확인하고 나서 커피 잔을 입에 댔다. 우리는 입을 다문 채 각자 앞으로 어떻게 해야 할지 생각했다. 그러나 좋은 방법은 생각나지 않았다.

5

다시 리카의 전화 공세가 시작되었다.

발신번호 표시제한 전화나 공중전화에서 걸려온 전화는 받지 않아서 직접 통화하는 일은 없었지만, 리카는 반드시 음성사서함에 메시지를 남겼다. 대부분은 왜 전화를 받지 않느냐, 지금 어디에 있느냐, 뭐하고 있느냐 등 꼬치꼬치 캐묻는 내용이었지만 다음에는 반드시 아내와 딸 이야기를 했다.

아내가 어제 어디에서 쇼핑을 했다는 둥 딸이 누구와 놀았다는 둥 실제로 보지 않으면 모르는 것까지 들먹였다. 리카가 우리 집을 감시하는 것은 분명했다.

우리 아파트 주차장을 개보수하기 시작한 것, 옆집에서 택배를 받아준 것, 베란다에 널어놓은 빨래가 바람에 날아가 아래층 베란다에 떨어진 것까지 웃으면서 이야기하곤 했다.

"혼다 씨, 전 당신 아내도 딸도 알고 있어요. 이게 무슨 뜻인지 아는지 모르겠네요."

리카가 무슨 말을 하는지는 지나칠 정도로 알고 있다. 내 아내와 딸에게 무슨 일이 있어도 이상하지 않다는 뜻이다.

시간이 갈수록 좌절과 절망은 더욱 깊어졌다. 나는 그 주에 단순한 연락 실수 두 건과 회의시간을 이중으로 잡은 것 한 건, 그리고 클라이언트와 회의할 때 클라이언트의 회사 이름을 라이벌 회사 이름으로 부르는 치명적인 실수를 범했다.

금요일 아침에는 결국 부장의 호출을 받았다. 최근에 무슨 일이 있었느냐고 묻는 부장에게 아무 일도 없었다고 대답했다. 부장은 내 얼굴을 빤히 쳐다보며 "그렇다면 다행이네"라고 말하며 자리에서 일어났지만 등에는 '뭔가 좀 이상하군, 대책을 생각해둬야겠어'라고 확실히 쓰여 있었다.

옛날부터 감정이 얼굴에 드러나지 않는 타입이라서 주변 사람들은 그렇게 심각하게 여기지 않는 듯했지만, 실제로 마음은 절망의 밑바닥에서 헤매고 있었다. 매일 아침 눈을 뜰 때마다 오감이 마비되는 걸 스스로도 알 수 있었다. 모두 스트레스 때문이다.

물론 눈도 보이고 귀도 들리지만, 무엇을 보고 무엇이 들리는지 스스로도 알 수 없었다. 식욕이 없고 음식을 먹어도 맛을 느낄 수 없었다. 습관으로 물고 있는 담배가 필터 가까이까지 타들어가도 알아차리지 못해서 손가락을 데기도 했다.

그래도 회사 사람들 이름은 틀리지 않았지만 거래처 사람의 이름은 생각나지 않는 적이 한두 번이 아니었다. 내가 전화를 걸어놓고 누구와 이야기하고 있는지 순간적으로 잊어버린 적도 있었다.

인간으로서 기본적인 사항은 물론이고 사고력, 특히 판단력이 약해졌다. 일이 손에 잡히지 않고 무엇을 어떻게 해야 좋은지, 내가 무엇을 하고 있는지조차 알 수 없는 일도 있었다.

이대로 있으면 우울증에 걸릴 거라는 건 불을 보듯 훤했다. 알고는 있었지만 어떻게 할 수 없었다.

사람의 마음은 이런 식으로 무너진다는 사실을 처음으로 깨달았다. 지금은 아직 자각이 있어서 다행이지만, 조만간 어디선가 경계선을 넘으면 정말로 모든 게 붕괴되리라. '모래를 씹는 듯한 괴로운 심정'이라는 말이 있지만, 내가 씹고 있는 모래에는 아무 맛도 나지 않았다.

오직 잠을 자고 싶었지만 잠도 제대로 잘 수 없었다. 밤에는 거의 한 시간마다 깨어서 침대 위에서 생각에 잠기곤 했다. 아내와 딸과 침실을 따로 쓰기를 잘했다고 진심으로 생각했다. 그렇지 않으면 아내는 이틀 만에 내 상황을 알아차렸으리라. 어느 의미에서는 그러는 편이 더 좋았을지도 모르지만.

매일 아침이 되면 휴대전화 음성 사서함에 메시지가 스무 건 남아 있었다. 간밤에 리카가 녹음해놓은 것이다. 내용도 듣지 않고 전부 삭제했다. 개중에는 업무에 관한 연락이나 친구의 안부 전화도 있었겠지만 그런 것에 신경 쓸 때가 아니었다. 그런 식으로 다시 일주일이 지났다.

일요일 낮에 딸과 함께 집 근처에 있는 슈퍼마켓에 갔다. 딸의 손을 잡고 통로를 지나면서 진열되어 있는 상품을 바라볼 때도 내 마음은 그곳에 없었다. 덕분에 딸은 장바구니 안에 원하는 과자를 마음껏 담는 데 성공하여, 나중에 아내로부터 날카로운 시선을 받을 지경에 처했다.

저녁식사를 할 때 딸이 지난주에 학교에서 일어난 수많은 일들에 대해 이야기했다. 아내는 이미 그 이야기를 들었는지 힐끔힐끔 TV를 보면서 적당히 고개를 끄덕여주고 있었다.

딸이 숟가락을 움켜쥔 채 흥분해서 일어섰다.

"그래서, 그래서 말이야, 선생님이 말이야, 도모유키의 엉덩이를 때렸어. 그랬더니 도모유키가 아기처럼 울었어."

아내가 딸의 팔을 잡았다.

"알았으니까 그만 앉아. 의자 위에 일어서면 위험하다고 몇 번을 말해야 알아듣겠어?"

"하지만 도모유키도 잘못했단 말이야."

딸이 어른스러운 표정으로 숟가락을 입에 물었다.

"아야, 어서 내려와."

아내가 차가운 목소리로 말하자 딸은 순순히 의자에서 내려왔다. 예전부터 학습능력이 있는 아이였다.

"지금 엄마 얼굴이 선생님 얼굴이랑 똑같아."

아내가 쓴웃음을 지으며 딸의 두 뺨을 손으로 감쌌다.

"아야 너, 자꾸 엄마가 싫어하는 말을 할 거야? 아빠 닮아서 그래."

딸이 다시 흥분해서, 햄을 마구 입 안에 집어넣기 시작했다. TV의 많이 먹기 경쟁 프로그램을 보고 배운 기술이다.

"세상에! 엄마가 그렇게 하면 안 된다고 했잖아!"

말과는 반대로 아내가 눈을 가늘게 뜨며 웃었다. 엄마의 웃음에 힘을 얻은 딸이 손가락과 숟가락으로 감자튀김을 마구 입 안에 쑤셔 넣었다. 그때 전화벨이 울렸다.

"어머나? 누구지? 하필 식사시간에……."

입 안에 음식을 잔뜩 넣은 딸이 자리에서 일어나는 아내를 보고 말했다.

"엄마, 이것 봐."

"아이 참, 그만하지 못해! 자꾸 그러면 엄마 화낸다."

아내가 웃으면서 수화기를 들었다.

"아빠, 이것 봐."

딸이 나를 향해 입을 크게 벌리고 활짝 웃었다. 그때 아무 말도 하지 않고 아내가 수화기를 내려놓는 게 보였다.

"왜 그래?"

"팩스야."

아내가 식탁으로 돌아오며 말했다.

전화와 팩스가 자동전환으로 되어 있었다.

"엄마, 이것 봐."

순간 온몸에 전기가 관통했다. 몸이 멋대로 일어섰다.

"여보, 왜 그래?"

아내가 젓가락 든 손을 멈추고 나를 올려다보았다.

"아무것도 아니야. 일 때문인 것 같아서."

나는 전화기를 향해 성큼성큼 걸어갔다.

내가 일어선 것은 천천히 나오는 팩스용지에서 '리카'라는 손글씨가 보였기 때문이다. 나는 아내와 팩스기 사이로 몸을 옮겼다. 아내가 돌아보아도 팩스용지가 보이지 않도록 해야 한다.

도대체 그 여자의 목적은 무엇인가? 지금 무엇을 보내는 거지?

식탁에 등을 돌리고 있는 나를 보며 아내가 물었다.

"왜 그래?"

"중요한 일인 것 같아서."

나는 떨리는 목소리로 대답했다. 대답을 한 것이 기적으로 여겨졌다. 팩스용지가 계속 밑으로 떨어졌다. '리카'라는 글자 밑에 '당신 거예요'라고 적혀 있다.

"그냥 내버려두고 나중에 보면 안 돼?"

아내가 일어서는 기척이 났다. 가까이 다가온다. 어떻게 하지?

그때 딸이 소리쳤다.

"엄마, 이것 봐!"

"아아, 내가 못 살아. 또 입에서 음식이 튀잖아!"

어깨 너머로 식탁 쪽을 힐끔 돌아보았다. 아내가 딸의 발밑에서 샐러드를 줍고 있다.

제발 부탁한다! 제발 빨리 나와라!

글자 밑에서 거무칙칙한 그림자가 나타나기 시작했다. 그림자가 점점 커지더니 하나의 모양을 이루었다. 입술. 키스마크.

아니다. 이건 여자의…….

팩스의 종료를 알리는 전자음이 울렸다. 갑자기 속이 울렁거렸다. 먹은 음식이 식도를 역류해온다. 나는 황급히 손으로 입을 막았다.

'당신 거예요'.

맨 밑에는 그런 글씨와 함께 하트 마크가 찍혀 있었다. 구토증이 치밀어 올랐다. 나는 팩스용지를 세차게 찢었다.

그때 어깨에 손이 놓이고, 나는 펄쩍 뛰어오르며 돌아보았다. 아내가 눈을 크게 뜨고 깜짝 놀란 표정을 지었다.

"왜 그래? 무슨 일 있어?"

"아니, 아무 일도 없어."

그렇게 말하면서 나는 팩스용지를 접었다.

"누구한테 온 거야?"

아내의 손이 내 손에 들려 있던 팩스용지로 다가왔다. 나는 죽을힘을 다해 팩스용지를 바지 주머니에 쑤셔 넣었다.

"아무것도 아니야. 아무것도 아니라니까! 거래처 임원이 갑자기 돌아가셨나 봐."

"그래?"

"장례식 때문에 연락이 왔어. 아무것도 아니야."

이때 나는 어떤 표정을 지었을까? 아내가 뭐라고 말하려는 찰나 딸이 큰 소리로 불렀다.

"엄마, 엄마!"

또 새로운 기술을 발견한 듯했다.

아내는 "그래그래, 알았어"라고 한숨을 쉬며 딸에게 돌아갔다. 나는 주머니 안의 팩스용지를 움켜쥔 채 괴로운 절망의 밑바닥으로 떨어졌다.

6

그날 밤, 나는 무선전화기를 껴안은 채 언제 걸려올지 모르는 리카의 전화를 기다리며 밤을 꼬박 새웠다. 1분이 한 시간으로 여겨지는 기나긴 밤이 이어지고, 동쪽 하늘이 밝아올 때까지는 똑똑히 기억이 난다.

리카에게는 아무런 연락이 없었다.

비몽사몽 속에서 침대에서 기어 나와 몽롱한 상태로 옷을 갈아입었다. 습관이라고밖에 표현할 도리가 없었다. 집을 나와 전철역까지 이어지는 길을 느릿느릿 걸었다.

하늘이 파랗다. 구름 한 점 없이 쾌청했다. 세상은 내가 껴안고 있는 문제와는 상관없이 움직이고 있다.

이노가시라 선을 타고 시부야에 도착했을 때, 회사에 전화를 걸어 몸이 좋지 않아서 쉬겠다고 말했다. 상사는 아무 말도 하지 않았다. 모든 것이 아무래도 상관없었다. 나는 그대로 야마노테 선에 올라탔다.

정신이 들자 또 시부야에 있었다. 전철 안에는 사람이 거의 없었다. 아침의 혼잡함이 거짓말 같았다. 고개를 들자 그렇게 맑았던 하늘이 완전히 어두워졌다. 몇 바퀴를 돌았을까?

시계를 보자 바늘은 5시 조금 전을 가리켰다. 5시. 시간이 이렇게 많이 지났을 줄은 꿈에도 몰랐다. 그럼 아침 9시부터 지금까지 계속 전철 안에 있었단 말인가.

믿을 수 없었다. 잠을 잔 걸까. 그런 것치곤 깊은 수면에서 깬 다음의 상쾌함을 느낄 수 없었다. 입 안이 거칠거칠하고 메말라 있었다. 머리가 무겁다.

어떻게 해야 좋을지 모르는 채 전철에서 내렸다. 그러고 보니 예전에 이런 영화를 본 적이 있다. 자신이 모르는 사이에 시간이 흐르고, 자신 이외의 사람에게는 정체를 알 수 없는 이상한 영혼이 들어가고, 그리고…….

나는 개찰구 근처에 있는 역무원에게 다가갔다.

"저기…… 실례합니다."

"네, 말씀하세요."

"오늘이 며칠이죠?"

어린아이 같은 표정의 젊은 역무원이 내 얼굴을 보더니 겁을 먹은 듯 뒷걸음질 쳤다.

"아뇨, 됐습니다. 죄송합니다."

나는 고개를 숙이고 플랫폼을 걸었다. 황당하게 여기는 것도 당연했다. 현실은 영화와 다르다. 세상이 이상한 게 아니라 내가 이상한 것이다. 다른 사람에게 이상한 영혼이 들어간 게 아니라 나에게 들어온 것이다. 그렇다, 그 여자가…….

이대로 집으로 돌아갈 수는 없었다. 그렇다고 딱히 갈 곳이 있는 것도 아니다. 나는 역을 나와 가장 가까이에 있는 백화점으로 들어갔다. 백화점 안은 크리스마스 색깔인 빨간색과 초록색이 넘치고 있었다.

산타클로스가 아이들에게 풍선을 나눠주고 있다. 행복해 보이는 손님으로 발 디딜 틈이 없는 가운데, 나는 1층에서 최상층까지 계속 걸었다. 특별히 걸을 필요는 없었지만 한 곳에 머물러 있는 것을 견딜 수 없었다. 아무것도 하지 않고 있으면 그대로 녹아내릴 것 같았다.

한 층을 한 바퀴 돌고 계단을 이용해 다음 층으로 올라갔다. 그렇다고 마음의 고통이 사라지는 것은 아니지만 아무것도 하지 않는 것보다는 나았다. 적어도 걷는다는 행위가 정신을 다른 곳으로 보내준다. 나는 오직 발을 움직였다.

그대로 계속 걷고 싶었지만 그럴 수는 없었다. 백화점 폐점시간이 되어서 어쩔 수 없이 밖으로 나와야 했다.

그대로 시부야 거리를 또 걸었다. 어떻게 해야 좋을지 알 수 없었다. 집에 가기가 두려웠다. 또 팩스가 도착했을지도 모른다. 어쩌면 아내에게 직접 전화를 걸었을지도 모른다. 상대는 마음만 먹으면 뭐든지 할 수 있다. 내가 아무리 발버둥 쳐도 압도적으로 유리한 사람은 그 여자다. 그 여자에게는 지켜야 할 게 아무것도 없기 때문이다.

12시가 지나서 집에 도착했다. 한참을 돌아다녔지만 결국 사태를 해결할 방법을 떠올리지 못한 채 집으로 돌아왔다. 형용할 수 없는 무력감이 온몸을 뒤덮었다.

집 앞에 도착했을 때, 열쇠를 꺼내려고 가방 안을 뒤졌다. 열쇠가 보이지 않았다. 열쇠까지 나를 무시하는 건가. 울고 싶어졌다. 그제야 겨우 현관 등이 꺼진 것을 알아차렸다. 아니, 꺼졌다는 말은 정확하지 않다. 일정한 간격을 두고 불이 켜졌다 꺼짐을 반복하고 있다.

'이런 것까지 나를 놀리는가.'

나는 내 불행을 저주했다. 모든 게 내 뜻대로 되지 않았다. 가방 안을 더듬어 겨우 열쇠를 찾았다. 불이 깜빡거려서 열쇠구멍이 잘 보이지 않았다.

천천히 열쇠를 끼웠다. 들어가지 않는다. 열쇠의 위치가 반대였다. 한숨을 쉬고 다시 열쇠를 끼우려고 했다. 그때 무엇인가가 손에 닿았다.

그 감촉에 기억이 있었다. 하지만 무엇인지 알 수 없었다. 어쩌면 알고 싶지 않았던 게 아닐까. 마음의 깊은 곳에서 이해를 거부한 것이다.

현관 등은 여전히 켜졌다 꺼지는 규칙적인 움직임을 반복했다. 나는 열쇠를 손에 든 채 다시 켜지기를 기다렸다. 한순간 현관 앞이 밝아졌다. 그때 내 눈에 기묘한 게 들어왔다.

'머리카락이다!'

현관 등이 다시 꺼졌다. 하지만 그것은 틀림없이 머리카락이었다. 어떻게 이런 일이. 왜 여기에 머리카락이 있지? 그런 일은 있을 수 없다! 잠깐만. 침착해. 도대체 어떻게 된 거야?

열쇠를 들고 있는 손바닥이 축축해졌다. 식은땀이 배어나온 것이다. 주머니에서 라이터를 꺼내 불을 켰다.

문에서 머리카락이 자라나 있었다.

어떻게 이런 일이! 믿을 수 없다! 공포와 놀라움으로 입에서 비명이 튀어나올 것 같다. 재빨리 왼손으로 입을 틀어막았다.

문의 여기저기에 수십 개씩 묶인 머리카락이 붙어 있었다. 기다란 머리카락을 테이프로 꼼꼼히 붙여놓은 것이다. 마치 문에 머리카락을 이식한 것 같다. 이것은 또 무슨 뜻인가.

아니, 무슨 뜻인지 알고 있다. 리카다. 그 여자의 메시지다. 그 여자가 우리 집까지 왔다. 그 여자는 정말로…… 정말로 우리 집을 알고 있다. 주소도, 전화번호도, 모든 걸 알고 있다. 그 여자는 내 상상을 아득히 초월하고 있다. 믿을 수 없다.

나는 가방 입구를 크게 벌리고 나서 문에 붙어 있던 머리카락을 떼어내기 시작했다. 그 여자는 무슨 생각으로, 어떻게 할 작정으로 이런 짓을 했을까.

머리카락이 손가락에 뒤얽혔다. 한 가닥 한 가닥에 그 여자의 저주가 담겨 있는 걸까. 마치 생명이 있는 것처럼, 악의가 있는 것처럼 머리카락은 내 손에 뒤얽혀서 떨어지지 않았다.

두 손으로 머리카락을 뜯어내서 가방 안에 쑤셔 넣었다. 그때 나는 반쯤 미쳤는지도 모른다.

오랜 시간을 들여 작업을 끝냈다. 나는 라이터를 켜서 마지막 점검을 했다. 혹시 남아 있는 머리카락이 없을까? 어두워서 잘 보이지 않는다.

어쩌면 현관 등의 전구가 끊어진 것도 그 여자 짓일지 모른다. 그렇게 생각하자 등줄기가 서늘해졌다.

일단 문은 깨끗해진 것 같았다. 미처 떼어내지 못한 머리카락이 있어도 눈에 띄지는 않으리라. 그것은 내일 날이 밝은 다음에 떼어내면 된다. 나는 안도의 한숨을 쉬고 끼워놓았던 열쇠에 손을 내밀었다.

문을 열려고 손잡이를 잡았을 때 알아차렸다. 손잡이에 100개 정도 되는 머리카락이 감겨 있었다. 이것은 집념이다. 그 여자의 집념이다.

떨리는 손으로 머리카락을 쥐어뜯으려고 했을 때 느닷없이 문이 열렸다.

"아까부터 여기서 뭐 해?"

문 너머로 화장을 지운 아내의 얼굴이 보였다. 손잡이를 잡은 채 나는 아무 의미 없이 고개를 끄덕였다.

"나 왔어."

"알고 있어."

아내가 자그맣게 하품을 했다.

"늦어서 미안해. 자고 있었지?"

나는 말을 하면서 손으로 계속 머리카락을 더듬었다. 조금만 더, 조금만 더하면 머리카락을 떼어낼 수 있다.

"그랬는데 갑자기 잠이 깼어. 문 앞에서 꼼지락꼼지락 뭐 했어?"

"미안해. 어서 들어가서 자. 열쇠구멍이 잘 안 보여서 그랬어."

나는 열려고 했던 손잡이를 죽을힘을 다해 잡았다.

"문은 이미 열려 있잖아."

손톱으로 머리카락을 쥐어뜯으면서 가까스로 미소를 만들었다.

"그래, 알아. 문을 열었더니 이번에는 열쇠가 잘 안 빠져서."

어설픈 변명이었지만 절반쯤 잠에 취해 있던 아내는 수상쩍게 여기지 않는 듯했다.

"어서 들어와. 그리고 너무하잖아. 이렇게 늦게 올 거면 미리 전화를 해줬어야지."

"미안해. 잘못했어."

나는 손가락 끝에 힘을 담으면서 대답했다.

"집에서 기다리는 사람도 생각해줘. 그럼 나 먼저 잘게."

발소리가 멀어졌다. 그때 머리카락이 한 다발이 되어 아래로 떨어졌다. 나는 황급히 주워 올려 그대로 가방에 쑤셔 넣었다.

정신을 차렸을 때는 가방을 껴안은 채 문 앞에 주저앉아 있었다.

7

리카가 현관문에 붙여놓았던 머리카락을 노려보며 아침이 되기를 기다렸다가 날이 밝자마자 하라다에게 전화를 걸었다. 사정을 이야기하자 그는 즉시 만나자고 했다.

아내에게는 잠이 일찍 깨서 그대로 회사에 간다고 말하고, 나는 지난번에 하라다를 만난 호텔의 라운지로 향했다.

이른 아침임에도 라운지에는 사람이 제법 많았다. 먼저 도착해 자리에 앉아 있던 하라다가 손을 흔들었다. 나는 자리에 앉자마자 사정을 설명했다. 그는 내 이야기를 끝까지 듣더니, 불을 붙이지 않은 채 물고 있던 담배를 재떨이에 내려놓았다.

"그건 조금 문제군."

"조금이 아니야, 조금이!"

나는 숨을 깊이 토해냈다. 팩스를 보내지 않나, 현관에 머리카락을 붙여놓지 않나, 그 여자가 상상을 초월하는 공격을 하는 지금, 믿을 수 있는 건 이 탐정밖에 없었다.

"분명 조금이 아니야. 하는 짓거리가 완전히 상식에서 벗어났어."

그는 아이스 코코아의 스트로를 잘근잘근 씹으면서 말했다.

"어떻게 해야 좋을지 모르겠어. 완전히 절망의 구렁텅이야. 그 여자는 내 모든 걸 알고 있어. 앞으로 무슨 일을 할지 상상도 안 돼."

나는 두 손으로 얼굴을 덮었는데 손바닥에 끈적끈적한 기름기가 묻었다.

"나라면 이사도 가고 회사도 그만두겠어. 아무도 모르는 시골에라도 내려가는 게 어때?"

스트로를 입술 사이에 끼운 채 하라다가 말했다.

"쉽게 말하지 마!"

"하긴 그렇지. 그렇게 간단한 이야기도 아니고. 더구나 이사를 간다고 해서 그 여자가 포기하지 않을 거라는 보장도 없고. 자네 얘기를 들으니 그 여자는 아무래도 병 같아. 이건 미움이나 원한이나 그런 게 아니야. 문제는 더 근원적인 부분에 있다고 할까."

거기까지 말하고 그는 두 손의 검지를 이마에 댄 채 생각에 잠겼다.

"지금 그렇게 태평한 말을 할 때야!"

나는 손으로 탁자를 힘껏 내리쳤다. 옆자리에서 영자신문을 읽던 외국인이 깜짝 놀라서 눈을 치켜떴다.

"혼마, 진정해."

하라다의 조용한 목소리를 듣고 겨우 정신을 차렸다.

그에게 분노를 터뜨린다고 문제가 해결되지는 않는다. 나는 작게 고개를 숙이고 미안하다며 사과했다. 그가 씁쓸한 미소를 지으며 고개를 끄덕였다.

"어쨌든 지금 자네 상황이 최악이라는 건 틀림없어. 자네가 생각하는 것보다 그 여자는 훨씬 위험해. 아내에게 들키면 어쩌나, 회사에 알려지면 어쩌나, 지금 그런 걱정을 할 때가 아니란 뜻이지. 그 여자에겐 사악한 기운이 느껴져."

"협박하지 마."

"협박이 아니야."

더는 반박할 수 없어서 나는 입을 다물었다. 그가 눈앞의 잔을 물끄러미 바라보았다.

"내가 왜 경찰을 그만뒀는지 말 안 했지?"

나는 담배에 불을 붙이며 대답했다.

"그래, 못 들었어."

"뚜렷한 계기가 있었던 건 아니야. 다만 무서워졌어."

"무서워졌다고? 무슨 뜻이지?"

그가 내 담뱃갑에서 담배를 하나 빼들었다.

"내가 있던 무사시노 경찰서란 곳은 관할서였지. 무슨 사건이 일어나면 본청에서 형사가 나와 우리가 할 일은 거의 없었어. 하지만 어떤 사건이라도 우리 앞을 통과해 위쪽으로 올라가지. 즉 나는 모든 사건을 보는 거야."

그는 연기를 토해내면서 잠시 입을 다물었다. 이런 식으로 감정이 없는 그의 표정을 나는 본 적이 없었다.

"그런 곳에 있으면 알 수 있지만 범죄란 건 자네나 보통 사람들이 생각하는 것처럼 확실한 이유나 동기가 없는 게 대부분이야. 돈을 훔치는 것도 아이를 학대하는 것도 폭력을 휘두르는 것도, 그리고 사람을 죽이는 것도, 사실은 아주 시시한 이유로 일어나지. 믿을 수 없을 만큼 한심한 이유로 말이야."

"정말인가?"

"정말이야." 그는 천천히 시선을 위로 향했다. "나는 그런 몇몇 사건들을 그냥 지켜보았을 따름이지. 하지만 방관자도 나름대로 생각이 있어서, 그런 걸 지켜보는 사이에 인간이란 건 당치도 않은 동물이라고 생각하게 되었어. 모든 인간의 마음속에는 스스로 어떻게 할 수 없는 어둠 같은 게 있다고 말이야."

어둠.

"평범하게 살아가면 아무도 알아차리지 못해. 나도 자네도 마찬가지야. 하지만 계기는 뭐라도 좋아. 아무리 시시한 거라도 상관없어. 어느 날 사소한 계기로 어둠이 뚜렷한 형태를 이루는 일이 있어. 그런 일은 누구에게라도 일어날 수 있지. 그런데 어둠이 점점 커져서 마음을 완전히 뒤덮은 순간……."

그는 피곤에 지친 표정으로 고개를 가로저었다.

"그 사람 자체가 어둠이 되어버리는 거야."

나도 모르게 라운지 안을 둘러보았다. 퉁명스럽지만 건강해 보이는 웨이트리스, 휴대전화를 향해 빠르게 말하는 샐러리맨, 큰 소리로 대화를 주고받는 학생, 따분한 얼굴로 입을 다물고 있는 가족들, 서로 무시하듯 잡지를 보고 있는 연인들.

그들의 마음속에도 그런 어둠이 있을까?

"생각해봐. 진짜 어둠이야. 그건 마음속에만 존재하지. 아무리 뚫어지게 쳐다봐도 보이지 않아. 모든 사람의 마음속에 그런 어둠이 있는 거야."

나는 고개를 끄덕였다.

모든 사람의 마음속에 깃들어 있는 어둠.

"내가 경찰을 그만둔 건 왠지 이런 생각이 들었기 때문이야. 이대로 계속 있으면 나까지 어둠에 휩싸일 것 같다고……. 무슨 말인지 이해가 안 되겠지만 아무튼 그랬어."

나는 미지근해진 커피를 한 모금 마셨다. 그가 무슨 말을 하는지 지금의 나는 충분히 이해할 수 있다.

"자네를 쫓아다니는 리카라는 여자에게는 어둠의 냄새가 나. 어쩌면 본인은 자신이 어둠 안에 있다는 걸 알지 못할지도 모르지."

정신이 들자 와이셔츠의 소매가 땀에 젖어 있었다. 하라다가 손을 꼭 쥐었다.

"하지만 자각을 못 하는 만큼 악의는 더 강렬하다고 할까? 더 분명하다고 할까?"

나는 구원을 바라듯 그의 팔을 잡았다.

"어떻게 하면 되지?"

그렇게 말하며 한숨을 쉬자 그가 내 팔을 살짝 치웠다.

"다시 현실적인 이야기를 하지. 분명히 그 여자는 골치 아픈 사람이야. 이대로 있으면 꼼짝도 할 수 없어. 혼마, 이쯤에서 나를 정식으로 고용하지 않겠나?"

하라다는 그렇게 말하며 촉촉하게 땀이 배어나온 내 손을 바라보았다.

"고용해?"

"돈은 들겠지만 지금처럼 틈틈이 일하지는 않아. 하라다 탐정 사무소의 소장이 자네 전속으로 조사하는 거야. 어때?"

나는 테이블 밑에서 장난스럽게 말하는 그의 발을 걸어찼다.

"이제 와서 어떻긴 뭐가 어때? 난 처음부터 그럴 생각이었어."

그러자 그는 입술을 비틀며 말했다.

"뭐야? 그럼 괜히 신경을 썼군. 잘 들어, 작전은 다음과 같아. 자네 말에 따르면 리카라는 여자는 자네 아파트를 감시하는 것 같아. 그러니까 나도 똑같이 하겠어."

"똑같이 하다니?"

"자네 집을 감시할 수 있는 곳을 찾아서 망을 보는 거지. 아마 지금쯤 여자도 벽에 부딪혔을 거야. 분명히 자네 집에 나타날 테니, 여자의 뒤를 미행하면 집을 알아낼 수 있어. 그런 다음은 경찰도 손쓸 도리가 있지. 그런 표정 짓지 마. 어떻게 된다니까. 나를 믿어."

"그럴게……."

나는 반쯤 웃으면서 고개를 끄덕였다. 금방이라도 눈물을 흘릴 듯한 표정을 지었을지도 모른다.

"또 한 가지, 내가 본청 쪽에 의논해볼게. 경찰 시절의 선배가 있어. 거기는 완벽한 종적 사회니까 위에서 지시하면 현장 사람들이 친절하게 대해줄 거야. 어쨌든 너무 신경 쓰지 마. 이대로 있으면 리카라는 여자가 무슨 짓을 하기 전에 자네가 이상해질 것 같아."

"미안해."

나는 그렇게 말하는 게 고작이었다.

"동창생 좋다는 게 뭔가?"

그는 살며시 내 앞으로 계산서를 내밀더니 다시 입술 끝을 비틀며 웃었다. 나도 웃음을 지으려고 했지만 제대로 웃었는지는 알 수 없었다.

8

리카를 조사해달라고 정식으로 의뢰한 날부터 하라다는 우리 집을 감시하기 시작했다. 정확히 말하면 우리 집을 감시하는 리카를 감시하는 것이다.

그런데 기묘한 일이 있었다. 감시를 시작한 날부터 리카의 접촉이 끊어졌다. 전화 한 통 걸려오지 않았다.

"그렇다고 방심하면 안 돼. 그 여자는 반드시 나타날 거야. 스토커는 쉽게 포기하지 않아."

이틀째 정규 연락에서 하라다는 그렇게 경고했다. 나는 알고 있다고 대답했다.

"그래서 생각해봤는데, 설마 자네가 리카를 고용한 건 아니겠지? 내게 의뢰를 받기 위해서 말이야. 자네에게 정식으로 의뢰한 순간 리카가 나타나지 않는 건, 타이밍이 너무 좋은 거 아니야?"

"안심했어." 하라다가 토해내듯 말했다. "그렇게 농담하는 걸 보니 아직 마음에 여유가 있는 것 같군. 낮에는 여자의 신원을 조사하고, 밤에는 자네 집을 감시하는 내 입장을 생각해봐."

그의 말은 거짓이 아니었다. 다음 날 저녁, 리카의 신원을 알아냈다는 연락이 왔다.

"이렇게 빨리!?"

깜짝 놀라 소리치자 그는 "내가 인간성은 좀 그렇지만 일솜씨는 괜찮거든"이라고 큰소리쳤다. 회사로 와달라고 부탁하자 한 시간 후에 갈색 봉투를 옆구리에 끼고 나타났다. 그 시간에는 회사 일이 거의 끝나 있었다.

나는 그와 같이 회의실에 들어가 안에서 문을 잠갔다.

"개인적인 일로 회의실을 사용해도 돼?"

그가 웬일로 조심스럽게 주변을 둘러보고 나서 검은색 다운재킷을 벗었다. 회의실 안에는 철제 책상 몇 개와 접이식 의자가 산더미처럼 놓여 있을 뿐이었다. 나는 가까이 있는 의자를 끌어와 앉을 수 있도록 조립했다. 그도 나를 따라했다.

"자네가 그렇게 고지식하게 말하리라곤 생각 못 했어. 그런데 조사 결과가 나왔다는 게 정말이야?"

나는 자동판매기에서 사둔 캔 커피를 내밀면서 의자에 앉았다.

"무슨 의심이 그렇게 많아? 대강 알았다고 할까? 어쨌든 상상 이상이었어."

그는 캔 커피의 따개를 열며 말하더니, 갈색 봉투 안에서 신문기사의 복사본을 꺼냈다. 날짜는 2년 전이었다. 재빨리 기사를 훑어보았다. '남성 토막 시신 바다 위에 떠오르다 — 시즈오카 다고노우라 항구'라는 표제가 눈으로 뛰어 들어왔다.

10일 오전 8시 30분경, 시즈오카 현 후지 시 다고노우라 항구 부근 해상에서 남성의 몸통이 떠오른 것을 낚시를 하던 시즈오카 현 누마즈

시내에 사는 남성(61세)이 발견해서 후지 경찰서에 신고했다. 현경에서는 토막 살인과 시신유기 사건으로 보고 수사본부를 설치했다. 조사에 따르면 시신은 30세가 넘는 남성으로 짐작된다고 한다. 의류는 없고 키는 170~180cm. 사망한 지 며칠이 지났고, 예리한 칼로 토막을 낸 것으로 보인다.

기사를 읽고 나서 나는 커피를 한 모금 마셨다.
"왜 이걸 주는 거지? 나와 무슨 관계가 있다고?"
"무엇부터 말할까?" 그가 중얼거리며 천천히 말을 이었다. "지난 며칠 동안 도내의 병원을 돌아다니며 탐문수사를 벌였지. 리카라는 여자를 아는 사람이 반드시 있으리라고 믿으면서. 믿음의 힘은 정말 굉장해. 결국 두 번째 들른 병원에서 그런 이름을 들어본 적이 있다고 하는 간호사를 찾아냈어."
"그래서?"
내가 몸을 내밀며 묻자 그는 손으로 제지했다.
"진정해. 슈메이 대학병원의 간호사인데, 자네 말대로 키가 크고 야위었으며 모델 같은 몸매에 예쁘장하게 생겼지만 얼굴색이 진흙탕처럼 탁한 것, 눈에 빛이 전혀 없는 것, 리카라고 하지만 본명은 모른다는 것, 그렇게 말했더니 들어본 적이 있다고 하더라고. 나도 몸을 앞으로 쭉 내밀고 물었지. 그런 여자가 있다는 걸 누구에게서 들었느냐고 말이야."

"누구에게서 들었대?"

"선배 간호사의 친구에게서 들었대. 미팅인가 뭔가에서 우연히 만났을 때, 우리 병원에 이상한 간호사가 있다는 얘기가 나왔다더군. 그런데 그 이야기를 해준 선배 친구의 이름이 생각이 안 난다지 뭐야? 그래서 선배가 어디 있느냐고 했더니, 사이타마의 사카도란 곳에 있는 개인병원에 근무한다더라고. 너무 멀긴 하지만 어쩔 수 없으니까 거기까지 갔어. 도조 선을 타고 사카도까지. 아아, 지독히 멀더군."

"고생한 얘기는 나중에 천천히 들을게."

나는 뒷말을 재촉했다. 하라다가 김이 샌다는 얼굴로 말을 이었다.

"선배라는 사람은 의사와 결혼한 후에 친정 일을 도와주고 있는데…… 뭐 그런 건 아무래도 상관없겠지. 어쨌든 만나서 물어봤더니, 그런 친구는 기억나지 않는다지 뭔가? 아는 간호사만 해도 간호대학의 선후배를 포함해 근무했던 종합병원 두 개까지 포함하면 100명이 넘으니까 말이야. 아무리 기억을 헤집어봐도 짐작이 안 된다고 하더군. 뭐 도시전설 같은 거지. 출처가 명확하지 않은 소문이라고 할까?"

"그걸로 끝이야?"

나는 그의 손에서 캔 커피를 빼앗았다.

"뭐야? 이리 내놔. 왜 이리 성질이 급해? 아직 뒷말이 남았어."

마지못해 캔 커피를 돌려주자 그는 꿀꺽꿀꺽 소리를 내며 커피를 목으로 흘려보냈다.

"할 수 없어서 그녀가 친했던 순서대로 전화를 걸어달라고 했어. 리카 얘기를 했지만 다들 하나같이 그런 여자는 모른다고 하더군. 스무 명쯤 연락해봤는데 알아내지 못했어. 뭐 그런 일은 충분히 있을 수 있어. 그날은 일단 포기하고 도쿄로 돌아왔지. 자네 집을 감시했지만 리카는 나타나지 않았고…… 어떻게 할까 생각할 때 휴대전화가 울리더라고."

"사카도의 간호사인가?"

"빙고!" 그는 깍지 낀 손을 비틀어 우두둑 소리를 냈다. "좋은 사람이더군. 역시 행복한 사람은 마음가짐이 달라. 뭐 본인도 관심이 있는 것 같았지만. 내가 도쿄로 온 다음에도 친구에게 연락을 했더니, 그중 한 사람이 안다고 했다더라고. 리카라는 여자에 대해 말한 사람이 자기인 것 같다면서 말이야."

이야기가 겨우 핵심으로 들어갔다.

"그 간호사의 이름은 구라타 유카. 사카도의 여성이 약속을 잡아주어서 다음 날 만나게 되었지. 그런데 여기서 문제가 발생했어. 갑자기 그 간호사가 리카에 대해서 말하고 싶지 않다고 하더군. 아무것도 기억나지 않는다, 할 말이 없다, 그러면서 말이야."

"뭐야? 놀리는 거야?"

내가 화나서 씩씩거리자 하라다가 손짓을 하며 달랬다.

"진정해. 나도 자네처럼 생각했지. 지바 시내에 있는 자택까지 일부러 찾아갔는데 그렇게 말하다니, 내가 얼마나 맥이 빠졌겠나? 어쨌든 인터폰 너머로 설득해 가까스로 집 밖으로 끌어냈어. 평범하고 소박한 여성이더군. 그런데 이유는 모르지만 겁을 먹은 것 같았어. 연신 주변을 두리번거리느라 처음에는 내가 무엇을 묻는지도 모르는 것 같더라고. 하도 띄엄띄엄 말해서, 30분쯤 지나서야 그녀가 4년 전에 일했던 나카노 구 하나야마 병원이라는 곳에서 리카란 여자와 몇 달간 같이 일했다는 사실을 겨우 알아냈지."

딱딱하게 굳었던 어깨에서 갑자기 힘이 빠졌다. 리카는 실제로 존재한다. 나 말고도 리카의 존재를 아는 사람이 있는 것이다.

"시간을 들여서 천천히 물어보자 리카에 대해 조금씩 말을 하더라고. 어떤 경위로 병원에 들어왔는지는 잘 모르지만 아마 간호사 모집공고를 보고 온 것 같다고 하면서. 당시 하나야마 병원에선 일손이 부족해 상대에 대해 깊이 알아볼 여력이 없었던 모양이야. 일만 해주면 상대가 어떤 사람이든 상관없었다고 할까."

"그 간호사는 리카에 대해 뭐라고 하던가?"

하라다가 메모지에 시선을 떨구었다.

"간호부장이 데려와 하나야마 병원 간호사에게 소개를 했다고 말했어. 어쨌든 리카가 간호사실에 발을 집어넣은 순간, 다들 자기도 모르게 뒷걸음질 쳤다고 하더군."

"왜지?"

"리카는 커다란 마스크를 썼는데, 자네가 본 것처럼 기이하리만큼 말랐다고 하더라고. 손발은 나무토막 같아서 오히려 마음이 아플 정도였대. 마스크 밑으로 보이는 얼굴은 예전에 꽤 예뻤을 것 같은 생각도 들었지만, 어쨌든 이상할 정도로 말랐던 것 같아. 더구나 피부는 부석부석하고 며칠 지난 커피색이었다더군. 그런 사람에게 어떻게 다가가겠어? 그런데 그것만이 아니야."

"또 있어?"

나는 오모테산도에서 본 리카의 모습을 떠올리며 물었다.

"간호사들이 뒷걸음질을 친 건 리카의 외모 때문이 아니었어. 그녀들이 본능적으로 공포를 느낀 건 리카의 체취 때문이었지."

"체취?"

"냄새가 지독했던 것 같아. 한마디로 말하면 썩은 달걀과 식초를 섞은 듯한 냄새였다고 하더군. 본인도 자신의 냄새를 알았는지 강한 향수를 뿌렸다고 하는데, 그러면 냄새가 더 지독해질 수밖에 없잖아. 그 냄새가 간호사들을 겁먹게 만들었대."

"리카는 자기에 대해 뭐라고 했대?"

"이름은 아마미야 리카. 본인은 스물여덟 살이라고 했다던데, 본명인지 아닌지는 모른다고 하더라고. 그야 그렇겠지. 자기 이름을 말할 때 주민증이나 운전면허증을 보여주는 사람은 없으니까 말이야. 구라타 씨 말에 따르면 리카는 30대 후반이 아닐까 하더군."

"스물여덟 살이라면 그전까지 다른 병원에 있었겠지. 그런 이야기는 안 했대?"

"자신에 관해서는 거의 말하지 않았지만, 여자의대에서 일했다고 언뜻 말한 적이 있대. 다만 내 조사에 따르면 지난 10년간 아마미야 리카라는 간호사가 여자의대에 근무했던 기록은 없어. 그밖에는 출생도 학력도 경력도 말하지 않았다더라고. 호기심이 강한 구라타 씨의 동료가 리카의 이력서를 훔쳐봤는데, 그곳에는 생전 들은 적이 없는 병원 이름이 몇 개 쓰여 있었을 뿐이었대. 어쨌든 리카는 다른 간호사와 거의 말하지 않았다더군. 뭐 주변에서도 특별히 이야기를 하고 싶어 하지 않은 것 같지만 말이야. 가까이 있으면 머리가 지끈거릴 만큼 냄새가 지독하니까 그것도 무리는 아니겠지."

하라다는 그렇게 말하며 어깨를 들썩였다.

"이해해. 나라도 그랬을 거야."

"다만 구라타 씨 말에 따르면 리카가 다른 간호사와 말하지 않은 건 체취 때문이 아니었대. 오히려 리카에게는 다른 간호사 따위와는 말하고 싶지 않다는 자존심 같은 게 느껴졌다고 하더군."

"자존심?"

"나는 의사보다 간호사가 더 훌륭하다고 생각하지만." 하라다는 다운재킷에서 담뱃갑을 꺼내 테이블 위에 올려놓으며 말을 이었다. "하지만 리카는 그렇게 생각하지 않았던 것 같아. 간호사는 원래 동료의식이 강하지 않으면 할 수 없는 일인데, 리카는 그 무리에서 벗어남으로써 난 너희들과 다르다고 주장하고 싶었던 게 아닐까, 라고 하더군. 구라타 씨 눈에는 그게 일그러진 자존심으로 보였다는 거야."

하라다는 메모지의 다음 장을 보면서 말을 이었다.

"어쨌든 리카는 그 병원에서 일하게 됐는데, 간호사로서의 실력은 나쁘지 않았대. 오히려 우수한 편에 속하지 않을까, 라는 게 구라타 씨 의견이야. 다만 첫날부터 마스크를 절대로 벗지 않았던 것과 지독한 체취 때문에 환자의 반응은 좋지 않았지만 말이야. 그런데 지독한 체취나 흙빛 같은 얼굴색은 기본적인 체질 문제니까 처음에는 오히려 동정하는 사람이 많았다더라고. 어쨌든 여기서 한 가지 문제가 발생했어."

그는 내 앞에 단체사진 한 장을 내밀더니 오른쪽 끝에 있는 젊은 남자를 가리켰다. 다른 남자들보다 머리 하나가 크다.

"외과의사인 오야 마사후미야. 당시 35세. 보다시피 외모도 수려하지만 그 이상으로 환자나 동료의 평판이 높았대. 나이에 비해 진단도 정확하고 수술 실력도 좋았다더군. 독립해서 병원을 차려도 충분히 해나갈 수 있을 거라는 게 주변의 일치된 의견이었지. 성격도 밝고 퇴원한 환자를 모아 축구팀을 만들었을 정도로 사람들을 잘 챙겼다더라고. 그런데 모든 사람이 좋아하고 존경했던 이 의사 주변에서 기묘한 일이 일어나게 됐지."

나는 섣불리 끼어들지 않고 다음 말을 기다렸다.

"처음에는 어느 간호사의 지갑이 없어졌어. 다음에는 다른 간호사의 사물함에 짐승의 시체가 들어 있었고, 하나야마 병원의 안내데스크 직원이 뺑소니차에 치여 뼈가 부러졌고. 같은 날 밤, 소아과에 근무하는 여의사의 집에 장난전화가 50번이 넘게 걸려왔대. 퇴원한 여자 환자의 집에 소포가 왔는데, 포장을 풀어보자 정액이 잔뜩 담긴 콘돔

이 들어 있었다더군. 간호부장 집에는 불이 나서 미처 피하지 못한 애견이 죽었고. 그리고 병원 계단에서 떠밀려 구라타 씨도 발이 삔 적이 있었고."

"그러니까……."

하지만 내 입을 가로막고 그는 말을 이었다.

"어느 사건도 범인이 누구인지는 밝혀지지 않았대. 다만 피해자에게는 한 가지 공통점이 있었지. 피해를 당하기 하루나 이틀 전에 오야 의사와 개인적으로 친하게 말했다는 거야. 처음에 지갑을 도난당한 간호사는 차가 좀 이상해서 오야가 차의 엔진을 봐줬다고 하더군. 다음 간호사는 오야의 후배와 결혼하기로 해서 오야가 장난으로 놀렸다고 하고. 안내데스크 직원과 여의사는 오야와 같이 직원 워크숍의 사회를 맡아서 회의를 했고. 여성 환자는 퇴원할 때 고맙다고 오야를 긴자의 일류 레스토랑에 초대했다더라고. 간호부장은 조금 다르지만 깜빡하고 출근기록부를 제출하지 않은 오야를 야단쳤다고 하고. 그리고 구라타 씨는 그 무렵 집안 사정으로 병원을 그만두겠다고 했더니 오야가 만류했고……."

나도 모르게 자리에서 벌떡 일어났다.

"리카야!"

"구라타 씨는 그렇게 믿고 있어. 그녀는 계단에서 떠밀렸을 때 독특한 체취를 맡았지만 그건 증거가 되지 않았겠지. 다른 사건도 마찬가지였고." 하라다는 유감스러운 표정으로 말을 이었다. "다만 리카가 오야에게 연애감정을 품은 건 틀림없는 것 같아. 어쨌든 다른 사람과는 거의 말을 하지 않았는데, 오야에게만은 적극적으로 말을 걸었다더라고. 한 번은 리카가 간호사들에게 오야로부터 프러포즈를 받았는데 어떻게 해야 할지 모르겠다고 말한 적도 있었대. '섹스가 잘 맞지만 결혼은 그게 전부가 아니잖아'라고 하면서 말이야. 그런데 오야에게 그 이야기를 했더니 오야는 멍하니 입을 벌렸을 뿐 부정조차 하지 않았대. 너무나 황당하고 어이가 없었겠지."

회의실 안을 걸어다니며 나는 머리를 흔들었다.

"그 여자 짓이야. 그 의사에게 접근하는 여자들이 모두 방해꾼으로 보인 거야. 그래서 방해꾼을 없애려고 한 거지!"

"구라타 씨도 그렇게 말하더군." 하라다는 마시다 만 내 캔 커피를 한 모금 마셨다. "그녀가 그걸 확신한 건 발이 나아서 병원에 복귀한 직후였지. 우연히 오야의 사무실 앞을 지날 때, 안에서 리카의 목소리가 들렸다고 하더군. 리카는 천사 같은 목소리로 이렇게 말했대. '드디어 내 마음이 당신의 마음에 닿았군요. 당신과 나는 운명적으로 만났어요. 당신은 이제 내 거예요.' 하지만 그날 오야는 비번으로 병원에 없었어. 그걸 알고 있던 구라타 씨가 사무실 문을 노크했지."

의지와 상관없이 내 발이 멈추었다. 하라다의 얼굴을 정면에서 바라보자 표정이 조금 창백했다.

"그 즉시 목소리가 그치고 갑자기 문이 열렸대. 눈앞에 리카가 서 있었지. 그때 리카는 마스크를 하지 않았다고 하더군. 즉 그때 처음으로 리카의 맨얼굴을 본 거야. 기이한 안색, 빛이 없는 눈동자, 그리고 지독한 입 냄새 때문에 머릿속이 새하얘졌다더라고. 하지만 겁을 먹고 뒷걸음질 칠 수만은 없었지. 여기서 뭐 하는 거냐고 말하려고 한 순간, 오히려 리카가 소리를 쳤다더군. '여긴 오야 선생님 사무실이야! 지금 여기서 뭐 하고 있었지?'라고 말이야."

하라다는 쓴웃음을 짓고 한 번 헛기침을 했다. 장난스러운 말투와 반대로 표정은 굳어 있었다.

"'당신이야말로 여기서 뭐 하고 있었죠?'라고 따지자 리카는 입에 거품을 물고 구라타 씨를 비난하기 시작했다더군. 무슨 생각으로 멋대로 오야 선생님 사무실에 들어오려고 하느냐, 천박하다, 오야 선생님은 당신 같은 사람을 상대하지 않을 거다, 사람들에게 말해서 문제 삼을 테니까 알아서 해라……. 그 말을 남기고 리카는 사라졌대. 그 후에 정말로 구라타 씨가 오야 사무실에 들어가 자위행위를 했다면서 처벌을 요구했다더라고."

"미쳤군."

"그래. 하지만 다른 사람은 누구 말이 진실인지 모르잖아? 그때 리카와 구라타 씨를 본 사람은 아무도 없었으니까. 그리고 두 달쯤 지나서 리카가 갑자기 사라졌다더군. 사라지기 전날, 어느 간호사가 간호사실에서 혼잣말로 중얼거리던 리카를 봤대. 그녀의 말에 따르면 리카는 오야와 결혼을 약속하고 수백만 엔을 빌려주었지만, 그럼에도 오야가 자신을 배신했다고 주장했다더라고. 돈을 빌려준 건 사실 같다고 말하는 의사도 있었대. 오야도 은근히 인정했고, 구라타 씨도 들은 적이 있다고 하더군. 오야가 무슨 생각으로 리카에게 돈을 빌렸는지는 몰라. 정말로 결혼할 생각이었는지, 아니면 리카를 속여서 돈을 빼앗을 생각이었는지."

"오야라는 의사에게 물어보면 되잖아."

"뭐야? 생각보다 둔하군."

하라다가 머리를 긁적였다.

"무슨 뜻이지?"

그러자 하라다가 다시 신문기사 한 장을 내놓았다.

> 피해자는 의사 — 다고노우라의 토막 살인사건
> 시즈오카 현경은 10일에 발견된 남성의 시신이 도쿄 도내의 병원에 근무했던 의사라고 12일에 발표했다. 발표에 따르면 피해자는 오야 마사후미 씨(37세)로, 나카노 구 도와 종합병원의 의사다. 오야 씨는 지난달 30일 오후, 병원에 결근하겠다고 연락을 한 뒤 소식이 끊어졌다고 한다.

손에서 떨어진 신문기사가 바닥을 향해 내려가면서 조용히 춤을 추었다. 하라다가 주워 올려 다시 테이블 위에 놓았다.

"리카가 하나야마 병원에서 사라진 건 4년 전 6월이야. 7월에 병원에 도둑이 들었는데, 그 도둑은 무슨 이유에서인지 금고에는 눈길도

주지 않고 간호사의 출근기록부와 근무평가, 이력서를 전부 훔쳐갔다고 하더군. 그 이후 구라타 씨는 리카에 대해 들어본 적이 없대. 이렇게 해서 리카는 감쪽같이 사라졌어. 현실에서도, 서류상에서도. 하나야마 병원은 재무상태가 좋지 않아 도와 산업이 대신 경영했는데, 오야가 살해당한 뒤 의사나 간호사의 수준이 떨어진 것도 있어서 결국 작년 가을에 문을 닫았다고 하더라고. 지금도 건물은 남아 있지만."

하라다는 얼마 남지 않은 캔 커피를 한 번에 들이켰다.

"오야를 죽인 건 리카군."

"리카가 하나야마 병원을 그만둔 건 4년 전이고, 오야가 살해된 건 재작년이야. 시간이 너무 지났고 리카와 오야의 관계를 아는 사람이 거의 없었으며, 그 이전에 리카라는 간호사의 존재를 증명할 수 없다는 등의 이유로 리카의 이름은 용의선상에 오르지 않았대. 다만 구라타 씨는 오야를 죽인 게 리카라고 확신하고 있지만. 자신의 사랑을 배신하고 돈을 빼앗은 오야를 증오해서 죽였다고 말이야. 그리고 리카가 언젠가 당시의 사건을 아는 사람을 없애러 올 거라고 믿고 있어. 겁을 먹은 건 그것 때문이었지."

나는 구라타가 얼마나 큰 공포에 빠져 있는지 충분히 이해할 수 있다. 그 공포심은 그녀가 영원한 잠에 빠지는 날까지 사라지지 않을 것이다.

"리카가 하나야마 병원에서 사라진 후에 이런 소문이 떠다녔대. 미리 말해두지만 이건 어디까지나 소문에 불과해. 귀신이나 유령처럼 믿을 수 있는 이야기는 아니야."

끈질길 정도로 못을 박고 나서 하라다는 마지막 메모지를 들추었다.

"소문에 따르면 리카는 덴엔초후인지 지유가오카인지 모르지만 어쨌든 유복한 집안에서 태어났다고 하더군. 아버지는 무역회사를 했고 어머니는 의사였대. 어릴 때는 부족함 없이 누구나 부러워할 만큼 행복하게 살았지. 초등학교 시절에는 아버지의 일 때문에 미국에서 살았던 모양이야. 인형처럼 귀여웠다고 하더군. 하지만 불행은 리카가 고등학생 때 닥쳐왔지. 믿었던 친구에게 사기당하면서 아버지가 파산한 거야. 그 이후 엄마가 정신적으로 불안정한 상태에 빠지면서 실수로 리카의 동생을 죽였다더군. 리카는 그것에 충격을 받아 과식과 거식을 반복하고, 그 무렵 사귀었던 남자친구로부터도 차였대."

그는 거기까지 단숨에 메모를 읽더니 갑자기 자포자기한 말투로 덧붙였다.

"흔히 볼 수 있는 이야기야. 좌절을 모르고 살았던 여자가 갑자기 불행의 소용돌이에 휘말리면 모든 걸 포기한 채 방탕하게 살게 되지. 다시 시작하고 싶어도 자존심이 허락하지 않아. 나쁜 건 자신이 아니라 주변 사람이라고 책임을 전가하고, 자신만 옳다고 주장하면서 다른 사람을 비난하기도 하고. 시간이 흐를수록 점점 고립되지만 이상한 건 자신이 아니라 자신을 이해해주지 않는 주변 사람들이라고 생각하는……. 리카가 그런 여자였다는 소문이 떠돌았다더라고."

"그런 여자니까 오야를 죽였다는 건가?"

나는 그렇게 말하며 신문기사를 돌려주었다. 하라다는 시선을 피했다.

"글쎄…… 소문이 사실이라면 그런 일이 있어도 이상하지 않겠지. 자신을 이해해주는 남자, 자신을 받아들이는 남자. 고독한 리카에게 오야의 존재가 얼마나 컸을지 상상이 가. 그 남자에게 배신당하고 더구나 돈까지 빼앗겼다면 리카 같은 여자가 무슨 짓을 저지를지 모르지. 하지만 모든 건 소문에 불과해. 나는 이렇게 앞뒤가 딱딱 맞는 이야기는 안 믿거든."

하라다는 기나긴 보고를 마쳤다. 우리는 동시에 담배에 불을 붙였다. 창백한 연기가 회의실 안에 피어올랐다.

"참, 한 가지 더." 하라다가 담배를 입에 문 채 덧붙였다. "오야의 손발과 머리는 아직 발견되지 않았대. 즉, 리카는 오야를 아직 자신의 소유물로 간직하고 있다는 뜻이야."

"이제 됐어."

나는 자리에서 일어섰다. 그의 이야기를 더 들을 용기는 없었다.

9

우리는 그대로 회사에서 나왔다. 차를 가져왔던 하라다가 나를 집까지 바래다주었다. 집에 도착할 때까지 한 시간 동안 우리는 아무 말도 하지 않았다. 할 말이 없었다.

하라다가 가볍게 어깨를 두드리는 걸 느끼고 눈을 떴다. 차가 멈춰 있었다.

"도착했어."

눈앞에는 익숙한 풍경이 펼쳐져 있었다. 우리 아파트 주차장이었다.

"미안해. 깜빡 잠들었나 봐."

"피곤해서 그래. 신경 쓸 거 없어."

아이들링 소리가 울려 퍼졌다. 문을 열고 밖으로 나왔다. 12월의 냉기가 온몸을 감쌌다. 입에서 토해내는 숨결이 하얗다.

"혼마."

하라다가 부르는 소리에 뒤를 돌아보았다. 그가 핸들에 손을 댄 채 입을 열었다.

"걱정하지 마."

"알았어."

나는 앞 유리창을 두드리며 말했다. 메마른 소리가 났다.

하라다가 목을 좌우로 흔들자 우두둑 소리가 났다.

"그럼 난 망보러 가볼까? 이제 슬슬 나타나지 않으면 긴장감이 없어지는데."

"그만둬. 안 나타나면 그보다 좋은 일은 없으니까."

그가 콧등을 문지르며 대답했다.

"그건 그래. 무슨 일이 있으면 연락해. 난 지난번 그곳에 있을게."

우리는 동시에 아파트에서 100미터쯤 떨어진 슈퍼마켓 주차장을 쳐다보았다. 그는 지난 며칠 동안 그곳에 불법주차한 채 우리 집을 감시했다.

"그럼 부탁해."

나는 차 문을 닫았다. 하라다는 천천히 차를 후진시켜서 그대로 나갔다. 모퉁이를 돌아 깜빡이가 보이지 않을 때까지 지켜보고 나서, 나는 코트 주머니에 손을 쑤셔 넣은 채 아파트 엘리베이터로 향했다.

집에 들어가자 아내가 환하게 웃으며 기다리고 있었다. 수학 시험에서 딸이 100점을 받았다고 한다.

목욕을 마친 딸을 목욕타월로 닦아주면서 아내가 말했다.

"물론 나도 알아. 1학년 시험 점수는 중요하지 않다는걸. 하지만 100점짜리 시험지를 받는 순간 가슴이 두근거리더라고."

"그건 그래."

나는 미소를 지으며 딸의 머리를 쓰다듬었다.

"아야, 잘했어?"

나를 올려다보며 그렇게 말하는 딸을 아내가 목욕타월로 감쌌다.

"그래, 우리 딸 참 잘했어. 당신도 칭찬해줘."

그런 일만 없었으면 마음껏 기뻐했을 텐데. 그래도 지금의 내 마음을 조금이라도 밝게 만들어주는 것은 딸뿐이었다. 나는 딸을 껴안았다.

"아빠도 기뻐."

"아야도 기뻐."

딸이 내 말을 따라했다. 아내가 웃으면서 속옷을 입혔다.

"여보, 내가 먼저 씻어도 될까? 아야가 장난치는 바람에 머리가 젖어서 그래."

나는 매달리는 딸을 껴안으면서 고개를 끄덕였다.

"난 괜찮아."

"미안해."

아내가 욕실로 들어갔다. 나는 딸의 손을 잡고 침실 문을 열었다. 침대 위에 똑같은 무늬의 잠옷이 나란히 놓여 있다. 작은 쪽의 잠옷을 들어서 딸에게 주었다.

"혼자 입어봐."

딸이 고개를 흔들며 팔을 쭉 내밀었다.

"싫어, 아빠가 입혀줘."

"나 참."

나는 한숨을 쉬고 딸의 팔을 잠옷 소매에 넣었다. 딸이 팔꿈치를 구부려서 편한지 확인했다. 마음에 들었는지 자기가 먼저 침대에 들어갔다.

"어서 자. 10시야."

"잠 안 와."

이불을 덮어주고 나서 딸의 이마를 손가락으로 눌렀다. 우리 부부가 올빼미형인 탓인지 딸도 밤늦게까지 잠들지 않았다. 별로 좋은 일은 아니다. 나는 불을 껐다.

"아야, 잘 자."

"잠 안 와."

문을 닫고 내 방으로 돌아왔다. 재킷을 벗어 옷걸이에 걸었다. 불현듯 불안이 솟구쳐서 바닥에 주저앉았다. 리카는 지금 무슨 생각을 하고 있을까? 이번에는 어떤 일을 꾸밀까?

생각해봐야 소용없다는 건 알고 있다. 어쨌든 하라다가 감시하고 있으니 오늘 밤은 별 문제 없을 것이다. 지금도 그가 우리 집을 지켜주고 있다고 생각하자 마음이 조금 편해졌다. 나는 바지를 벗어 옷장에 넣었다.

"아빠."

문이 열렸다. 딸이 서 있었다.

"아야, 왜 그래?"

"목말라. 물 먹고 싶어."

나는 일어서서 넥타이를 느슨히 했다.

"조금만 먹어. 많이 먹으면 자다가 화장실 가야 하잖아."

"화장실에 안 가."

딸이 앞장서서 걸음을 내디뎠다. 나는 냉장고 문을 열고 미네랄워터 페트병을 꺼냈다. 잔에 따라준 물을 딸이 목을 울리며 다 마실 때까지 기다렸다가 페트병을 제자리에 넣었다.

"이제 그만 자. 자꾸 장난치면 아빠 화낸다."

딸이 말없이 내 손을 잡고 깍지를 꼈다. 침실로 데려가자 그대로 침대로 파고들었다.

"우리 아야, 잘 자렴."

"아빠도 잘 자."

불을 끄려고 했을 때 딸이 졸린 목소리로 말했다.

"밖에서 끼긱끼긱 소리가 나."

"밖에서?"

"응. 밖에서 끼긱끼긱 소리가 나."

귀를 기울여보았지만 아무 소리도 나지 않는다. 바람 소리가 날 뿐이다.

"아무 소리도 나지 않잖아. 이제 그만 자."

"끼긱끼긱 소리가 나."

딸이 어느새 침대에서 빠져나와 내 발밑으로 다가왔다.

나는 몸을 숙이고 속삭였다.

"아야, 그만 자라고 했잖아."

"끼긱끼긱, 끼긱끼긱."

딸이 내 다리를 껴안으면서 말했다. 다음 순간, 내 귀에도 그 소리가 명확히 들렸다. 뭔가를 갉는 소리. 뭔가를 할퀴는 소리. 현관문 너머에서 기묘한 소리가 들린 것이다.

오른손으로 딸의 머리를 쓰다듬으며 현관으로 갔다. 방문자를 확인하는 렌즈에 눈을 댔다.

얼굴.

여자의 얼굴이 렌즈를 가득 채웠다. 리카다. 진흙처럼 탁한 얼굴. 흙탕물처럼 칙칙한 눈. 얄팍한 입술이 뒤틀렸다. 웃고 있는 것이다.

"아빠."

나는 손으로 딸의 입을 막았다. 리카가 여기에 있다. 문 하나를 사이에 두고 내 앞에 서 있다. 그 여자가 있다.

"아빠, 왜 그래?"

나는 말없이 딸을 껴안고 침실로 뛰어갔다. 그리고 딸을 침대에 내린 뒤 담요를 덮었다.

"조용히 해야 돼. 알았지?"

딸이 무슨 말을 하려고 입을 벌렸지만 딸의 입술 앞에 내 손가락을 세웠다.

"제발 아무 말도 하지 마. 알았지?"

딸이 작게 고개를 끄덕이는 걸 확인하고 나서 내 방으로 돌아갔다. 휴대전화. 어디지? 어디 있지? 가방을 뒤집어서 탈탈 털었다. 없다. 아니다, 가방이 아니다. 그렇다. 회사를 나올 때 재킷의 안주머니에 넣었다. 재킷.

옷걸이에 걸려 있던 재킷을 더듬었다. 휴대전화의 딱딱한 감촉이 손에 닿았다. 번호를 누르자 상대가 즉시 받았다.

나는 숨죽인 목소리로 물었다.

"혼마야, 지금 어디 있어?"

"어디긴 어디야? 자네 아파트 근처에 있어. 조금 전에 헤어졌잖아. 음료수를 사느라 잠시 편의점에 왔어. 지금 슈퍼마켓 주차장으로 갈 건데, 왜 그래? 무슨 일 있어?"

하라다가 태평한 목소리로 대답했다. 나는 작게 소리쳤다.

"그 여자가 있어! 리카가 우리 집 현관 앞에 있다고!"

"말도 안 돼!"

"봤어! 틀림없어!"

"잠시만 기다려."

차 문을 닫는 소리가 났다. 엔진 소리.

"끊지 말고 그대로 기다려. 1분 안에 갈게."

삐걱거리는 타이어 소리. 하라다가 뭐라고 말했지만 소음에 섞여서 알아들을 수 없었다. 나는 휴대전화를 귀에 댄 채 방을 나왔다. 소리가 나지 않도록 무릎걸음으로 신중하게 문으로 다가갔다.

하라다의 목소리가 들렸다.

"이봐, 내 말 들려? 지금 자네 아파트 주차장이야. 어떻게 됐지?"

나는 천천히 일어서서 렌즈에 눈을 댔다.

아무도 없다.

"들려? 밑에선 안 보여. 어때, 그 여자가 아직도 있어? 혼마, 대답해."

"없어졌어. 갑자기 사라졌어."

입에서 중얼거림이 새어나왔다.

"그게 말이 돼? 사람이 어떻게 갑자기 사라져? 정말로 본 거 맞아?"

전화기 너머에서 화난 목소리가 들렸다.

잠금쇠를 풀었다. 체인은 처음부터 걸려 있었다. 나는 살며시 문을 밀었다. 눈에 보이는 범위 안에 리카는 없었다.

"하라다, 지금 문을 열게."

"잠깐! 혼마, 무모한 짓 하지 마. 내가 갈 때까지 기다려!"

그의 만류를 무시하고 일단 문을 닫았다. 여기는 내 집이다. 나와 아내와 딸의 집이다. 우리의 조용하고 평화로운 일상을 깨뜨리려는 자를 그냥 내버려둘 수 없다.

체인을 벗기고 문을 열었다. 맨발로 밖으로 나가서는 재빨리 좌우를 둘러보았다. 리카의 모습은 보이지 않았다.

통로의 난간에서 주차장을 내려다보았다. 휴대전화를 귀에 댄 채 올려다보는 하라다의 모습이 보였다.

"어떻게 됐어? 있어?"

그가 입을 움직임과 동시에 휴대전화를 통해 목소리가 들렸다. 기묘한 감각이었다.

"없어. 사라졌어."

그가 다시 입을 움직였다.

"밑에도 없어. 도대체 어떻게 된 거지?"

우리는 한밤중의 아파트에서 휴대전화를 귀에 댄 채 잠시 서로를 바라보았다.

망설임을 뿌리치듯 하라다가 소리쳤다.

"어쨌든 여자는 이 주변에 있을 거야! 내가 알아볼 테니까 자네는 집에 들어가서 꼼짝도 하지 마. 잊지 말고 문 꼭 잠그고."

"알았어."

플립을 닫았다. 하라다가 아파트의 비상계단 쪽으로 뛰어갔다. 나는 그 모습을 바라보며 손을 뒤로 내밀어 손잡이를 잡고 그대로 집 안으로 들어왔다.

문을 잠그고 체인을 걸고 나서 손 안의 휴대전화를 바라보았다. 마치 물에 들어갔다 나온 것처럼 땀으로 흥건히 젖어 있었다. 와이셔츠 소매로 닦았지만 아무리 닦아도 물기는 사라지지 않았다.

10

한 시간 뒤에 하라다로부터 연락이 왔다. 근처에 여자가 있었던 흔적은 남아 있지 않다고 했다.

그가 재차 확인했다.

"다시 묻겠는데 정말로 봤어? 착각이라든지 잘못 봤다든지, 혹시 그런 거 아냐?"

"착각도 아니고 잘못 보지도 않았어."

나는 똑똑히 보았다. 렌즈를 가득 채운 리카의 얼굴. 표정 없는 공허한 눈. 누런 치아. 경련이 난 듯한 입술.

그 여자는 내가 문 너머 안쪽에 있다는 걸 알고 있었다. 그것을 알고 히죽 웃은 것이다.

"알았어, 이제 됐어. 솔직히 말해 나도 방심했어. 설마 자네가 집에 들어가자마자 찾아갈 줄은 몰랐거든."

그가 사죄의 말을 입에 담았다. 나는 달래듯이 말했다.

"그건 나도 마찬가지야. 신경 쓰지 마."

"그런데 지금 이야기해도 괜찮아?"

나는 베란다에서 아내의 침실을 슬쩍 쳐다보았다. 문틈으로 가느다란 빛이 새어나오고 있었다. 욕실에서 나온 아내는 평소처럼 팩을 하고 있을 것이다.

"지금은 괜찮아."

"어쨌든 내일부터 자네 집을 24시간 감시할게. 인원도 늘리겠어. 느긋하게 대처할 때가 아닌 것 같아."

"그렇게 해줘."

"오늘 사건으로 알았는데, 그쪽도 지금 조바심이 난 것 같아. 어쨌든 그쪽은 자네와 접촉하고 싶어 해. 만나고 싶고, 말을 하고 싶어서 안달이 났어. 스토커에게 흔히 볼 수 있는 현상이지. 그렇다면 의외로 결판이 빨리 날지도 몰라. 어쩌면 내일이라도 처리될 수 있어."

그가 속사포처럼 빠르게 말했다.

"그렇다면 다행이지만."

나는 다시 아내의 모습을 살폈다. 나올 기척은 없다.

"길어야 2, 3일이야. 그때까지만 참으면 어떻게든 될 거야. 알았지, 혼마?"

나는 고개를 끄덕이며 휴대전화를 쥔 손에 힘을 주었다. 그의 말은 틀림이 없다. 리카가 내게 접근하기 위해서는 결국 여기로 올 수밖에 없다. 회사는 사람의 눈이 너무 많다. 경비원도 있다. 따라서 나를 만나려면 우리 집에 올 수밖에 없으리라.

"알았어. 내일부터 잘 부탁해."

나는 전화를 끊었다. 휴대전화를 바지 주머니에 쑤셔 넣고 거실로 돌아왔다. 잠시 후에 얼굴에 새하얀 팩을 바르고 아내가 나타났다.

"뭐야? 아직도 옷을 안 갈아입었어?"

아내가 냉장고를 열고 화장수를 꺼낸 뒤 새하얀 얼굴로 돌아보았다.

"뭐 마실래?"

"이미 마셨어."

나는 맥주잔을 살짝 들었다.

마시고 싶지는 않았지만 평소와 똑같이 행동하지 않으면 수상쩍게 여기리라.

"그 얼굴은 언제 봐도 소름 끼치는군."

"피부를 위해서니까 할 수 없어. 당신도 아내 피부가 축 늘어진 것보다 탱탱한 게 좋잖아."

나는 대꾸하지 않고 맥주잔을 입에 댔다.

"그럼 난 마무리하고 올게."

"난 그만 잘 테니까 당신도 자."

아내의 뒷모습을 보고 그렇게 말했지만 대답은 돌아오지 않았다. 나는 자세를 고쳐 앉고 남은 맥주를 잔에 따랐다.

다음 날 점심때, 시곗바늘이 12시를 가리키자마자 기다렸던 것처럼 휴대전화의 착신음이 울렸다. 예상하고 있어서 놀라지는 않았다. 오히려 전화가 걸려오지 않는다면 그쪽이 더 의외였으리라.

액정화면의 발신번호 표시제한이라는 문자를 확인하고 나서 전화를 받았다. 이제 가만히 있을 수는 없었다.

"혼다 씨? 어제 얼마나 힘들었는지 몰라요. 정말 피곤했어요."

상대는 물론 리카였다. 리카는 아무 일도 없었던 것처럼 일상의 소소한 일들을 말하기 시작했다. 입원했던 말기암 노인이 어젯밤 늦게 숨을 거두었다, 오토바이 사고를 당한 남자의 무릎에서 뼈가 튀어나왔다, 그것을 본 간호사들이 프라이드치킨을 떠올렸다, 최근에 밝아진 자신을 보고 주변 사람들이 예뻐졌다고 수군거리는 걸 들었다, 올 겨울은 예년보다 따뜻하다, 매일 야근하고 있는데 월급은 오르지 않는다 등등. 그리고 스타벅스의 캐러멜 카푸치노가 얼마나 맛있는지, 이제 2회 남은 인기 드라마의 마지막 스토리가 어떻게 될지, 새로 산 소파가 얼마나 편안한지 말한 뒤, 이야기는 다시 병원으로 돌아가서 지난주에 새로 들어온 젊은 간호사가 얼마나 거만한지 숨도 쉬지 않고 떠들어댔다.

나는 잠시 이야기가 끊어진 틈을 파고들었다.

"리카, 우리 집엔 왜 왔지?"

"네? 그게 무슨 말이에요?"

이야기를 가로막자 리카가 불쾌한 목소리로 말했다. 나는 회의실 문을 살짝 열고 밖의 모습을 살폈다.

사무실 사람들은 대부분 식사하러 나갔다. 남아 있는 여직원들이 TV 앞에서 도시락을 펼치는 게 보였다. 당분간 여기에는 아무도 오지 않으리라. 나는 문을 닫았다.

"어젯밤에 우리 집에 왔었잖아."

리카는 입을 꼭 다문 채 대답하지 않았다. 나는 결국 분노를 터뜨리고 말았다.

"저번에는 팩스를 보내지 않나, 머리칼을 붙여놓지 않나. 대체 무슨 속셈이야?"

"무슨 말이에요? 리카는 무슨 이야기인지 모르겠어요."

일부러 애교 부리는 말투였다.

"이봐, 이제 작작 좀 해!"

아무리 밖을 의식해도 무의식중에 목소리가 커졌다. 나는 황급히 송화구를 손으로 덮었다.

"시치미 떼지 마. 그런 짓을 할 사람은 당신밖에 없어."

잠시 침묵이 이어진 뒤, 갑자기 전화기에서 요란스러운 웃음소리가 흘러나왔다.

"미안해요, 알았어요?"

신나는 목소리였다. 이 여자는 어떻게 이런 상황에서 밝은 목소리로 말할 수 있을까?

"혹시나 했는데 역시 혼다 씨는 아시는군요. 어떻게 리카에 대해 그렇게 잘 알아요? 매일 생각해서 그런 거예요?"

"당신 같은 여자는 생각하고 싶지도 않아. 생각만 해도 구역질이 난다구. 내 말 잘 들어. 경찰엔 이미 말해놨어. 변호사와도 얘기할 거고. 계속 이런 짓을 하면 정말 신고할 거야."

나는 토해내듯 말했다.

"에이, 또 그러신다. 아무리 좋아도 너무 쑥스러워하지 마세요."

틀렸다. 무슨 말을 해도 소용없다. 허탈함이 온몸을 뒤덮었다. 나는 가까운 의자에 털썩 주저앉았다. 이 여자에게는 어떤 말을 해도 이야기가 통하지 않는다. 이야기가 통하는 일은 영원히 없을 것이다.

리카가 부루퉁한 목소리로 볼멘소리를 했다.

"그리고 혼다 씨도 잘못했어요. 물론 바쁘다는 건 잘 알지만 아무리 걸어도 전화를 받지 않잖아요. 리카가 얼마나 참았는지 아세요? 혼다 씨 일하는데 방해하면 안 되니까요. 하지만 너무 외로워서, 나쁘다는 걸 알면서도 그렇게 할 수밖에 없었어요."

목소리는 완전히 바뀌어서 슬픔이 잔뜩 배어 있었다. 말투나 태도가 일정하지 않은 것은 이 여자의 내면이 망가져 있기 때문일까. 말은 나름대로 앞뒤가 맞는 것처럼 보이지만 실제로 우리는 한 번도 만난 적이 없다.

"리카는 혼다 씨를 생각해서 이렇게 점심시간이라든지, 퇴근시간 이후에만 전화하고 있어요. 혼다 씨도 그런 리카의 마음을 조금은 알아줬으면 좋겠어요."

"내가 왜 그런 걸 알아줘야 하지?" 나는 차갑게 대꾸했다. "내 말 잘들어. 당신과 나는 아무런 관계도 없어. 생판 남이라고! 더 이상 내 삶에 끼어들면 정말로 가만있지 않겠어. 알았지? 그런 말도 안 되는 짓은 두 번 다시 하지 마. 연락도 하지 말고. 귀찮아 죽겠다고! 알았어?"

갑자기 울음소리가 들렸다. 채널을 바꾼 것처럼 선명한 목소리였다.

"그렇게 화내지 말아요."

끊어질 듯 이어지는 울음소리와 함께 리카의 목소리가 수화기에서 새어나왔다.

"부탁이에요, 화내지 말아요. 그렇게 야단치면 리카는 슬퍼요. 야단맞는 것에 익숙하지 않단 말이에요. 무서워요."

코를 훌쩍이는 소리가 들렸다.

"그런 짓을 당하는데 화가 안 날 사람이 어디 있어? 어쨌든 계속 따라다니면 정말로 신고하겠어!"

나는 목소리에 힘을 주어 강력하게 말했다. 이 여자도 내가 진심이라는 걸 알아야 한다. 리카가 비명 같은 소리를 질렀지만 나는 아랑곳하지 않고 계속 말했다.

"확실히 말하지만 난 당신이 싫어. 알았어? 끔찍하게 싫다고. 목소리도 듣고 싶지 않고 얼굴도 보고 싶지 않아. 앞으로 당신 전화는 일절 받지 않겠어. 당신이란 걸 알면 즉시 끊을 거야. 알았어?"

리카가 울음을 터뜨렸다. 울면서 "미안해요, 미안해요"라고 몇 번이고 반복했다.

"시끄러워!"

"싫다고 하지 말아요. 리카가 나쁜 짓을 했다면 사과할 테니까, 그러니까 제발 싫다는 말만 하지 말아요. 네? 부탁이에요. 리카를 좋아해달라고 떼쓰지 않을게요. 제발 싫다는 말만 하지 말아요. 이렇게 부탁할게요."

"하늘과 땅이 바뀌어도 당신을 좋아할 수 없어. 당신이 깨달을 때까지 몇 번이고 말해주지. 난 당신이 싫어. 끔찍하게 싫다고!"

나는 주위가 떠나갈 듯 고함을 쳤다. 이제 누가 들어도 상관없다.

리카의 입에서 신음이 흘러나왔다.

"그만해요! 그런 말은 하지 말아요!"

손이 떨렸다. 분노를 억제할 수 없었다.

"더 이상 말해봤자 소용없어. 잘 들어, 다시는 연락하지 마."

"왜…… 왜 그렇게 심한 말을 하죠? 예전엔 그토록 다정했는데."

다시 울음소리가 들렸다. 이 여자는 아직 다른 세계에 있다.

"당신에게 다정하게 대한 적 한 번도 없어."

그녀의 입에서 중얼거림이 새어나왔다.

"당신은 리카의 이야기를 들어줬어. 리카를 위로해줬어."

허탈함이 온몸을 습격했다. 이 여자에겐 무슨 말을 해도 소용없지 않을까? 나는 입술을 깨물면서 허탈한 마음을 뿌리쳤다.

포기해서는 안 된다. 어떻게 해서라도 이 여자를 말로 설득해야 한다. 두 번 다시 그런 짓을 하게 해서는 안 된다.

"당신과 난 이제 끝이야. 알았지? 난 이런 사람이야. 당신이 생각했던 다정한 혼다 씨가 아니라고! 날 다정한 사람으로 알면 곤란해. 이건 완전히 민폐야, 민폐! 이제 작작 좀 해!"

"리카에게 운명의 여인이라고 했어. 이제야 겨우 만났다고 했어……."

깊은 늪에서 허우적거리는 어두운 목소리. 듣기만 해도 구토증이 치밀어 오르는 암울한 목소리. 나는 리카의 목소리를 튕겨내듯 소리쳤다.

"그런 말은 그때뿐이야! 전부 거짓말이라고! 당연하잖아? 그걸 진짜로 믿었어?"

"거짓말이 아니야. 그건 거짓말이 아니야!" 리카의 목소리가 점점 커졌다. "리카는 알고 있어. 리카도 그렇게 생각했으니까. 혼다 씨를 운명의 사람이라고 생각했어!"

이제 지긋지긋하다. 이 여자와 입씨름을 하는 것에 무슨 의미가 있을까?

"그게 말이 돼? 메일을 통해 안 사람에게 일일이 운명을 느끼면, 이 세상에 운명의 상대가 얼마나 많겠어? 잘 들어, 어쨌든 이제 다시는 전화하지 마!"

뿌리치듯 토해낸 순간, 리카의 조용한 목소리가 귀로 파고들었다.

"이건 운명이야."

"뭐라고?"

"당신이 가르쳐줬잖아…….."

그것은 사람의 목소리가 아니었다. 아무도 모르는 어두운 숲에 사는 짐승을 연상시키는 암울한 목소리.

"끊겠어."

그렇게 말하며 전화기를 귀에서 뗐을 때, 리카가 공허하게 소리쳤다.

"할 말이 있어요! 왜 그런 사람을 고용했죠?"

전화를 끊으려던 손가락을 멈추고 순간적으로 되물었다.

"못 들었어. 지금 뭐라고 했지?"

"경찰 말고 날 조사하는 사람 말이에요."

하라다 말이다. 그걸 어떻게 알았지? 입을 다물고 있자 리카가 차갑게 내뱉었다.

"역시 그랬군요." 잠시 사이를 두고 리카가 똑같은 말을 반복했다. "역시 그랬군요……."

그 목소리를 듣고 온몸의 털이 곤두섰다. 만약 리카의 목소리를 손으로 만졌다면 지금 내 손은 갈기갈기 찢어졌을 것이다.

"이봐, 무슨 말이야?"

대답은 없었다. 별안간 전화기 너머에서 리카가 웃음을 터뜨렸다. 날카로운 웃음소리는 1분이 넘게 이어졌다.

"웃지 마! 그만 웃으라고!"

리카의 웃음소리가 내 청각을 뒤흔들어서 머리가 어떻게 되어버릴 것 같았다.

"있잖아요……."

그 말을 하고 리카가 또 자지러지게 웃었다. 숨을 헐떡이면서도 계속 웃고 있다.

"왜 그렇게 웃지? 리카, 내 말 들려? 대답해!"

그때 회의실 문이 열리고 여직원이 걱정스런 얼굴로 안을 들여다보았다. 아무래도 상관없었다.

"리카, 내 말 듣고 있어?"

갑자기 웃음소리가 그쳤다.

"혼다 씨."

"뭐?"

"사랑해요."

다음 순간, 전화가 끊겼다.

나는 잠시 생각하고 나서 하라다의 휴대전화에 연락을 했다. 하지만 지금은 전화를 받을 수 없다는 안내 메시지가 흘러나올 뿐이었다.

즉시 연락해달라고 녹음하고 나서 휴대전화를 회의실 테이블에 내던졌다. 뒤를 돌아본 순간 나를 지켜보고 있던 여직원과 눈이 마주쳤다. 여직원이 조용히 문을 닫았다.

아무리 기다려도 하라다에게서는 아무런 연락이 없었다.

Click 3

기다리고있다

1

그로부터 며칠이 지났다.

리카에게는 전화가 없었다. 나는 가슴을 쓸어내리면서 그렇게 강력하게 말했으니까 당연하다고 생각했다.

하라다로부터 연락이 없는 게 마음에 걸렸지만, 아무리 전화를 걸어도 받지 않아서 어찌할 도리가 없었다.

어쩌면 리카의 신원을 조사하기 위해 어딘가로 출장을 갔을지도 모른다. 나는 그렇게 스스로를 납득시켰다. 이대로 아무 일도 없었던 것처럼 끝나면 얼마나 좋을까? 나는 진심으로 그러기를 바랐다.

다시 만남 사이트에 들어갈 마음은 들지 않았다. 컴퓨터를 켜지도 메일함을 열지도 않고, 내가 담당하는 출판사에서 새로 만드는 잡지 예산안을 짜는 일에 몰두했다. 그렇게 함으로써 끔찍한 기억을 지우려고 했다. 하지만 물론 그렇게 되지는 않았다.

모모코가 한손으로 수화기를 들어올렸다.

"혼마 씨, 2번 전화예요. 스가와라 씨라는 분이래요."

"어느 회사의 스가와라 씨?"

모모코가 고개를 옆으로 흔들었다. 상대가 이름밖에 말하지 않은 모양이다. 나는 깜빡이는 버튼을 누르고 수화기를 들었다.

"혼마 다카오 씨인가요?"

전화선을 타고 중년 남자 특유의 쉰 목소리가 들렸다. 처음 듣는 목소리였다.

"실례지만 누구시죠?"

전화로 나의 풀네임을 물은 사람은 별로 없어서 이상한 생각이 들었다.

"스가와라라고 합니다. 바쁘신 것 같군요. 아침부터 몇 번이나 전화를 걸었는데, 전부 다른 전화를 받고 있다고 하더라고요."

남자의 웃음소리가 목 안쪽에서 새어나왔다. 정말로 우스워서 웃은 건 아닌 듯했다.

나는 살짝 발끈해서 물었다.

"어느 회사의 스가와라 씨죠?"

"아아, 죄송합니다. 깜빡했군요……." 남자는 일부러 잠시 뜸을 들이고 나서 말했다. "경시청의 스가와라입니다. 강행범(強行犯) 1계 소속이죠."

경시청? 경찰이 왜 나한테 전화를 걸었을까?

"무슨······?"

나는 수화기를 손으로 감싸고 주변에 들리지 않도록 목소리를 낮추었다.

"네에, 분명히 이상하게 여길지도 모르겠군요."

남자가 다시 일부러 헛기침을 했다.

"혼마 씨의 친구인 하라다 신야를 잘 아시죠?"

"탐정 사무소를 하는 하라다 말인가요?"

"난 하라다가 경찰이었던 시절의 선배입니다. 실은 혼마 씨가 껴안고 있는 문제에 대해 하라다에게 들었어요."

"그러세요?"

하라다가 말했던 '경찰 시절의 선배'라는 사람이 전화의 주인공인 듯하다.

"그런데 하라다 말인데요······." 그의 목소리가 잠시 끊겼다. "살해당했습니다."

상대가 무슨 말을 하는지 이해하지 못한 채 나는 말을 짜냈다.

"······그게 무슨 뜻이죠?"

"말 그대로입니다. 오늘 아침에 하라다의 시신이 자택 근처의 강가에서 발견됐어요. 직접적인 사인은 출혈과다입니다. 사후 하루가 넘었지만요."

시신. 발견. 출혈과다.

귀에 익숙지 않은 단어가 머릿속에서 빙글빙글 맴돌았다. 전부 하라다의 이미지와 동떨어진 말이었다. 머릿속이 혼란스러워서 무슨 말을 해야 좋을지 알 수 없었다. 나는 손에서 떨어질 뻔한 수화기를 황급히 다시 잡았다.

"혼마 씨, 내 말 듣고 있나요?"

"네, 듣고 있습니다." 뭐라고 말해야 좋을까? "대체…… 어떻게 된 거죠? 녀석을 죽인 게 설마……."

"그걸 알고 싶어서 혼마 씨에게 전화를 했습니다. 짐작되는 게 있으시죠?"

"있습니다."

나도 모르게 자리에서 일어났다. 모모코가 의아한 얼굴을 한 채 쳐다보았다.

"말씀을 듣고 싶은데, 만날 수 있을까요?"

나야말로 그를 만나고 싶었다. 만날 시간을 정하고 수화기를 내려놓았다. 물론 나는 범인을 알고 있다.

2

한 시간 뒤, 사쿠라다몬 역에서 내렸다. 지하철 계단을 올라가자 눈앞에 경시청 청사가 나타났다.

보초를 선 경찰관에게 사정을 말하자 안으로 들여보내 주었다. 접수처에서 내 이름과 스가와라의 이름을 말했다. 그러자 즉시 체구는 작지만 눈이 부리부리한 젊은 형사가 나를 데리러 왔다. 다카이도 경찰서와는 다르다는 생각이 들었다. 사람을 대하는 태도가 확실히 차이가 있다.

젊은 형사는 눈으로 인사를 한 뒤 "이쪽으로 오십시오"라고 말하고 앞장서서 걷기 시작했다. 6층까지 올라갔다. 엘리베이터에서 내리자 바로 옆에 있는 방에서 기다리라고 하고 그대로 사라졌다. 작은 방에 남겨진 나는 가벼운 긴장감을 느끼면서 주변을 둘러보았다.

작은 공간이었다. 3평도 채 안 되게 보였다. 회의실일까? 아니면 흔히 말하는 취조실일까? 하지만 TV나 영화에서 본 적이 있는 취조실과는 분위기가 달랐다. 긴 철제 책상과 파이프 의자 두 개가 놓여 있을 뿐, 그것 말고는 아무것도 없는 황량한 공간이었다.

사방이 모두 하얀색인 작은 방에서 나는 담배를 입에 물었다. 그렇게라도 하지 않으면 견딜 수 없었다. 다행히 책상 위에는 커다란 알루미늄 재떨이가 놓여 있었다.

두 번째 담배가 재가 되었을 때 초로의 남자가 나타났다. 햇볕에 탄 피부와 눈가에 깊이 새겨진 주름이 눈에 띄었다. 키는 그렇게 크지 않았지만 탄탄한 어깨선이 인상적이었다. 첫눈에 아까 통화한 남자임을 알 수 있었다.

"조금 전에는 실례했습니다. 스가와라입니다."

초로의 형사는 일어서려는 나를 제지하고, 가볍게 웃으면서 책상 반대편으로 돌아갔다. 경찰관에게는 어떻게 인사해야 좋을지 몰라서 나는 습관적으로 명함을 내밀었다. 그가 "아아, 고맙습니다"라며 중얼거리고는 양복 안주머니에 손을 넣었다. 두툼한 지갑이 나왔다. 그는 굵은 손가락으로 안을 더듬었다.

"어? 어디 있더라?"

잠시 지갑을 더듬던 그는 겨우 자신의 명함을 발견하고 책상 위에 놓았다. '경시청 형사부 수사 제1과 강행범 수사1계 담당계장'이라는 직위와 경시청 경부보라는 직책명이 쓰여 있었다. 스가와라 다다시라는 게 이 형사의 이름이었다. 까무잡잡한 얼굴은 형사보다 시골에서 농사를 짓는 농사꾼에 더 어울릴 것 같았다.

"어떠세요? 회의실이 의외로 깔끔하죠?"

나는 작게 고개를 끄덕였다. 아무것도 없으니까 깔끔한 건 당연했다. 그는 웃음을 무너뜨리지 않고 의자를 끌어당겨 앉았다.

"그나마 손님을 오라고 할 수 있는 곳은 이 소회의실뿐이죠. 나머지는 아주 심각하거든요. 혼마 씨 같은 분은 내 책상을 보기만 해도 눈이 썩을 겁니다. 변명을 하자면 나만 그런 게 아니랍니다. 여기서 일하는 사람들은 모두 비슷비슷하죠. 아니, 애초에 경찰이란 건……."

거기까지 단숨에 말하고 나서 그는 금연용 파이프를 꺼내더니 입에 물었다.

"괜히 쓸데없는 말을 했군요. 말이 길어진다는 건 나이를 먹었다는 증거죠. 일단 편안히 계십시오. 금방 커피가 올 겁니다."

"그건 괜찮습니다."

지금은 커피를 마실 때가 아니다. 나는 단도직입적으로 물었다.

"조금 전에 하라다가 죽었다고, 살해됐다고 하셨는데요. 그게 정말입니까?"

그가 시선을 약간 피했다. 그리고 파이프를 입에 문 채 고개를 세로로 작게 끄덕였다.

"오늘 아침에 시신이 발견되었습니다."

그는 손가락 끝으로 책상을 두드렸다. 좁은 공간 안에 규칙적인 소리가 울려 퍼졌다. 나는 아무 말도 하지 않고 그의 얼굴을 뚫어지게 바라보았다.

스가와라는 만지작거리던 금연용 파이프를 갑자기 구석에 있는 휴지통에 던졌다. 파이프는 아름다운 활을 그리며 휴지통으로 빨려 들어갔다.

"담배를 끊긴 틀린 것 같군요. 난 의지가 너무 약해요. 어젯밤부터 열두 시간째 버텼는데, 이제 한계에 이르렀습니다."

그는 주머니에서 캐스터를 꺼내 한 개비를 입에 물었다. 그가 담배를 끊느냐 끊지 않느냐는 아무래도 상관없었다. 내가 알고 싶은 것은 하라다가 어떻게 살해되었느냐는 것이다. 누구에게 살해되었는지는 이미 알고 있었다.

"출혈과다에 의한 사망이라고 하셨는데요, 칼에 찔렸나요?"

그의 눈이 희미하게 허공을 맴돌았다.

"찔렸다? 그래요, 찔린 게 되겠군요."

그는 연기를 토해내면서 중얼거렸다. 치아와 치아 사이가 상당히 벌어져 있다.

"무슨 뜻이죠?"

그는 자세를 바로잡더니 나를 똑바로 쳐다보았다.

"난 이 일을 30년 넘게 하고 있습니다. 일 자체는 싫어하지 않아요. 솔직히 말하면 오히려 좋아한다고 할까요? 매스컴이나 세상 사람들은 경찰을 두고 이러니저러니 말들이 많죠. 경찰조직이 썩었다는 둥 깡그리 갈아엎어야 한다는 둥 말입니다. 하지만 누가 뭐래도 난 경찰이란 직업을 좋아합니다. 좋아하긴 하지만……."

거기까지 말하고 그는 별안간 입을 다물었다. 나는 다시 그의 입이 열리기를 끈기 있게 기다렸다. 오랜 시간이 흐르고 나서 그가 천천히 머리를 가로저었다.

"오늘 아침에 녀석의 시신을 봤을 때는 왜 이런 직업을 가졌을까 진심으로 후회되더군요."

그가 무엇을 봤는지 알고 싶지는 않았지만 내 입에서 말이 멋대로 나왔다.

"도대체 무슨 일이 있었습니까?"

"한마디로 말하면 하라다의 몸은 해체돼 있었습니다."

"해체요?"

그는 침착한 표정으로 연기를 토해냈다.

"하라다를 처음 발견했을 때, 강가에 엎드려 있었다고 합니다. 언뜻 보기엔 자고 있는 것 같았겠죠. 그런데 산책하던 여성의 개가 갑자기 하라다의 팔에 달려들었답니다. 황급히 떼어내자 개의 입에 손목이 물려 있었다더군요. 무슨 뜻인지 아시겠어요?"

'계속 말할까요?'

그가 눈으로 물었다.

대답을 하지 않자 그는 다시 무거운 입을 열었다.

"내가 현장에 도착한 건 시간이 한참 지난 다음이었어요. 하라다의 몸은 발견 당시의 상태로 되어 있었습니다. 범인은 다른 곳에서 죽인 후에 뿔뿔이 해체해서 강가로 가져온 것 같더군요. 그리고 몸의 부분을 다시 원래대로 꼼꼼하게 늘어놓았어요. 왜 그랬는지 이유는 모르겠지만요. 얼굴의 각 기관도 전부 잘라서, 옆에 있던 비닐 위에 마치 그림처럼 놓아두었습니다. 그리고……."

"이제 됐습니다."

나는 일어서서 형사를 내려다보았다.

"그래서 말하고 싶지 않았던 겁니다."

그는 다시 연기를 토해냈다.

그때 노크 소리가 들리고, 제복 차림의 여성 경찰관이 들어왔다. 쟁반에 커피가 담긴 종이컵이 두 개 놓여 있었다. 그녀는 나와 스가와라

앞에 커피를 놓은 뒤, 고개를 한번 숙이고 나서 밖으로 나갔다. 우리는 김이 피어오르는 커피를 사이에 두고 잠시 입을 다물었다.

"대학 동창이었다고 하더군요. 독특한 녀석이었죠?"

종이컵의 끝을 만지작거리면서 스가와라는 그렇게 말했다.

나는 어정쩡하게 고개를 끄덕였다.

"형사님은…… 녀석과 친했나요?"

그가 손가락을 꼽으면서 헤아리기 시작했다.

"내가 제8방면 본부에 있을 때였으니까 18년, 아니 19년 전인가요? 하라다가 그곳에 배치되었습니다. 그전에는 녀석이 어디에 있었더라…… 기억이 안 나네요. 어쨌든 신참이었습니다. 무엇을 어떻게 해야 좋을지 모르는 완전히 초짜였어요. 요즘 식으로 말하면 수습이나 인턴이라고 할 수 있겠네요."

그는 옛날을 그리워하듯 추억 이야기를 꺼냈다. 나는 말없이 귀를 기울였다.

"솔직히 말해 경찰로서는 그렇게 뛰어나지 않았습니다. 조금 독특한 녀석으로, 머리는 나쁘지 않았지만요. 오히려 좋은 편이었을 겁니다."

스가와라는 내 눈을 보고 한쪽 뺨에만 웃음을 담았다.

"경찰은 예나 지금이나 마찬가지입니다. '바보'란 말이 붙을 정도로 위에서 시키는 대로 하는 게 좋죠. 하지만 녀석에겐 그런 면이 손톱만큼도 없었습니다. 요령이 좋은 건 나쁜 게 아니지만 가끔은 그런 면이 짜증나더군요. 대학 때도 그러지 않았을까요? 커피 드십시오."

그는 종이컵을 나에게 살짝 밀었다.

"그럴지도 모르죠."

나는 고개를 끄덕이고 커피를 한 모금 마셨다. 의외로 맛은 나쁘지 않았다.

"우리 반에서 연수를 받아서 이야기를 나눈 적은 있지만, 우리 관계는 그것뿐이었습니다. 그 이후 6개월쯤 지나 나는 무사시노에서 신주쿠 제4방면 본부로 돌아왔어요. 몇 년 지나서 하라다가 경찰을 그만두었다는 소문을 들었는데 '아아, 그렇구나'라는 정도였습니다."

그는 스스로도 인정한 것처럼 이야기를 좋아했다. 이야기가 뒤를 이어 끊임없이 흘러나왔다.

"특별히 깊은 인연이 있었던 것도 아니고 사이가 좋았던 것도 아니죠. 나를 잘 따랐던 것도 아니고요. 애초에 녀석에게는 선배를 존경하는 면이 없었거든요. 안 그런가요?"

"그건 그렇습니다."

나는 다시 고개를 끄덕였다. 어쨌든 이 형사에게 사람 보는 눈이 없는 건 아닌 듯했다.

"이번 사건만 해도 녀석이 왜 내게 연락을 했는지 모르겠더군요."

그는 단숨에 커피를 다 마셨다. 허공을 방황하던 시선이 내게 돌아올 때까지 잠시 시간이 걸렸다. 눈은 웃지 않았다.

"하지만 한번이라도 경찰 밥을 먹은 사람은 모두 가족이에요. 가족이 살해되었는데, '아아, 그렇군요'라는 말로 끝내는 경찰은 전 세계의 어디에도 없습니다. 가족의 일은 가족이 처리한다……. 그게 우리 방식입니다."

갑자기 그의 몸이 커진 것처럼 보였다.

"혼마 씨에게도 이런저런 사정이 있겠지만 협조를 부탁드려도 될까요?"

나는 아무 말도 하지 않고 고개를 위아래로 크게 끄덕일 뿐이었다.

3

나는 스가와라 형사에게 지금까지 있었던 일을 전부 이야기했다.

처음에 만남 사이트를 통해서 메일로 여성을 유혹한 것, 그러다 리카를 알게 되고 그녀가 별안간 이상해졌다는 것, 그래서 두려움을 느끼고 연락을 끊었다는 것.

하지만 그 후에도 집요하게 연락해와서 어쩔 수 없이 휴대전화 번호를 바꾸었다는 것, 그럼에도 리카가 우리 집 주소와 전화번호까지 알아냈다는 것.

모든 만남 사이트에 리카가 나를 찾는 메시지를 남겼다는 것, PC방 근처에서 잠복하고 있다가 나를 찾아냈다는 것, 오모테산도에서 처음 얼굴을 봤다는 것, 그때 택시를 타고 도망치는 나를 리카가 쫓아왔다는 것, 회사 컴퓨터의 스크린세이버가 바뀌어 있었다는 것, 비열한 팩스를 보냈다는 것, 우리 집 현관문에 머리카락을 덕지덕지 붙였다는 것도 말했다.

하라다에게 리카에 대해 조사해달라고 의뢰했다는 것, 리카가 4년 전에 나카노의 병원에 있었다는 걸 알았는데 그 말을 들은 날 밤에 리카가 우리 집에 왔다는 것, 하라다가 쫓아갔지만 어디로 갔는지 모르는 채 오늘에 이르렀다는 것을 마지막으로 내 이야기가 끝났다. 스가와라의 눈썹이 조금 움직였다. 반응은 그것뿐이었다.

내가 말하는 동안 그는 담배를 피우는 것 말고 다른 움직임은 보이지 않았다. 담배에 불을 붙이고 연기를 토한 뒤, 짧아진 담배를 재떨이에 비벼 껐다. 그런 다음은 그것의 반복이었다. 리카에 대해 이야기를 마칠 때까지 약 한 시간이 걸렸지만, 놀랍게도 그의 페이스는 조금도 무너지지 않았다. 커다란 알루미늄 재떨이에 담배꽁초가 산더미처럼 쌓였다.

"하라다는 그 여자가 병원에서 일했다는 걸 알아냈군요."

그는 재떨이를 옆으로 치우더니, 책상 위의 담뱃재를 입으로 불어서 날려 보냈다.

"나카노의 하나야마 병원이라고 했습니다."

"보고서는 혼마 씨가 가지고 있나요?"

나는 고개를 가로저었다.

"아니요, 하라다의 차 안에 있었을 겁니다. 저한테는 주지 않았거든요."

"하여간 도움이 안 되는 녀석이라니까." 그는 입술을 한껏 비틀며 말했다. "그 녀석은 옛날부터 그랬어요. 실은 아직 차가 발견되지 않았습니다. 녀석의 사무실에 보고서 사본이라도 있었으면 좋겠는데……. 뭐 그 얘기는 나중에 천천히 하죠. 지금은 일단 혼마 씨 이야기에 나오는 팩스를 보고 싶군요. 가지고 계신가요?"

"여기 있습니다."

나는 그렇게 말하며 가방을 들었다. 집에 놓아둘 수 없어서 팩스용지와 머리카락을 항상 가지고 다녔다.

"이게 팩스이고 이건 머리카락입니다. 아마 본인의 머리카락일 겁니다."

가방을 열고 안에서 팩스용지와 비닐봉투 안에 넣어둔 머리카락을 꺼냈다. 팩스용지의 찢어진 부분은 투명테이프로 붙여놓았다.

"이제 어떻게 해야 좋을지 모르겠습니다."

스가와라는 팩스용지를 펼치더니, 5분이 넘게 내용을 확인하고 나서 고개를 들었다. 그리고 주머니에서 내 명함을 꺼내 뚫어지게 쳐다보았다.

"이제 와서 일의 경위에 대해 따질 필요는 없겠죠. 혼마 씨는 훌륭한 사회인이지만 경솔했다는 말을 들어도 어쩔 수 없습니다. 하지만 그걸 비난한다고 해서 일이 해결되는 것도 아니고요. 아무리 그래도……."

"부끄럽기 짝이 없습니다. 깊이 반성하고 있습니다."

그는 고개를 숙인 나를 바라보며 "그런 뜻이 아닙니다"라고 말하며 웃었다. 그리고 팩스에 시선을 떨구며 말을 이었다.

"아무리 그래도 이건 정상이 아닙니다. 정상적인 사람은 도저히 이런 일을 할 수 없어요. 이 사람은 분명히 정신이상자입니다. 왜 이런 여자에게 걸렸을까요?"

"잘 모르겠습니다."

나는 중얼거렸다. 달리 대답할 도리가 없었다.

"글씨는 붓으로 쓴 것 같군요. 아마 붓펜 종류겠지요. 이걸 보면 필적을 감출 의도는 없는 것 같습니다. 아니면 팩스는 증거가 안 된다고 생각했을까요? 그렇다면 상당한 악질입니다. 실제로는 증거 능력이 있지만요."

스가와라의 입에서 신음이 새어나왔다. 펜 끝으로 책상을 두드리는 규칙적인 소리가 한동안 이어졌다.

"없을 것 같긴 하지만, 혹시 리카라는 여자로부터 편지를 받은 적이 있나요?"

"메일이라면 있지만 편지는……."

나는 다시 고개를 옆으로 흔들었다. 내 대답을 끝까지 기다리지 않고 그는 조서의 복사본을 들어올렸다. 예전에 집 근처 경찰서에 가서 의논했을 때의 것이다. 저건 언제 손에 넣었을까? 둔중한 외모와 달리 그의 행동은 신속한 것 같았다.

"어디 보자. 마구 휘갈겨 써서 읽기 힘들군. '여자는 덩치가 크고 키는 170센티미터 이상, 어깨까지 내려오는 긴 머리, 빼빼 마른 체구, 안색이 나쁘고 피부가 거친 느낌. 양쪽 눈에 흰자위가 없음'. 이거 사람 이야 뭐야?"

스가와라는 거기까지 읽고 나서 내 얼굴을 쳐다보았다. 나는 말없이 눈을 내리깔았다.

"그리고 옷은 '꽃무늬 블라우스나 원피스를 착용'. 여기까지 틀림없 습니까?"

리카의 얼굴이 뇌리를 가로질렀다. 떠올리고 싶지 않은 기억이다.

"이거야 원. 이런 여자에게 쫓긴다면 살아도 사는 게 아니겠군요."

그는 조서를 책상 위에 내려놓고 눈을 가늘게 떴다.

"그런데 정말 있어요. 적어도 그때 같이 있었던 택시 운전사가 증언 해줄 겁니다. 하라다가 만난 지바 시내에 사는 구라타라는 간호사도요."

"지바 시내란 것만으로는 범위가 너무 넓습니다." 그가 씁쓸하게 웃 으며 덧붙였다. "그때 어느 회사 택시였는지 기억이 나나요?"

"아뇨, 그때는 너무 놀라서……."

겁을 집어먹은 운전사는 맨 처음 고속도로 출구에서 내려준 뒤 요금 도 받지 않고 도망치듯 가버렸다. 따라서 택시 회사의 이름을 적어둘 여유는 없었다.

"하지만 그런 난리를 피웠으니까 모든 택시 회사에 연락하면 기억 하지 못할 리 없어요. 운전사는 반드시 찾을 수 있을 겁니다."

"그럴지도 모르죠. 하지만 찾았다고 해도 별 도움은 안 될 겁니다."

그는 그렇게 중얼거리더니 머리칼이 들어 있는 비닐 주머니를 들어올렸다.

"이건 과학수사연구소로 보내겠습니다. 범인을 특정할 수 있는 유력한 단서가 될 겁니다. 물론 이게 범인의 것이라는 전제가 있어야 하지만요. 범인의 머리칼이 확실한가요?"

나는 어깨를 들썩이며 "잘 모르겠습니다"라고 말했다. 리카의 머리칼인지 아닌지 알려면 적어도 리카를 몇 번은 만나야 하지 않겠는가.

"꽤 많이 잘랐군요."

그는 펜을 들어서 조서의 복사본을 수정했다.

"현재 머리칼의 길이는 어깨 정도가 아닐까 생각한다…… 어때요?"

나는 고개를 끄덕였다.

"형사님. 그 여자를, 리카를 잡아주십시오. 하라다를 죽인 건 그 여자입니다!"

그는 말없이 책상 위의 재떨이를 바라보았다.

"그것만이 아닙니다. 이대로 있으면 저도 죽임을 당할지 모릅니다. 하라다의 말에 따르면 리카는 예전에도 살인을 저질렀을 가능성이 있다고 하더군요. 가령 죽임을 당하지 않더라도 제 가정은 무너질 겁니다. 제발 부탁합니다. 그 여자를 찾아서 체포해주십시오!"

그는 조서에서 눈을 들고 위로하듯 내 어깨에 손을 얹었다.

"물론 그 여자는 중요한 참고인입니다. 하지만 아직 범인이라고 밝혀진 건 아니지요."

"그 여자 말고 누가 있다는 겁니까!"

소리치는 나를 가엾은 눈길로 바라보고 나서 그는 작게 머리를 흔들었다.

"그 여자가 했다는 증거는 없어요. 목격자가 있는 것도 아니고요. 더 직접적으로 말하면 그 여자가 실제로 존재한다는 증거도 없고, 지금 단계에서는 하라다의 보고서도 없습니다. 가령 보고서가 있다고 해도 보고서 자체가 날조되었다고 생각할 수도 있지 않을까요? 과거에 그 여자가 살인을 저질렀다고 했는데, 그것에 대해서도 증거가 없지 않습니까?"

"제가 지금 거짓말을 한다는 건가요? 하라다가 살해된 게 가장 큰 증거가 아닙니까? 택시 회사를 조사해보십시오. 운전사가 증언해줄 겁니다."

그는 일어서려고 했던 내 어깨를 눌러서 다시 의자에 앉혔다. 체구가 작은 것에 비해 힘은 보통이 아니었다.

"잠시만 기다리세요. 지금은 순수하게 경찰의 처지해서 말했을 뿐입니다. 이른바 공식적인 견해라고 할 수 있겠죠. 지금부터는 나 개인의 견해입니다. 난 누가 뭐라고 해도 당신을 믿어요. 리카라는 여자는 분명히 존재합니다."

그가 가볍게 미소를 지었다. 나는 그 미소에 빨려 들어가듯 고개를 끄덕였다.

"없을 리 없겠죠. 없다면 혼마 씨 같은 분이 이렇게 겁을 먹고 흐트러질 리 없을 테니까요. 그래요. 암, 그렇고말고요."

그가 천천히 손목을 돌리자 우두둑하는 소리가 좁은 회의실에 울려 퍼졌다.

"없을 리 없어요. 문제는 그 여자가 지금 어디에 있느냐는 겁니다. 그걸 조사하려면 시간이 좀 걸릴 것 같군요."

그로부터 한 시간쯤 지나서 겨우 해방되었다.

몇 가지 진술서를 쓰고, 서류 몇 장에 사인을 했다. 스가와라는 특히 하라다가 내게 말한 리카의 과거에 대해 자세히 물었다. 나는 기억나는 인명과 지명, 그리고 그 외 중요하다고 여겨지는 걸 전부 이야기했다.

그동안 그는 우리 집 근처에 있는 파출소에 연락해 당분간 아파트 부근의 경비를 강화하라고 명령했다. 하라다가 경영했던 탐정 사무소에는 이미 형사를 보내서, 최근 조사에 대해 자세히 알아보라고 하는 등 필요한 조치는 전부 다 취했다.

스가와라는 현관까지 배웅하러 나와서 크게 기지개를 펴며 말했다.

"물론 이것도 일종의 스토커겠지만, 나 같은 옛날 사람은 스토커가 무슨 생각을 하는지 도저히 이해가 안 되더군요. 한 가지 할 수 있는 말은 우리가 아는 범죄자와는 행동 패턴이 다르다는 겁니다. 범죄자들은 보통 자신의 존재를 감추려고 하는데, 스토커들은 달라요. 무슨 말인지는 혼마 씨도 아시죠?"

"네, 가슴이 저릴 만큼 잘 압니다."

해가 떨어지면서 주변이 어두워지기 시작했다. 비라도 오려는지 날

씨가 꾸물거렸다. 나는 코트 깃을 세웠다.

"그들에겐 나쁜 짓을 한다는 의식이 거의 없습니다. 오히려 피해자를 위하는 일이라고 생각하죠. 이번 케이스도 그것과 비슷하다는 생각이 들더군요."

"그런가요?"

차가운 바람이 불어와 나도 모르게 몸을 떨었다. 정장 차림의 스가와라가 추운 듯 팔짱을 꼈다.

"지금 단계에서 드릴 말씀은 아무튼 경솔한 행동은 피하라는 겁니다. 인적 없는 곳을 다니거나 밤에 외출하는 일은 삼가 주십시오. 사건이 일어난 다음에는 이미 늦으니까요. 그건 아시죠?"

지나가던 제복 차림의 경찰관이 경례를 하자 스가와라가 작게 답례를 했다.

"그들은 자기에게만 통하는 논리로 움직이기 때문에 이해하려고 해도 소용이 없습니다. 무슨 짓을 할지 모르는 사람이란 걸 머릿속 깊숙이 넣어두어야 합니다. 회사에서도 너무 늦게까지 야근하지 마시고요."

"그래도 다른 사람과 같이 있으면……."

그러자 차가운 눈길이 돌아왔다.

"그들은 다른 사람이 있어도 태연합니다. 실제로 혼마 씨의 책상까지 왔다면서요? 가장 위험한 게 그런 사람들을 상식으로 판단하는 일입니다. 당분간 술도 삼가십시오. 알코올이 들어가면 경계심이 희미해지니까요."

그는 창백해진 내 얼굴을 들여다보며 어깨를 세게 두들겼다.

"어쨌든 그 여자는 반드시 접촉을 시도할 겁니다. 그러지 않고는 견딜 수 없겠죠. 물론 그 여자는 혼마 씨가 경찰을 찾아갔다는 것도 알고, 경찰이 혼마 씨 집을 순찰한다는 것도 알겠죠. 그래도 접촉하지 않고는 견딜 수 없을 겁니다. 그게 스토커들의 한계이자 가여운 점이죠."

그는 재채기를 하듯 웃었다.

"하라다도 그런 말을 했습니다."

"잡을 때까지 오래 걸리진 않을 겁니다. 그동안의 경험으로 볼 때 틀림없습니다. 지금은 많이 힘들겠지만 조금만 참으십시오. 너무 깊이 생각하지 마시고요. 아셨죠?"

몇 번이나 고개를 숙이고 나는 경찰청을 뒤로했다. 뒤를 돌아보자 스가와라는 바지 주머니에 손을 쑤셔 넣은 채 하늘을 올려다보았다. 공허한 표정에서는 무슨 생각을 하는지 짐작도 되지 않았다.

4

바람은 여전히 강했다.

나는 지하철역을 향해 발길을 서둘렀다. 하라다의 죽음이 몸과 마음을 무겁게 만들었다. 하라다가 살해됐다는 건 스가와라의 이야기를 통해 알게 됐지만 현실이라는 느낌이 들지 않았다.

하라다의 죽음을 내 눈으로 확인하지는 못했으니까. 질문을 받고 대답을 반복하는 가운데 생각할 시간도 없었다. 눈앞에 닥친 내 문제를 생각하는 게 고작이었다. 따라서 경시청 청사를 나온 지금, 처음으로 무슨 일이 일어났는지 의식하게 되었다.

'하라다가 죽었다……'

그 생각이 걸음을 멈추게 했다. 하라다가 살해되었다. 리카에게. 그것은 분명히 내 탓이다. 이런 사건에 휘말린 내 책임이다. 이제 어떻게 하면 되지? 어떻게 사죄해야 할까. 나 자신이 너무도 한심하고 무기력해서 소리 내어 울고 싶었다. 하지만 아무리 울어도 문제는 해결되지 않는다. 그것은 너무도 잘 알고 있다.

나는 온몸의 기운이 빠져 축 늘어진 채, 발을 질질 끌고 걷기 시작했다. 눈앞에 지하로 이어지는 계단이 있었다. 발을 앞으로 내민 순간 안주머니에서 휴대전화가 몸을 떨었다.

부르르 떠는 휴대전화를 들고 몸을 돌려 계단을 올라갔다. 지하로 들어가도 전파는 이어지지만 역시 밖으로 나가는 편이 잘 들린다.

"여보세요."

"누구~게~?"

반사적으로 주변을 둘러보았다. 차들이 거리를 지나갔다. 손님을 기다리는 택시 안에서 팔짱을 낀 채 눈을 감고 있는 운전사의 모습이 보였다.

발길을 멈추고 담배에 불을 붙이는 샐러리맨, 가방을 휘두르며 힘차게 걷고 있는 두 명의 직장 여성. 큰 소리로 이야기를 나누면서 종종걸음으로 지나가는 젊은 남녀. 바람에 흐트러지는 머리칼을 매만지면서 웃고 있는 세 여성.

"혼다 씨, 뭐 해요?"

리카였다.

"어디지?"

그 말에 리카는 대답하지 않고 똑같은 질문을 반복했다.

"혼다 씨, 지금 뭐 해요?"

"내가 뭘 하든 무슨 상관이야?"

나는 토해내듯 대답했다.

"혼다 씨도 경찰에 볼일이 있나 보네요."

나는 대답하지 않고 재빨리 좌우를 살펴보았다. 길 건너편에는 법무성의 붉은 기와 건물이 있고, 그 옆에는 재판소 합동청사가 있다. 유리창 너머에는 누가 있을까?

사람의 물결이 눈앞을 지나갔다. 어디지? 어디 있지? 사람이 숨을 만한 곳을 찾았지만 상대가 어디에 있는지 알아낼 수 없음을 깨닫고 포기했다. 어쨌든 리카는 지금 가까운 곳에 있다.

"너에 대해 말하고 왔어. 경찰이 움직여준다고 하더군."

겁을 줄 생각이었지만 그녀에게는 통하지 않았다.

"무슨 말이에요? 리카는 무슨 말인지 모르겠어요."

"모를 리 없잖아!"

계단을 올라온 젊은 여자가 흠칫 놀라더니, 몸을 움츠리며 내 앞을 지나갔다.

"왜 그런 짓을 했지? 왜 하라다를 죽였어?"

"죽여요? 무슨 말이죠? 혼다 씨, 지금 무슨 말을 하는 거예요?"

전화기 안쪽에서 쿡쿡거리는 웃음소리가 들렸다.

"예전에 한 일은 그렇다고 치고, 이번에 한 짓은 어엿한 범죄야. 이제 도망칠 수 없어!" 강렬한 분노로 인해 목소리가 점점 높아졌다. "좋은 말로 할 때 빨리 자수해. 그러는 편이 너를 위해……."

리카가 재빨리 내 말을 가로막았다.

"혼다 씨, 무슨 일이에요? 무슨 일 있어요? 리카는 무슨 말인지 모르겠어요."

리카의 목소리는 여전히 밝았다. 사람을 죽여놓고 어떻게 이토록 밝게 말할 수 있을까?

나는 송화구를 향해 소리쳤다.

"내 말 잘 들어!"

지나가던 노인이 이상한 얼굴로 쳐다보았지만 그런 것에 신경 쓸 때가 아니었다.

"본인이 무슨 짓을 저질렀는지 생각해봐. 네가 한 짓은 용서받을 수 있는 일이 아니야. 하지만 더 이상 죄를 지으면 도저히 용서받을 수 없어. 리카, 잘 들어. 자수해. 무서우면 내가 같이 가줄게. 그러니까 다시는 이런 짓하지 마."

고막이 터질 만큼 커다란 웃음소리가 들렸다.

"아이, 혼다 씨도 참. 심각한 목소리로 무슨 말을 하는 거예요? 리카는 무슨 말인지 잘 모르겠어요. 피곤해서 그런 거 아니에요? 계속 리카만 생각해서 그래요. 마음은 기쁘지만 너무 깊이 생각하지 말아요. 물론 리카는 매일 혼다 씨 생각만 하지만요."

땀 때문에 전화기가 손에서 미끄러졌다.

어떻게 하면 되지? 어떻게 하면 이 여자를 설득할 수 있지? 어떻게 하면 이 여자를 잡을 수 있지?

"리카, 부탁해. 제발 부탁이니까 나와 같이 경찰서에 가자. 내게도 책임이 있으니까 그렇게 해줄게."

무슨 말을 해야 좋을지 모르는 채, 나는 어떻게든 리카를 설득하려고 했다.

"아니, 어쩌면 전부 내 책임일지도 몰라. 그러니까 꼭 같이 가줄게. 제발 부탁해. 나와 같이 경찰서에 가자. 리카, 네 힘이 되고 싶어."

단숨에 말을 내뱉자 숨이 턱까지 차올랐다. 리카는 대답을 하지 않았다.

"리카!"

그때 전화기 건너편에서 리카가 울음을 터뜨렸다. 그녀는 쥐어짜는 목소리로 중얼거렸다.

"혼다 씨, 정말 기뻐요. 지금까지 리카에게 그렇게 말해준 남자는 한 명도 없었어요."

'그게 아니야. 그건 뜻이 아니라고.'

순간 이렇게 말하려다 집어삼켰다. 리카는 지금 착각하고 있다. 그 착각을 이용할 수 없을까?

착각이든 뭐든 상관없다. 어쨌든 이 여자를 경찰에 넘겨야 한다. 내 쪽에서 연락을 할 수 없는 이상, 지금 설득하지 않으면 기회를 놓치게 된다.

"이해해줘서 고마워. 리카, 지금 어디 있지? 지금 만나서 나와 같이 경찰서에 가자."

"왜 하필 경찰서예요? 혼다 씨와의 첫 데이트인데, 왜 경찰서에 가야 하죠?"

목소리가 심통 부리는 어린아이처럼 변했다.

"데이트? 그래, 데이트야."

어떻게 말해야 될까?

"리카, 부탁해. 평생의 소원이야. 지금 만나줘. 만나고 싶어. 지금 당장 만나고 싶어!"

목소리에 힘을 주어 간절하게 말했지만 대답은 없었다.

"리카!"

기나긴 침묵이 이어진 다음, 리카가 혼잣말처럼 중얼거렸다.

"나도 만나고 싶어요."

그 말을 끝으로 다시 침묵이 이어졌다.

"그럼……."

"하지만 오늘은 안 돼요. 혼다 씨는 정말 성질이 급하다니까."

리카가 쿡쿡 웃었다.

조금 전까지 울었던 것이 거짓말 같았다.

"맨날 자기 입장만 생각하고. 물론 리카는 언제든지 혼다 씨를 만나고 싶지만 그렇다고 일을 내팽개칠 순 없잖아요. 오늘은 도저히 안 돼요."

이제 한계였다. 더는 참을 수 없어서 화를 냈다.

"시끄러워! 일은 무슨 일이야? 네가 한 짓은 살인이야! 헛소리 집어치우고 당장 나와!"

"이봐요, 자꾸 그러면 리카도 화낼 거예요. 그쪽이야말로 헛소리 집어치워요. 리카가 누구를 죽였다는 거예요?"

어둡고 차가운 목소리였다.

무녀가 기도를 올리는 듯한 묵직한 울림.

"하라다 말이야. 너도 알잖아. 내 친구, 탐정 사무소를 하는 사람 말이야!"

다시 침묵이 이어졌다.

"리카!"

"그 녀석, 굉장히 비열한 놈이었어."

내 말에 대꾸하는 게 아니다.

자기 안에 있는 누군가와 말하는 느낌이다. 리카의 온몸에서 증오가 솟구치는 걸 알 수 있었다.

"굉장히, 굉장히 비열한 놈. 아무 관계도 없는데 리카를 따라다니며 혼다 씨와 리카 사이를 방해하려고 했어. 뭐 이딴 녀석이 있어? 그렇게 생각했어. 혼다 씨도 그렇게 생각했지?"

리카의 말을 계속 듣고 있으면 나는 흔적도 없이 사라져버리리라. 더 이상 견딜 수 없어서 주위가 떠나가라 고함을 쳤다.

"그만둬! 이제 됐어!"

하지만 리카는 끊임없이 저주의 말을 토해냈다.

"얼마나 불쾌했는지 몰라. 분노가 머리끝까지 치밀어도 리카는 참았어. 참고 또 참았어. 하지만 그 녀석이 끝까지 쫓아와서 더는 용서할 수 없었어. 그래서 결국 용서하지 않았지."

리카의 저주는 물리적인 힘이 되어 나의 온몸을 휘감았다.

"지금 어디 있지? 데리러 갈게."

"또 전화할게요."

다시 목소리가 변했다. 기이하리만큼 밝은 목소리였다.

"리카, 잠깐만!"

"리카는 언제든지 혼다 씨를 보고 있어요."

전화가 뚝 끊겼다. 나는 휴대전화의 '공중전화' 표시를 확인한 뒤 주변을 둘러보았다. 근처의 전화부스에는 아무도 없었다. 그 여자는 어디서 전화를 걸었을까.

지하철 입구에 우두커니 선 채, 나는 휴대전화를 꽉 움켜쥐었다.

5

경시청으로 돌아가 접수처에서 스가와라의 이름을 말했다. 그는 즉시 내려와 "믿을 수 없군요"라고 중얼거리며 나를 다시 6층의 작은 회의실로 데려갔다.

"정말 어이가 없군요. 경찰을 무시해도 유분수지, 여기서 나가자마자 연락을 하다니⋯⋯."

그는 불쾌한 목소리로 침묵을 깨뜨렸다.

"그 여자는 역시 저를 감시하고 있습니다."

"아무래도 그런 것 같군요."

그는 의자에 걸터앉았다.

"조금 전에 혼마 씨가 다시 온다는 전화를 받고 즉시 전화국에 의뢰했어요. 지금 발신처가 어디인지 알아보고 있습니다. 아마 가까운 건물 안에 있는 공중전화겠지만요. 안 그래도 리카가 지금까지 어디서 전화를 걸었는지 알아보려던 참인데, 어느 의미에선 마침 잘됐습니다." 그는 눈썹을 움찔거리며 절실한 목소리로 덧붙였다. "예전에는 참 좋았습니다. 전화는 두 종류밖에 없었거든요. 가정용과 공중전화를 포함한 업무용이지요. 그땐 어느 쪽이든 통화기록이 남았습니다. 그런데 말이죠⋯⋯."

"문제는 휴대전화군요."

우리는 동시에 한숨을 쉬었다.

"누가 아니랍니까? 휴대전화는 우리 경찰에게 고마운 물건이지만, 그건 범죄자들도 마찬가지죠. 역탐지가 통하는 건 영화 속에서뿐입니다. 모든 사람이 지문의 존재를 알게 되면서, 도둑질하러 갈 때 장갑을 끼는 거나 마찬가지죠. 범죄를 저지르는 자들은 연락을 할 때도 거의 휴대전화를 사용합니다. 뿐만 아니라 프리페이드 전화나 다른 사람 명의의 전화까지 사용하고 있어요. 이러니 경찰은 점점 더 범인을 잡기 힘들 수밖에요."

나는 고개를 끄덕였다. 프리페이드 전화든 다른 사람 명의의 전화든 구입할 때 신분증이 필요 없기 때문에, 가령 전화번호를 안다고 해도 누구로부터 걸려왔는지 알 수 없다고 하라다는 말했다. 그런 상황에서는 경찰도 대처할 방법이 없으리라.

"그렇다고 방법이 전혀 없는 건 아닙니다. 휴대전화로 전화를 걸어도 GPS를 이용하면 위치를 알아낼 수 있어요. 다만 집에서라면 몰라도 밖에서 거는 경우에는 위치를 알아도 소용이 없습니다. 장소를 알아냈을 즈음, 전화의 주인은 이미 그곳을 떠났을 테니까요. 하지만 소용없다는 걸 알면서도 해야 하는 게 우리의 일이죠. 어쨌든 전화와 메일은 현재 조사하고 있고, 특히 만남 사이트는 등록자 명단이 있으니까요."

나는 그의 말을 가로막았다.

"아마 소용없을 겁니다. 만남 사이트에 주소나 이름을 등록하는 건 남자뿐이고 여자들은 등록 의무가 없거든요. 의무가 있는 경우라도 가명으로 등록하면 됩니다. 실제로 저도 가짜 주소와 가짜 전화번호로 등록했으니까요."

스가와라는 미소를 지으며 말했다.

"그럴지도 모르지만 만에 하나인 경우도 있으니까 확인해서 나쁜 일은 없겠지요. 때로는 그런 곳에서 뜻밖의 단서가 나오는 경우도 있거든요. 어느 쪽이든 가능성을 하나씩 없애가는 게 우리의 일이죠. 뭐라도 알아내면 연락하겠습니다. 혼마 씨도 어떤 거라도 괜찮습니다. 단서가 될 만한 게 있으면 꼭 말씀해주십시오."

"그렇게 하겠습니다."

나는 약속하고 자리에서 일어섰다.

그 이후 스가와라로부터 하루에 몇 번씩 전화가 걸려왔다. 하지만 수사는 진척이 없는 것 같았다. 수사회의에서 하라다와 나, 그리고 리카의 관계에 대해 말했지만 귀를 기울이는 사람은 없었다고 한다.

"탐정 사무소를 수색했지만 남겨진 조사기록에는 혼마 씨의 이름도, 리카의 이름도 없더군요. 하라다는 직원들에게 급한 일로 잠시 사무실을 비운다고 했다더라고요. 집에도 아무것도 없었습니다."

"옛날부터 사무적인 능력은 젬병이었거든요."

그러자 스가와라는 "그건 그래요"라며 맞장구를 쳤다.

"그리고 또 한 가지, 택시 말인데요. 오모테산도에서 혼마 씨와 리카가 옥신각신했다고 했잖습니까? 그걸 도내의 모든 택시 회사에 알아봤는데, 어디에서도 답이 없더군요. 그 얘기를 듣더니 위쪽에선 이 이야기 자체가 수상하지 않느냐고 하더라고요."

"말도 안 돼요!"

그때의 운전사 얼굴을 나는 똑똑히 기억하고 있다. 운전사도 마찬가지이리라. 그런 일을 어떻게 잊어버리겠는가.

"그건 정말로 있었던 일입니다. 그때 전……."

그가 부드럽게 말을 가로막았다.

"아마 얽히기 싫겠지요. 귀찮은 일을 피하고 싶어서 그랬을 겁니다. 어쩌면 협박을 당했을지도 모르고요."

"협박이요?"

"옛날이야기 중에 그런 게 있잖습니까? 설녀(눈의 정령이 둔갑해서 나타난다는 흰옷을 입은 여자 – 옮긴이)였던가요? 그것처럼 사람들에게 나를 봤다고 말하면 당신 목숨은 없을 줄 알라고 협박했을 수도 있고요."

'말도 안 돼!'

이렇게 말하려고 했지만 갑자기 혀가 뒤얽혀서 움직이지 않았다. 스가와라의 공허한 웃음소리가 들렸다.

"세상에는 그를 아는 모든 사람에게 재앙이 미치는 사람이 있죠. 또 연락하겠습니다."

전화가 끊겼다. 하지만 스가와라의 말은 무거운 응어리가 되어 내 안에서 조용히 흔들리기 시작했다.

언젠가부터 리카의 연락이 끊어졌다. 그럼에도 나는 예전보다 더욱 전화벨 소리에 겁을 먹었다.

회사에서도, 출퇴근 도중의 전철 안에서도, 외근할 때에도 근처에서 전화벨이 울릴 때마다 몸의 움직임이 멈추었다. 심장이 빠르게 쿵쾅거리고, 심할 때는 빈혈이 있는 사람처럼 휘청거리는 경우도 있었다.

이런 상태가 계속될 바에야 차라리 리카에게서 전화가 오면 얼마나 마음이 편할까. 어느새 나는 그렇게 생각하게 되었다. 그런 의미에서는 리카의 전화를 기다리고 있다고도 할 수 있으리라.

그런가. 리카가 원하는 게 이것이었나. 그렇다면 리카, 네가 이겼다. 난 지금 네 전화를 기다리고 있으니까.

6

경시청에 다녀온 지 닷새 후의 오후, 아내가 갑자기 회사로 전화를 걸어왔다.

"바쁜데 전화해서 미안해."

"아니, 괜찮아. 무슨 일이야?"

전화를 받았을 때부터 불길한 예감이 들었다. 특별한 이유 없이 회사로 전화하는 사람이 아니다. 무슨 일이지?

아내는 잠시 머뭇거리면서 입을 열었다.

"대단한 일은 아니지만 아야가 아직 집에 오지 않아서……."

순간적으로 벽시계를 보았다. 4시 50분.

나는 태연함을 가장하면서 대답했다.

"그렇게 늦은 시간도 아닌데 뭐. 친구 집에라도 간 거 아니야?"

딸은 낯을 가리지 않고 누구와도 잘 어울리는 아이라서, 학교가 끝나고 집에 오는 길에 친구 집에 들르는 일이 종종 있었다.

"그렇다면 다행이지만 구보타네 집에도, 마루야마네 집에도 없어."

구보타와 마루야마는 딸이 다니는 초등학교 동급생의 이름이다. 일단 아이들끼리 친하게 지내고, 지금은 엄마들을 포함해 가족 전체로 어울리곤 한다.

"전화를 걸어봤지만 오늘은 안 왔대."

나는 수화기를 턱 밑에 끼웠다.

"오늘은 다른 친구 집에 있을지도 모르잖아. 학교에는 연락해봤어?"

"그래. 점심때 다 같이 급식을 먹고 잠시 놀다가 집에 갔대."

"짚이는 덴 없어?"

"없어. 3시가 넘도록 안 온 적은 지금까지 한 번도 없었잖아."

당장이라도 울음을 터뜨릴 것 같은 목소리였다.

"하긴 그렇지……."

나는 수화기를 다시 잡았다. 별일 아니라고 생각하려고 했다. 딸의 귀가가 늦어지는 이유는 무수히 생각할 수 있다. 시간을 잊고 놀이에 빠지는 건 아이들만의 특권이다. 잠깐 다른 친구 집에 갔을 수도 있고, 어쩌면 아직 학교의 어딘가에서 놀고 있을 수도 있다. 아이들은 특별한 생각 없이 어떤 일도 할 수 있다.

나도 옛날에 그런 적이 몇 번 있었다. 그때마다 마음을 졸이며 기다린 부모님께 혼나고 울상을 짓곤 했다.

걱정할 일은 아니다. 걱정할 필요는 없다. 그렇게 마음을 다독였지만 불길한 느낌이 조금씩 부풀었다. 그리고 이내 가만히 있을 수 없을 만큼 거무칙칙한 그림자가 마음을 뒤덮었다.

"일단 다시 학교에 전화해서 사정을 이야기해. 어쩌면 같은 반 아이들에게 전부 물어봐야 할지도 몰라. 아야를 마지막으로 본 게 누군지 알아봐달라고 하는 거야. 지금 집으로 갈 테니까 같이 찾아보자."

아내가 깜짝 놀라서 되물었다.

"집에 온다고? 그렇게까지 할 필요는 없어. 그냥 좀 마음에 걸려서 전화했을 뿐이야."

"당신은 걱정도 안 돼?"

내가 날카롭게 되받아치자 아내가 주눅이 들어 작은 목소리로 말했다.

"그야 걱정은 되지만."

"어쨌든 금방 갈게."

그렇게 말하고 전화를 끊었다. 포기한 얼굴로 고개를 가로젓는 상사의 얼굴이 눈에 들어왔지만 나는 아무 말도 하지 않고 회사를 뒤로했다.

집에 도착할 때까지 전철 안에서 휴대전화가 두 번 울렸다. 두 번 다 아직 딸을 찾지 못했다는 아내의 전화였다.

내 불안이 전염되었는지 아내의 목소리도 흐트러졌다. 완전히 패닉 상태에 빠져 있었다. 특히 두 번째 전화에서는 자기가 어떻게 해야 할지도 모르는 것 같았다.

"학교에 연락은 했어? 고미야마 선생님은 뭐래?"

그때 차량이 크게 흔들렸다. 나는 손잡이를 꽉 잡아서 몸의 균형을 유지했다.

"본인도 걱정된다면서 지금 연락망을 통해 아야를 마지막으로 본 사람이 누군지 알아보고 계셔."

아내의 목소리에 울음이 섞였다. 전파 상태가 좋지 않았다. 나는 송화구를 향해 목소리를 높였다. 자리에 앉아 있던 중년 여성이 힐끔 쳐다보았지만, 내가 예리하게 노려보자 말없이 눈을 내리깔았다.

"여보, 경찰에 연락해야 할까?"

"지금 에이후쿠초 역을 지났어."

창밖을 보았다. 어느새 주변은 완전히 어두워졌다. 열차가 역의 플랫폼을 떠나는 참이었다.

원래 열차가 이렇게 느렸던가? 열차 운전사가 일부러 속도를 내지 않는다고밖에 여겨지지 않았다.

"조금 있으면 구가야마 역에 도착해. 이제 차를 가지고 역으로 나와. 그 차를 타고 경찰서에 가자."

"알았어."

다음 순간, 나는 재빨리 아내를 제지했다.

"아니, 잠깐만! 운전하지 마. 역에서 택시 타고 갈 테니까 그냥 차에 있어. 알았지?"

패닉 상태에 빠진 아내에게 운전을 시키고 싶지 않았다.

"차에서 기다리면 돼?"

"그러는 편이 좋겠어. 고미야마 선생님에겐 당신 휴대전화 번호를 말해놨어?"

"말하지 않았어."

아내의 말과 "다음은 구가야마, 다음은 구가야마 역입니다"라는 느긋한 안내방송이 겹쳤다

"학교에 전화해서 지금 경찰서에 가니까 무슨 일이 있으면 휴대전화로 연락해달라고 해."

"알았어."

대답하는 아내의 목소리가 잘 들리지 않았다. 내 목소리는 들렸을까?

"알았지?"

내 말에 대답하지 않고 아내는 "빨리 와"라고만 말했다.

"알았어. 금방 도착할 거야."

그렇게 대답했을 때 전화가 끊겼다.

역에서 택시를 타고 아파트 주차장에 도착했을 때, 차의 조수석에 앉아 있는 아내의 모습이 눈에 들어왔다. 몸이 한 뼘은 줄어든 것처럼

보였다. 택시에서 내려 차창을 두드렸다. 아내가 창문을 열었다.

"아직 연락이 없어."

그 말을 하는 게 고작이었다. 아내의 눈에서 커다란 눈물방울이 떨어졌다.

나는 조용히 말했다.

"울지 마. 어린아이에겐 흔히 있는 일이잖아. 친구랑 놀다가 늦으면 엄마한테 혼날 것 같아서 숨어 있기도 하지. 이건 흔히 있는 일이야. 걱정 마."

"하지만……."

아내는 중얼거렸지만 흐르는 눈물을 닦으려고 하지도 않았다.

"아야는 그런 애가 아니야. 연락도 없이 안 오다니."

"알아. 그러나 지금까지 그런 일이 없었다고 해서 앞으로도 그렇다곤 할 수 없잖아."

"그건 그렇지만……."

아내는 그렇게 말하면서 머리를 천천히 좌우로 흔들었다. 초췌한 표정에서는 내 말을 믿지 않는다는 게 역력히 느껴졌다.

"어쨌든 걱정하지 마."

운전석 문을 열었다. 나는 스스로에게 들려주듯 작게 중얼거렸다.

"괜찮아. 아야는 괜찮아."

시동을 걸었다. 주차장을 나가려고 액셀을 밟으려고 했을 때 아내의 휴대전화가 울렸다.

"여보세요. 아아, 선생님! 아야는요?"

전화를 받은 아내의 목소리에 눈물이 섞였다.

"왜 그래? 찾았대?"

아내는 휴대전화를 귀에 댄 채 머리를 세차게 흔들었다.

"선생님이야?"

전화를 달라고 했지만 아내는 어깨를 흔들며 내 손을 뿌리쳤다. 상대의 이야기가 끝날 때까지 내게 전화를 줄 생각은 없는 것 같았다. 차 안에는 한동안 아내의 대답만 울려 퍼졌다.

"죄송해요, 잠시만 기다리세요."

전화기를 가슴에 대고 아내가 겨우 나를 쳐다보았다.

"아직 못 찾았지만, 아야와 같이 놀았던 아이를 찾았대. 니시오카 씨의 딸 히로코래."

"이리 줘봐." 나는 아내의 손에서 전화를 빼앗았다. "여보세요, 아야의 아버지 혼마입니다."

"아아, 아버님이세요? 안녕하세요, 담임인 고미야마예요."

여성의 침착한 목소리가 들렸다.

"안녕하세요. 그런데 선생님, 아야를 본 아이가 있다고요?"

"네, 니시오카 히로코라는 아이예요. 같은 반 학생이죠. 학교가 끝나고 같이 놀았대요. 지금 그 애 집에 가보려고 해요."

고미야마는 다급한 상황임에도 조리 있게 말했다.

"저희도 가겠습니다. 선생님은 지금 학교에 계시죠? 니시오카 씨 집이 어딘지 아시나요?"

나는 반사적으로 그렇게 물었다. 지금은 경찰보다 이쪽이 우선이다.

"네, 가정 방문으로 두 번 간 적이 있어요."

"지금 차로 선생님을 모시러 갈게요."

차에 있는 디지털시계를 보았다. 5시 50분.

"10분이면 도착할 겁니다. 제 차를 타고 니시오카 씨 댁으로 가시는 게 어떨까요?"

"그럼 기다릴게요."

목소리에서 걱정하는 마음이 생생하게 전해졌다.

"그럼 나중에 뵐게요."

전화를 끊자 아내는 입고 있던 트레이닝복 소매로 눈물을 훔쳤다.

7

학교까지는 5분도 채 걸리지 않았다. 주차장으로 들어가자 아이들이 좋아할 만한 40대의 조금 통통한 여성이 서 있었다. 불안한 발걸음으로 안절부절못하면서 연신 손목시계를 쳐다보는 것을 멀리서도 알 수 있었다.

"선생님이야."

아내가 작은 목소리로 말했다. 상대도 즉시 알아차리고 작게 손을 흔들었다. 아내가 차에서 내려 "여기예요!"라며 손짓을 했다.

종종걸음으로 다가온 고미야마와 간단히 인사를 했다. 아내가 문을 열고 고미야마 선생을 뒷자리에 태웠다.

"걱정이 많으시죠?"

그 말만 하고 고미야마가 길을 안내했다. 머리가 좋은 여성인지 설명은 간결하고 이해하기 쉬웠다. 나는 깜빡이를 켜고 차도로 나갔다.

니시오카의 집은 학교에서 차로 5분 정도 걸리는 곳에 있었다. 그렇게 크지는 않았지만 마당이 있는 단독주택이었다. 고미야마가 노크하자 즉시 현관문이 열리고 아이가 튀어나왔다. "선생님!"이라고 하면서 그대로 고미야마의 통통한 두 팔에 매달렸다.

그 뒤에서 중년 여성이 나왔다. 엄마이리라.

"어머나! 히로코, 그러면 선생님이 힘드시잖니. 어서 이리 와."

아이는 싫다고 도리질을 하면서 필사적으로 고미야마의 팔에 매달렸다.

"선생님, 죄송해요. 애가 아직 어리광이 심해서요."

가볍게 고개를 숙인 아이의 엄마에게 고미야마가 우리를 소개했다.

"조금 전에 전화로 말씀드린 아야의 부모님이세요."

"네. 평소에 둘이 잘 노는 것 같아요."

아이의 엄마가 아내를 향해 미소를 지었다. 아내도 어정쩡한 미소로 대꾸했다. 아무래도 얼굴은 알지만 이야기를 나눈 적은 없는 것 같았다.

"어쨌든 여기서는 좀 그러니까 안으로 들어가시죠."

아이의 엄마는 그렇게 말하며 현관문을 활짝 열었다.

나는 아무 말도 하지 않고 고개만 숙인 채 신발을 벗었다. 지금은 체면 차릴 때가 아니었다. 아내와 고미야마가 내 뒤를 이었다. 고미야마의 팔에는 여전히 아이가 매달려 있다. 안으로 들어가자 생선 굽는 냄새가 났다. 벌써 저녁식사 시간인가.

"지저분해서 죄송해요. 치우지를 못해서……. 아이가 있으니 정신이 하나도 없네요."

아이의 엄마가 식탁에 놓여 있는 신문을 잡지꽂이에 쑤셔 넣었다.

"우리 집도 마찬가지예요."

아내는 그렇게 대꾸하고 엄마끼리만 알 수 있는 미소를 나누었다.

"홍차 괜찮으세요?"

아이의 엄마가 찻잔을 늘어놓으며 말했다.

"신경 쓰지 마세요."

그렇게 말하며 나는 아이 쪽을 향했다.

"히로코, 히로코지?"

그러자 아이는 부끄러운 듯 고미야마 선생의 뒤에 숨으면서 고개를 끄덕였다.

"우리 아야랑 놀아줘서 고마워."

아이가 다시 고개를 끄덕였다.

"오늘은 어디서 놀았지?"

"학교 모래밭."

당장이라도 꺼질 듯한 목소리였다.

"그렇구나. 몇 시쯤이었어?"

아이가 매달리는 눈길로 고미야마를 올려다보았다.

"글쎄요, 점심을 먹고 다 같이 논 다음이었으니까 아마 1시쯤 됐을 거예요."

고미야마가 아이 대신 대답한 뒤, 그대로 아이 쪽을 향했다.

"히로코, 선생님한테 말해줄래? 히로코는 아야랑 둘이서 놀았어?"

아이는 눈을 반짝이며 신나게 대답했다.

"료도 있고 다이도 있었는데, 둘 다 집에 갔어요. 그래서 아야랑 둘이 성을 만들었어요."

내게 대답할 때는 단어였지만 고미야마의 질문에는 문장으로 대답했다. 내가 묻기보다 그녀가 묻는 편이 좋을 것 같았다. 나는 눈짓으로 그다음을 재촉했다.

고미야마가 몸을 숙여서 아이와 눈높이를 맞추었다.

"그렇구나, 재미있었겠다. 성은 잘 만들었어?"

아이가 고개를 숙이고 바닥을 발로 찼다.

"어려웠어요. 금방 무너졌어요."

"그래? 그래서?"

"아줌마가 왔어요. 모르는 아줌마였어요. 같이 성을 만들었어요."

고미야마가 나를 쳐다보았다.

"어떤 아줌마? 처음 보는 사람이었어?"

"모르는 아줌마예요. 마스크를 했어요. 감기 걸렸나?"

아이가 고개를 갸웃거렸다.

"어떤 아줌마였을까? 히로코, 아줌마가 어떻게 생겼는지 기억나?"

"컸어요. 엄청 컸어요."

아이가 천장을 가리켰다. 가슴이 찢어지고 심장이 터질 것 같았다. 역시 그랬던가?

"키가 큰 아줌마였구나. 그것 말고는 기억나는 거 없어?"

"그런 다음엔 아줌마랑 아야랑 놀고, 히로코는 심심해서 그냥 집에 왔어요."

아이가 손을 내밀어 엄마의 손을 잡았다. 아이의 엄마는 빙긋이 미소를 지으며 아이의 손을 꼭 잡아주었다.

"어머니, 히로코가 몇 시쯤 집에 왔는지 기억하세요?"

고미야마가 물었다.

"글쎄요, 정확한 시간은 기억나지 않지만 아마 3시 조금 전이었을 거예요."

아이의 엄마가 시계를 쳐다보며 말했다. 6시 반. 이미 세 시간 반이 지났다.

나도 고미야마처럼 몸을 숙여서 아이와 눈높이를 맞추었다.

"있잖아, 히로코. 아야와 그 아줌마가 어떤 얘기를 했는지 알아?"

"몰라요. 난 몰라요."

아이가 고미야마의 치마에 얼굴을 묻었다. 나는 아이의 팔을 잡고 내 쪽을 향하게 했다.

"한번 생각해보고 아저씨에게 말해줄래? 아야와 아줌마가 어떤 얘기를 했지? 응? 부탁해."

고미야마가 감싸듯이 아이를 껴안았다.

"혼마 씨, 마음은 이해하지만 지금은 서둘지 않는 편이……."

흠칫 놀라 황급히 아이의 팔을 놓았지만 이미 때가 늦었다. 팔을 잡혔을 때의 아픔보다 나에 대한 공포가 더 컸기 때문이리라. 아이가 불에 덴 것처럼 울음을 터뜨렸다.

고미야마가 자지러지게 우는 아이의 손을 다정하게 다독거렸다.

"미안해. 히로코, 미안해. 하지만 무섭지 않아. 하나도 무섭지 않아. 선생님이 있잖아. 엄마도 있잖아. 그러니까 괜찮아. 선생님이 무슨 말 하는지 알지?"

아이가 콧물을 훌쩍거리며 한번 머리를 끄덕였다. 고미야마가 조용하게 말을 이었다.

"히로코, 괜찮으니까 울지 마. 히로코가 울면 선생님도 슬프잖아."

고미야마가 몸을 숙이고 아이의 눈꼬리에 흘러넘친 눈물을 손으로 닦아주었다. 아이는 눈물을 참기 위해 숨을 크게 쉬었다.

"그래, 이제 괜찮아. 히로코는 괜찮아. 참을 수 있어. 하나도 무섭지 않으니까. 선생님은 히로코가 참 좋아. 그러니까 울음을 그치고 선생님 얘기를 들어줄래? 응?"

고미야마가 아이의 눈을 똑바로 쳐다보았다. 울먹이던 숨결이 점차 안정되면서 아이는 쑥스러운 듯 미소를 지었다.

"아유 착해라. 히로코는 어쩜 이렇게 착할까?"

고미야마가 만족스러운 얼굴로 아이의 어깨를 살포시 껴안았다.

"선생님께서 물어주시겠습니까?"

나는 이마의 땀을 닦았다. 고미야마가 작게 고개를 끄덕였다.

"히로코, 그 아줌마는 선생님보다 아줌마였어?"

"몰라요."

갑자기 어른스러운 표정으로 아이가 고개를 흔들었다.

"그럼 엄마보다 아줌마였어?"

"몰라요."

아이가 다시 고개를 흔들었다. 아이의 엄마가 살짝 얼굴을 찡그렸다.

"그래? 그럼 어떤 아줌마였을까?"

그러자 아이가 흥분해서 마구 떠들었다.

"있잖아요, 있잖아요, 냄새가 지독해요. 꼭 도무의 똥꼬 같아요."

아이의 엄마가 부끄러운 표정을 지으며 설명을 덧붙였다.

"우리 집 강아지예요. 애도 참, 말도 안 되는 소리를 하네. 이 세상에 그런 사람이 어디 있어?"

"아야와 아줌마는 계속 모래밭에 있었어?"

"몰라요. 그런 다음에 히로코는 집에 왔으니까. 그때는 있었지만."

"어디로 갔는지 기억해?"

"몰라요."

아이는 고개를 흔들고 '이제 됐죠?'라는 눈길로 고미야마를 쳐다보았다. 아이를 감싸듯이 아이의 엄마가 앞으로 나왔다.

고미야마가 아이의 손을 잡은 채 일어섰다.

"더 이상은 안 되겠어요. 키가 크고 이상한 냄새가 나고 마스크를 쓴 아줌마. 전 누구인지 짐작도 안 되는데, 혹시 짐작 가는 사람이 있으신가요?"

"아니요……."

아내가 고개를 흔들었다. 나도 어깨를 들썩였지만 물론 짐작 가는 사람이 있다. 처음부터 알고 있었다. 리카다. 그 여자가 딸을 데려간 것이다.

8

고미야마 선생이 팔을 놓자 아이가 엄마의 어깨에 매달렸다.

"어른과 관계가 있는 건 분명한 것 같아요. 주제넘은 참견일지도 모르지만 만에 하나의 가능성을 생각해서 일단 경찰에 연락하는 편이 좋지 않을까요?"

아내가 손으로 얼굴을 덮고 바닥에 주저앉아 오열했다. 깜짝 놀라는 딸을 아이의 엄마가 꼭 껴안았다.

"그러는 게 좋겠군요."

안주머니에서 휴대전화를 꺼냈다. 플립을 열고 나서 중요한 사실을 깨달았다. 딸이 사라진 건 분명하지만 아직 네 시간도 지나지 않았다. 상식적으로 생각할 때 이 단계에서 경찰이 움직여줄까.

기대할 수는 없었다. '키 큰 아줌마'가 있었다고 해도 그것만으론 설득하기 어려우리라. 그 여자가 있었다고 증언하는 사람은 아이뿐이다.

그렇다면 관할 경찰서에 연락하기보다 사정을 아는 스가와라에게 연락하는 편이 좋지 않을까? 스가와라라면 이 정도 정보만으로도 움직여주리라.

물론 그때는 아내에게 모든 걸 말해야 하지만 지금은 그런 걸 따질 때가 아니었다. 가장 중요한 건 딸이었다.

내가 경시청 직통번호를 누르기 시작했을 때, 휴대전화가 가늘게 떨기 시작했다. 나는 황급히 통화 버튼을 눌렀다.

"여보세요."

무기질적인 남자의 목소리가 들렸다.

"혼마 다카오 씨 휴대전화인가요? 여긴 료쿠후소 병원인데, 혼마 아야의 보호자 되시죠?"

나는 전화를 귀에 딱 붙였다.

"아버지입니다. 우리 아야를 아시나요?"

"지금 이 병원에 있습니다."

당연한 걸 왜 묻느냐는 식으로 남자가 대답했다.

"사고라도 당했나요?"

내 목소리가 멀리서 들리는 것 같았다.

"아뇨, 다치진 않았습니다."

"지금 거기 있나요?"

"조금 전에 그렇다고 말씀드렸는데요. 혼마 아야 양은 지금 이 병원에 있습니다."

무슨 뜻인지 이해함과 동시에 허리 밑에서 힘이 빠졌다. 나는 바닥에 털썩 주저앉았다.

남자의 목소리가 들렸다.

"지금 어디 계시죠?"

"근처, 근처에 있습니다. 차가 있으니까 금방 갈 수 있습니다."

료쿠후소는 이 근처에서 제일 큰 종합병원이다.

"그러세요? 그럼 기다리겠습니다. 전 이세키라고 합니다. 이 시간이라면……."

남자의 목소리가 멀어졌다가 다시 가까이 돌아왔다.

"접수처에 말해놓을 테니까 지시에 따르십시오. 그럼."

그 말을 끝으로 남자가 전화를 끊었다. 망연히 앉아 있는 나에게 아내가 엉금엉금 기어왔다.

"누구야?"

"병원이래."

숨을 집어삼키는 소리가 났다.

아내의 얼굴이 공포로 일그러졌다.

"아야는 무사해."

주위 시선에 상관없이 목 놓아 우는 아내를 나는 두 팔로 꼭 껴안았다.

9

료쿠후소 병원은 초등학교와 전철역 사이에 있었다. 나와 아내는 "전 괜찮으니까 빨리 가보세요"라고 고사하는 고미야마 선생을 학교까지 데려다주고 병원으로 향했다. 반대편에서 오는 차의 전조등이 눈을 강하게 찔렀다. 주변은 어둡고 차 안은 떨릴 만큼 추웠다. 그러나 나도 아내도 난방을 켜지 않았다.

우리는 둘 다 입을 열지 않았다. 병원까지 가는 10분이 몇 시간처럼 여겨졌다. 조수석에 앉은 아내는 손수건을 꽉 움켜쥐었다. 어깨가 너무도 작게 보였다.

"목이 마르네……."

아내가 병원에 도착할 때까지 한 말은 그것뿐이었다. 나는 대답하지 않았다. 말을 하기에는 너무나 지쳐 있었다.

주차장에 차를 두고 야간 출입구를 통해 병원 안으로 들어갔다. 한산한 간호사실에서 진료카드를 넘기고 있는 중년 간호사의 모습이 보였다. 이 시간이 되면 외부인의 면회는 거의 없으리라. 나는 이름을 말한 뒤 이세키를 찾아왔다고 덧붙였다.

간호사가 간호사실 밖으로 나와서 어두운 복도를 가리켰다.

"알기 힘들지도 모르지만 이쪽으로 쭉 가서서 두 번째 통로에서 왼쪽으로 꺾어지세요. 막다른 곳에 엘리베이터가 있어요. 지하 1층까지 내려가셔서 오른쪽으로 20미터쯤 가면 병동이 있는데, 이세키 선생님은 거기 계세요."

이세키라는 남자는 의사인 모양이다. 나와 아내는 고맙다고 인사를 하고 길고 어두운 복도를 걷기 시작했다.

료쿠후소 병원은 태평양전쟁 전부터 있었던 오래된 병원으로, 건물 자체에 역사적 가치가 있다고 한다. 반대로 말하면 설비와 시설은 모두 전쟁 이전의 것으로, 노후화가 문제가 되고 있었다.

낡은 엘리베이터를 타고 나서 아내가 멍한 얼굴로 입을 열었다.

"힘들다……."

"그래."

우리는 쑥스러운 얼굴로 서로를 바라보았다. 굉장히 오랜만에 둘만 있는 듯한 생각이 들었다.

"엘리베이터가 너무 느리네."

아내가 그렇게 말했을 때, 묵직한 소리와 함께 짙은 갈색 문이 천천히 열렸다. 기다란 복도가 눈앞을 가로지르고 있었다. 우리는 간호사가 가르쳐준 대로 오른쪽을 향했다.

복도 끝에 세 남자가 서 있었다. 하얀 옷을 입은 안경 낀 마른 남자와 사냥모를 쓰고 있는 체구가 작은 노인, 그리고 제복 차림의 경찰관.

경찰관의 모습을 발견하고 아내가 내 손을 꽉 잡았다. 나도 손에 힘을 주고 남자들을 향해 황급히 다가갔다. 하얀 옷의 남자가 우리를 향해 거기에 있으라고 손짓하며 가까이 다가왔다.

"혼마 씨죠? 조금 전에는 실례했습니다. 이 병원의 소아과 주임인 이세키라고 합니다."

기계처럼 말하는 남자의 목소리가 전화에서 들리던 목소리와 똑같았다. 아내가 몽유병 환자처럼 불안한 발걸음으로 앞으로 나섰다.

"아야는…… 우리 아야는 어디 있죠?"

이세키가 등 뒤를 가리켰다.

"잠들었습니다. 어쨌든 무사합니다."

병실로 가려고 하는 아내를 이세키가 제지했다.

"심정은 이해합니다만 지금은 자고 있으니까 잠시 그냥 놔두는 게 어떨까요?"

아내의 대답을 듣지 않고 그는 엘리베이터 쪽으로 걷기 시작했다. 남자들이 그의 뒤를 따랐다. 나와 아내도 황급히 따라갔다.

이세키는 엘리베이터 옆의 작은 대기실로 들어가더니, 우리에게 의자를 가리키면서 먼저 앉았다.

"얼마 전에 허리를 다쳐서 오래 서 있으면 아프거든요. 의사가 원래 자기 몸을 못 챙긴다고 하잖습니까?"

"아야가 왜 여기 있죠? 무슨 일이 있었나요?"

내가 그렇게 묻자 이세키가 옆에 서 있던 노인에게 시선을 옮겼다.

"야마나카 씨예요."

남자가 사냥모를 벗고 우리를 향해 가볍게 고개를 숙였다. 머리가 깨끗하게 벗어져 있었다.

"아야를 발견한 분입니다."

'발견'이라는 단어가 나를 불안하게 만들었다.

"무슨 뜻이죠?"

그 말에 대답한 사람은 이세키가 아니라 야마나카였다.

"난 빵가게를 하고 있어요. 혹시 학교 건너편에 있는 야마나카 제빵점을 아시나요?"

아내가 크게 고개를 끄덕였다.

"알아요. 빵도 팔고 과자도 파는 곳 말이죠?"

"네에, 그래요." 야마나카는 빙긋이 웃었다. "우리 빵집은 초등학교에 빵과 음료수 등을 납품하고 있어요. 금방 상하는 건 가게에 보관하고, 그렇지 않은 건 학교 뒤편의 재고품실에 놓아두고 있습니다. 주로 주스나 과자 종류예요. 그런데 오늘 오후에 확인했더니 밤에 팔 음료가 모자랄 것 같더군요."

"그래서요?"

나는 안절부절못하면서 다음 말을 재촉했다.

"그래서 재고품실로 가지러 갔어요. 그랬더니 자물쇠가 부서져 있지 뭡니까? 뭐 특별히 중요한 건 없으니까 자물쇠가 부서지든 안 부서지든 상관없지만요."

"그래서 어떻게 됐나요?"

나는 말을 가로막고 이세키를 쳐다보았다. 계속 기다리면 내일 아침까지 말이 이어질 것 같았다.

이세키가 결론만을 말했다.

"야마나카 씨가 그 안에 쓰러져 있던 아야 양을 발견했습니다."

야마나카가 이세키를 노려보며 입술을 삐죽거렸다.

"얼마나 놀랐는지 모릅니다. 주스 상자인가 무슨 상자 뒤에 아이가 알몸으로 쓰러져 있지 뭡니까?"

알몸으로…….

어떻게 된 거지? 나는 앉아 있는 이세키와 그 옆에 서 있는 경찰관의 얼굴을 보았다. 두 사람이 동시에 시선을 피했다. 야마나카만이 알아차리지 못하고 이야기를 계속했다.

"심장이 덜컹 내려앉아서 학교로 뛰어갔습니다. 청소부 아저씨가 있었는데, 여기서만 말하자면 그 사람은 치매에 걸려 아무 짝에도 쓸모가 없어요. 어쨌든 잔말 말고 담요를 내놓으라고 고함을 쳤더니 겨우 더러운 담요를 가지고 오더라고요. 할 수 없이 그걸로 감싸서 아이를 여기로 데려왔습니다."

이세키가 야마나카의 멋지게 벗어진 머리를 쳐다보며 말을 이어받았다.

"우리도 깜짝 놀랐어요. 이 분이 병원에 들어오자마자 다짜고짜 '누가 좀 도와줘!'라고 고함을 쳐서요."

"그럼 어떻게 해요? 나도 당황해서 어찌할 바를 몰랐는데……."

야마나카가 쓴웃음을 짓는 것을 보고 이세키가 덧붙였다.

"즉시 진찰을 했지만 다친 덴 없었어요. 걱정하실 테니까 미리 말하자면 이른바 성적인 장난도 없었습니다."

그렇게 말하며 이세키는 고개를 살짝 끄덕였다. 아내가 안도한 얼굴로 시선을 내리깔며 물었다.

"왜 그런 곳에 있었을까요?"

"본인의 의사는 아니었겠죠. 아마 마취제 같은 걸 이용해 잠들게 한 것 같습니다. 그 후에 창고로 데려간 게 아닐까요?"

"누가 그런 짓을……."

아내가 그 자리에 있는 남자들의 얼굴을 노려보았다. 분위기를 얼버무리듯 야마나카가 장난처럼 말했다.

"선생님, 창고가 아니라 재고품실이라니까요!"

"참, 그렇죠." 이세키가 뒷말을 잇기 힘든 듯 잠시 말을 끊었다. "육체적으로 문제는 없지만 정신적인 부분에서 좀 문제가 있습니다."

아내가 벌떡 일어섰다. 얼굴에서 핏기가 사라졌다. 이세키가 개의치 않고 말을 이었다.

"지금 아야 양은 말을 할 수 없습니다. 흔히 말하는 실어증이죠."

아무 말도 하지 않고 경찰관이 넘어져 있던 의자를 바로 세웠다. 나는 얼굴이 처참하게 일그러진 아내의 어깨에 손을 얹어 자리에 앉히고 나서 이세키를 향했다.

"어떻게 된 거죠?"

나도 모르게 말투가 거칠어졌다.

"잘 모르겠습니다." 이세키가 안경을 벗어 하얀 가운의 소매로 닦으면서 말을 이었다. "아마 강한 충격…… 예를 들면 공포라든지요, 그런 충격을 받아 말을 할 수 없게 된 게 아닐까 합니다."

강한 충격, 예를 들면 공포라든지.

이세키의 말이 내 안에서 끊임없이 되풀이되었다. 대체 무슨 일이 있었을까. 말도 할 수 없을 만큼 강한 공포. 차가운 손으로 심장을 움켜잡은 듯한 감각이 나를 습격했다. 숨이 막힌다. 속이 울렁거린다. 바닥 없는 늪에 빠진 것 같다. 누가 나 좀 도와줘!

그런 나를 아랑곳하지 않고 이세키가 냉정하게 말했다.

"하지만 어디까지나 정신적인 증상이라서 일과성으로 보입니다. 과거의 사례를 봐도 이런 상태는 그렇게 오래가지 않아요. 일주일쯤 지나면 원래대로 돌아올 겁니다."

옆에 앉아 있던 아내의 어깨가 푹 내려앉았다. 아내의 흐느낌이 대기실을 가득 메웠다.

"어떻게 이런 일이……."

내 입에서 그런 중얼거림이 새어나왔다. 경찰관이 나를 향해 말했다.

"현재 경찰서에서 수사회의를 하고 있는데, 따님에 대한 직접적인 원한이 아니라 근친자, 특히 부모님께 원한이 있는 게 아닐까 하더군요. 혹시 짚이시는 게 없습니까?"

당치도 않다는 식으로 아내가 세차게 고개를 흔들었다.

"조금 전에 야마나카 씨가 말씀하셨지만, 따님은 재고품실에 알몸으로 쓰러져 있었습니다." 경찰관이 메모를 들추며 말을 이었다. "입었던 옷은 속옷까지 포함해 옆에 있는 체조용 매트 위에 잘 개어 놓여 있더군요. 그 위에 통학용 책가방이 놓여 있었던 걸 보면 범인이 따님에게 적의를 품은 게 아니란 걸 알 수 있습니다."

"여보, 뭐 아는 거 없어?"

아내가 속삭이듯 말했다. 나는 대답하지 않고 계속 경찰관을 바라보았다. 아내의 얼굴을 마주할 용기가 없었다.

"책가방의 내용물도 없어진 건 없는 것 같습니다. 이건 어머님이 나중에 확인해주십시오. 따님의 주소와 전화번호, 긴급 연락처가 적혀 있는 카드가 있어서 자택과 회사에 각각 연락을 했지만 양쪽 다 전화를 받지 않더군요. 다행히 아버님 휴대전화 번호가 적혀 있어서 거기로 연락했습니다."

경찰관이 설명을 마치고 수첩을 덮었다.

"어머님, 따님을 보러 가시겠습니까?"

이세키의 말에 아내가 팅기듯 일어섰다.

"야마나카 씨, 기왕 이렇게 된 김에 부탁 좀 할게요. 어머님을 병실로 안내해주시겠어요?"

노인이 앞장서서 힘차게 걷기 시작했다. 아내가 노인의 뒤를 따랐다. 나도 일어서려고 한 순간, 의사가 나만 알아볼 수 있도록 눈짓을 했다.

"아직 자고 있을 테니까 깨우지 않도록 해주세요!"

"알았어요!"

노인의 우렁찬 목소리가 복도에 울려 퍼졌다. 아내가 종종걸음으로 그의 뒤를 따라갔다.

"혼마 씨, 잠시 괜찮으세요?"

이세키가 의자를 돌려 내 쪽을 향했다. 경찰관도 의자에 앉았다. 이세키는 허리가 아픈지, 손으로 허리를 짚으며 얼굴을 찡그렸다.

"실은 부인 앞에서는 말을 꺼내기 어려워서 못한 이야기가 있는데, 따님을 발견했을 때 문제가 한 가지 더 있었습니다."

더 이상 어떤 문제가 있었다는 건가? 나는 용서를 구하는 눈길로 그의 얼굴을 보았다.

"아까 따님이 알몸이었다고 했는데요……."

이세키가 경찰관의 얼굴을 쳐다보았다. 경찰관이 고개를 끄덕이자 다시 입을 열었다.

"실은 따님의 등에 붉은 페인트가 칠해져 있었습니다."

경찰관이 수첩에 끼워두었던 폴라로이드 사진을 꺼내 앞으로 내밀었다. 병실 침대에 딸이 엎드려 있다. 알몸의 등에 붉은 페인트로 큼지막하게 십자가 모양이 그려져 있었다.

"이건……."

"무슨 뜻인지는 잘 모르겠습니다. 아마 범인이 보낸 메시지 같은데요."

떨리는 내 손에서 이세키가 사진을 빼앗아 경찰관에게 돌려주었다.

"무슨 뜻인지는 우리가 묻고 싶군요."

경찰관은 잠시 기도하는 동작을 취한 뒤 사진을 다시 수첩에 끼웠다.

"혼마 씨, 솔직히 말씀해주시기 바랍니다. 뭔가 아는 게 있으시죠?"

나는 머리칼을 쥐어뜯었다. 내 의지와는 상관없이 천천히 고개가 밑으로 떨어졌다. 투박한 손이 어깨에 놓이는 걸 느끼면서 나는 소리 내어 울기 시작했다.

Click 4

어둠

1

정신이 들자 병원 밖이었다.

병원 현관에 초록색 등이 켜 있다. 나는 출입구 옆에 있는 낡은 벤치에 앉았다.

왜 여기에 있을까? 이세키라는 의사와 경찰관은 어디로 갔을까? 천천히 기억을 더듬었다.

두 사람은 소리 내어 우는 나를 향해 계속 질문을 쏟아냈다. 나는 아무 말도 못 한 채 연신 고개만 흔들 뿐이었다. 그때 야마나카라는 노인이 종종걸음으로 달려와 딸의 의식이 돌아왔다고 말했다.

두 사람은 흐느껴 우는 나를 내버려두고 병실로 향했다. 그들의 뒷모습이 사라지는 걸 확인하고 나서 그대로 도망쳤다.

몸의 떨림의 멎지 않았다. 공포와 안도. 긴장과 이완. 상반되는 감정이 서로 싸우면서 한순간도 마음을 가라앉힐 수 없었다. 마음의 동요가 머리끝에서 발끝까지 미치고 있다. 나는 심호흡을 반복했다. 몇 번 같은 동작을 반복해도 마음이 가라앉지 않았다. 갑자기 오열과 함께 구토증이 치밀어 올라와 위의 내용물을 전부 토했다.

리카다.

물론 리카였다. 처음부터 알고 있었다. 딸의 친구가 말했던 '키 큰 아줌마'가 리카 말고 누가 있으랴. 어떻게 이런 일이. 리카가 노린 건 내가 아니라 내 딸이었다.

내게 그런 짓을 한다면 얼마든지 참을 수 있다. 무슨 일을 당해도 그건 내 책임이다. 하지만 딸은 다르다. 딸은 아직 어린아이다. 이제 겨우 여섯 살이다. 아무것도 모르는 힘없는 어린아이다.

나는 소리가 날 만큼 힘껏 머리칼을 쥐어뜯었다. 손을 쳐다보자 손가락 사이에 머리칼이 수도 없이 뒤엉켜 있었다.

어떻게 하면 좋을까? 그 여자로부터 도망칠 방법은 없을까. 미칠 것 같다. 지난 며칠 동안 있었던 일을 생각하면 차라리 미치는 편이 행복하리라. 나는 머리를 껴안고 벤치에 웅크리고 앉았다. 그때 안주머니에 넣어두었던 휴대전화가 울렸다.

나는 안주머니에서 전화를 꺼내 귀에 갖다 댔다. 받기 전부터 상대가 누군지는 알고 있었다. 즐거운 웃음소리가 들렸다.

"여보세요? 누구게~요~?"

끝을 길게 끄는 천진난만한 목소리였다. 전화기를 땅에 내던지고 싶은 충동을 이를 악물고 참았다.

"리카군."

"빙고! 굉장해요, 금방 아시네요."

해맑은 웃음소리. 누가 이 여자의 웃음을 그치게 해다오. 계속 웃음소리를 듣는다면 내가 무슨 짓을 저지를지 모른다. 흉악한 감정이 마음속에서 꿈틀거렸다.

"왜지? 왜 그런 짓을 했지?"

혀가 뒤엉켜서 말이 잘 나오지 않았다. 나는 겨우 목소리를 짜냈다.

"뭐가요? 무슨 말이에요? 리카는 무슨 말인지 잘 모르겠어요."

"웃기지 마!"

전화기를 든 팔이 마비되었다. 핏기를 잃어버린 손이 새하얘졌다.

"딸 말이야. 아야 말이야. 왜 그렇게 심한 짓을 했지?"

"무슨 말이죠? 난 같이 놀아줬을 뿐인데. 아야도 굉장히 좋아했다고요."

리카가 요란스럽게 웃음을 터뜨렸다. 그 소리가 예리한 칼이 되어 고막을 찔렀다.

"부탁이야. 딸은 아무 상관이 없잖아. 하고 싶은 말이 있으면 내게 직접 하라고."

"전화를 받지 않는데 어떻게 해요? 그리고 너무 바빠 보여서 방해하고 싶지 않았어요."

어리광 부리는 목소리에 다시 구토증이 치밀었다.

"어쨌든 아내와 딸은 그냥 내버려둬. 이건 당신과 내 문제잖아. 관계 없는 사람을 끌어들이지 마!"

"네~에~ 죄송해요~."

새된 목소리가 귀로 파고들었다. 대답을 하지 않자 리카가 갑자기 목소리를 바꾸었다.

"화났어요? 혼다 씨, 화났어요? 화내지 말아요. 리카는 혼다 씨가 화내면 싫어요."

애원하는 목소리였다. 지금밖에 없다. 나는 휴대전화 든 손을 바꾸었다.

"어쨌든 한 번 만나지 않을래? 만나서 이야기하자. 응?"

리카가 입을 다물었다. 대답할 때까지 기다리지 않고 다시 말했다.

"리카, 만나고 싶어. 알잖아. 당신도 날 만나고 싶지?"

중얼거림이 새어나왔다.

"거짓말이야. 날 만나고 싶을 리 없잖아."

"만나고 싶어. 정말이야. 진심으로 만나고 싶어."

나는 나지막한 목소리로 천천히 반복했다.

"……정말이에요?"

리카의 목소리에 터질 듯한 기쁨이 담겼다.

"물론이야. 그리고 기왕 말이 나왔으니까 지금 당장 만나자. 어디서 만날까?"

죽을힘을 다해서 나는 다정하게 말했다.

"아아, 어떡하지? 리카는 너무 좋아서 어떻게 해야 할지 잘 모르겠어요."

"어디서 만날까?"

머리가 깨질 듯 아프기 시작했다. 견딜 수 있을까? 나는 관자놀이를 누르면서 눈을 감았다. 다시 실패할 수는 없다. 지금은 참는 수밖에 없으리라.

"어떡하지? 뭐 입고 나갈까? 저기요, 혼다 씨는 오늘 뭐 입고 있어요? 역시 정장이에요?"

"그래."

"음, 좋아요. 그럼 리카도 어른스럽게 입고 갈게요. 정말 기대돼요."

"나도 마찬가지야." 나는 억지웃음을 짜냈다. "어디서 몇 시에 만날까? 그걸 정해야지."

감정을 죽이고 리카의 대답을 기다렸다. 지금이라도 목이 터져라 소리 지르고 싶은 걸 젖 먹던 힘까지 짜내서 참았다.

"그런 건 남자가 정하는 거예요. 혼다 씨, 나빠요. 그런 걸 여자에게 정하라고 하다니."

"리카가 어디를 좋아하는지 몰라서 그래. 어디가 좋아?"

잠시 입을 다물고 있던 리카가 조심스럽게 말했다.

"저기…… 도시마엔."

"어디?"

"도시마엔요. 놀이공원 말이에요. 몰라요?"

"아니, 알긴 아는데."

너무도 의외의 장소라서 깜짝 놀랐다. 크리스마스가 코앞으로 다가온 이 계절에 놀이공원이라니.

"데이트 하면 역시 놀이공원이죠. 안 그래요?"

"하긴 그래."

그녀의 비위를 거스르지 않기 위해 나는 다정하게 말했다. 영업은 이미 끝났을 테지만 그녀에게는 상관없으리라. 나에게도 그 편이 좋다.

"도시마엔 주차장에서 9시에 만나는 거 어때요? 아아, 큰일이에요. 서둘러 화장부터 해야겠어요."

"9시? 9시에 도시마엔 주차장."

나는 시계를 보았다. 지금은 8시다. 여기서 30~40분이면 갈 수 있으리라.

"알았어. 꼭 갈 테니까 리카도 늦지 마."

"응!"

리카는 기운이 넘치는 어린아이처럼 대답했다.

"그럼 이따 봐."

"벌써 끊어요?"

리카가 꺼질 듯한 목소리로 말했다.

"지금 안 가면 늦을 거야."

이 미친 여자와 계속 이야기하면 병원의 유리창을 전부 깨부술 것 같다.

"그렇구나. 리카가 떼를 써서 죄송해요. 그럼 이따 봐요. 벌써 가슴이 두근거려요."

"나도 그래."

"그럼 끊을게요. 바이바이. 기다릴게요."

나는 플립을 닫고 휴대전화를 벤치에 내던졌다. 몸이 또 떨리기 시작했다.

2

떨림이 멎기를 기다렸다가 몸을 일으켰다. 갈 곳 없는 분노 덕분에 가까스로 버틸 수 있었다. 주차장으로 향했다.

아내는 아직 딸의 병실에 있을 것이다. 갑자기 없어진 나를 어떻게 생각할까?

입술을 꽉 깨물었다. 찢어진 입술에서 피가 흘렀다. 쇠 맛이 났다. 지금 그런 생각은 하지 말기로 하자. 설명은 나중에 해도 늦지 않다. 지금 해야 할 일은 그 여자를 잡는 것이다.

시동을 걸고 액셀을 밟았다. 갑자기 차가 엄청난 속도로 튀어나갔다. 주차장 출구의 일시정지 표시를 무시하고 밖으로 나왔는데, 슈퍼마켓의 비닐봉투를 매달고 집에 가는 자전거와 부딪칠 뻔했다. 중년 여성이 나를 무섭게 노려보는 모습이 백미러 너머로 보였다.

'진정해라.'

큰일 날 뻔했다. 자제심이 작동하지 않는다. 여기서 사고를 내면 모든 게 끝이다.

액셀을 밟은 발에서 힘을 뺐다. 약속한 시간까지 50분쯤 남았다. 갓길에 차를 세우고 비상 깜빡이를 켰다. 연락을 해야 한다.

수첩에 끼워두었던 스가와라의 명함을 꺼내 직통 전화번호를 확인했다. 두 번째 호출음에서 상대가 받았다.

"네, 경시청 강행범 1계입니다."

"도요인쇄사의 혼마라고 합니다만 스가와라 형사님 계십니까?"

회사 이름과 내 이름을 말했다. 약간의 사이를 두고 나서 상대가 대답했다.

"죄송하지만 스가와라 씨는 지금 외근 중인데요. 급한 일이세요?"

정중한 대답이었다. 최근에는 경찰의 대응도 상당히 세련되었다.

어떻게 할까 망설였지만 자세히 설명할 시간은 없었다.

"언제쯤 들어오실까요?"

"글쎄요, 그건 잘……." 상대가 가볍게 웃으며 말했다. "그렇게 오래 걸리진 않을 거예요. 어떻게 할까요? 호출해볼까요?"

친절한 대응에 감사하면서 "그럴 것까지는 없습니다"라고 말했다. 휴대전화 번호는 나도 알고 있다. 만일을 위해 내 휴대전화 번호를 말해놓았다.

"들어오시면 이 번호로 연락해달라고 전해주시겠습니까?"

상대가 내 전화번호를 복창했다.

"알겠습니다. 전해드릴게요."

"부탁합니다."

전화를 끊고 명함을 뒤집자 그곳에 손으로 쓴 스가와라의 휴대전화 번호가 적혀 있었다. 그 번호를 눌렀다.

"지금은 전화를 받을 수 없습니다. 용건이 있으신 분은 삐 소리가 난 다음에 메시지를 남겨주십시오."

음성 사서함의 기계적인 목소리가 흘러나왔다. 이러니까 경찰은 믿을 수 없다. 나는 주먹으로 핸들을 내리쳤다. 정작 중요할 때 연락이 안 되면 무슨 소용인가. 녹음을 시작하라는 소리가 났다. 나는 송화구를 향해 크게 소리를 질렀다.

"혼마입니다! 리카로부터 연락이 와서 9시에 도시마엔 주차장에서 만나기로 했습니다!" 시계를 보고 디지털 숫자를 확인했다. "지금 시각은 8시 10분. 9시 도시마엔 주차장입니다. 그 여자는 제 딸을 유괴했습니다. 잡아서 곧장 경찰서로 데려갈 테니까 뒷일을 잘 부탁합니다. 조금 전에 경찰분께도 말했지만, 만일을 위해 제 휴대전화 번호를 남기겠습니다."

나는 휴대전화 번호를 두 번 반복했다.

"메시지를 듣는 대로 연락해주십시오."

달리 전할 말이 없을까. 하지만 느긋하게 생각할 시간이 없었다. 나는 플립을 닫고 전화기를 조수석에 놓았다. 핸들을 잡은 손에 힘이 들어갔다. 리카, 기다려. 오늘로 모든 걸 끝내줄 테니까.

뒤를 돌아보았다. 도로에는 아무도 없었다. 나는 비상 깜빡이 대신에 오른쪽 깜빡이를 켰다. 천천히 액셀을 밟았다. 차가 움직이기 시작했다.

3

도시마엔은 한산했다.

넓은 주차장에는 차가 몇 대 있을 뿐이었다. 생각해보니 벌써 12월 중순이 지났다. 계절은 이미 겨울에 접어들었다. 영업이 끝난 놀이공원에 사람이 있을 리 만무했다.

입구에서 가장 멀리 떨어진 한쪽 구석에 차를 세우고 주변을 둘러보았다. 전조등을 껐다. 주위에는 차가 한 대도 없다. 여기라면 리카가 가까이 오는 걸 금방 알 수 있다.

밤의 어둠이 짙어지고 있다. 몇 미터마다 서 있는 외등만이 땅을 비추고 있다. 휴대전화의 플립을 열었다. 액정화면에서 파란색 불빛이 흘러나왔다. 8시 50분. 약속시간까지 10분 남았다.

스가와라에게서는 결국 연락이 없었지만 지금은 아무래도 상관없다. 내 손으로 직접 결판을 내는 편이 옳은 일처럼 여겨졌다.

차에서 내려 뒤쪽으로 돌아갔다. 트렁크를 열고 맨 위에 있던 골프

가방의 입구를 열었다. 7번 아이언을 빼냈다. 가장 자주 사용하는 클럽이다. 가볍게 두세 번 휘둘러보았다. 익숙한 손의 감각이 기분 좋았다.

운전석으로 돌아와 조수석에 아이언을 놓았다. 이걸로 준비는 끝났다. 이제 리카가 올 때까지 기다리기만 하면 된다. 담뱃갑을 툭 쳐서 튀어나온 담배를 그대로 입에 물고 불을 붙였다. 잠시 연기를 토해냈다.

나는 내 계획을 점검했다. 때려눕혀서라도 리카를 경찰서에 데려가야 한다. 처음부터 그럴 작정이었다. 리카를 속여서 불러낸 목적도 그것이었다.

상황에 따라서는 큰 상처를 입힐 수도 있지만, 그것은 어쩔 수 없다고 스스로를 강하게 세뇌시켰다.

물론 리카를 설득할 수 있으면 더할 나위 없이 좋을 것이다. 원래 폭력은 싫어한다. 거짓말을 해서라도 리카를 설득해 경찰서에 데려갈 수 있으면 그게 가장 바람직하다. 그다음은 경찰의 일이다. 나머지는 모두 경찰에 맡기면 된다.

하지만 내 마음대로 되리라곤 생각할 수 없었다. 리카는 이미 잔혹한 방법으로 하라다를 살해하고 딸을 유괴했다. 하라다의 조사가 맞는다면 과거에도 사람을 죽인 적이 있다.

지금까지 내게 한 일을 생각해도 리카는 정상적인 사람이 아니다. 올바른 생각도, 선악을 구별하는 판단력도 보이지 않는다. 내 설득을 받아들일 가능성은 한없이 제로에 가깝다.

그런 경우에는 폭력을 사용할 수밖에 없다. 나는 외등의 불빛을 받고 둔탁하게 빛나는 아이언을 보았다. 이걸 사용하게 될까? 그렇게 돼도 상관없다.

살며시 그립을 잡았다. 기묘한 편안함이 나를 감쌌다. 어쨌든 지금 가장 중요한 일은 리카를 경찰에 넘겨주는 것이다. 다음 일은 그 후에 생각해도 늦지 않다. 위험에 처해 있는 우리 가족, 그리고 나 자신을 지킬 수 있는 방법은 이것 말고 없다. 그것만은 분명하다.

나는 짧아진 담배를 재떨이에 비벼 껐다. 리카의 모습은 아직 보이지 않았다. 머리끝까지 차오른 긴장으로 온몸이 딱딱하게 굳었다. 문을 열고 밖으로 나왔다. 기지개를 활짝 펴서 굳어진 몸을 풀기 위해서다.

"기다렸어요?"

등이 경직되어 움직이지 않았다. 천천히 머리를 움직였다. 대각선 뒤쪽의 어둠 속에서 목소리가 들렸다.

"어디 있어?"

메마른 목에서 쉰 목소리를 쥐어짰다. 이 여자는 어떻게 여기까지 왔을까? 차에서 나올 때 주변을 둘러보고 분명히 아무도 없는 걸 확인했는데.

아무리 어둡고, 아무리 그늘이 졌다곤 하지만 어디서 다가왔든 모를 리 없는데…….

"늦어서 미안해요."

리카가 어둠 속에서 외등 밑으로 나타났다. 내 질문에는 여전히 대답하지 않고 조용히 미소를 지었다. 나는 그 모습을 새삼스레 바라보았다. 몇 살일까. 20대 중반 같기도 하고 50세라고 해도 통할 것 같다.

옆얼굴은 아름답다고 할 수도 있다. 이목구비가 뚜렷한 얼굴, 애수에 젖은 눈동자. 하지만 눈동자에는 빛이 없었다. 움푹 들어간 눈구멍 안에 있는 것은 깊은 어둠뿐이었다. 기이할 정도로 탁한 피부색. 야위고 메마른 피부에서는 생기를 찾아볼 수 없었다.

리카가 입술을 일그러뜨렸다. 웃고 있다. 공허한 웃음.

머리칼이 조금 짧아진 걸 제외하면 모습은 변하지 않았다. 옷도 예전과 똑같은 꽃무늬 원피스였다. 그것 말고는 옷이 없을까? 토해내는 숨결이 새하얘질 만큼 추운 날씨임에도 코트를 입지 않았다.

밑을 내려다보자 요전에는 몰랐는데 새빨간 하이힐을 신고 있었다. 오모테산도에서도 이 하이힐을 신고 있었을까?

옷과 신발은 싸구려처럼 보이지 않았지만 시대에 뒤처진 데다 균형이 맞지 않았다. 하이힐이 반질반질 닦여 있어서 더욱 그런 느낌이 들었다.

무엇보다 어느 정도 떨어져 있음에도 공기를 타고 떠다니는 냄새가 나를 숨 쉴 수 없게 만들었다. 이게 무슨 냄새인가. 겨드랑이 냄새 정도가 아니다. 이것은 죽음의 냄새다. 구토증이 치밀어 올라와서 나도 모르게 입을 틀어막았다.

리카가 약간 고개를 갸웃거렸다.

"늦어서 정말 미안해요. 하지만 한 시간 만에 만나는 건 역시 무리였어요. 혼다 씨는 잘 모르겠지만 여자는 데이트를 하기 전에 이것저것

준비할 게 많거든요."

리카가 차의 앞쪽을 돌아서 가까이 다가오려고 했다. 그녀가 다가온 거리만큼 나는 뒤로 물러섰다. 공포 때문이 아니다. 한 걸음 다가올 때마다 강렬해지는 냄새를 견딜 수 없었기 때문이었다. 냄새가 커다란 덩어리가 되어 습격해온다. 리카가 입을 열 때마다 입 냄새가 공기로 확산되는 게 피부로 느껴졌다.

"더 이상 다가오지 마!"

나는 견딜 수 없어서 소리쳤다. '왜요?'라는 식으로 리카가 눈을 치켜뜨고 나를 똑바로 보았다. 거친 피부가 눈에 들어왔다. 얼굴의 피부가 마치 싸구려 카펫 같았다. 썩은 생선을 연상시키는 얼굴 안에서 지금 막 피를 빨아먹은 것처럼 입술만이 새빨갰다.

"다가오지 마!"

똑같은 말을 반복했다. 리카의 발걸음이 조용히 멈추었다.

"당신과 이야기를 하고 싶어."

"응, 리카도 그래요."

리카가 천천히 고개를 끄덕이며 차의 보닛에 기댔다. 믿을 수 없는 일이지만 목소리는 아름다웠다. 청순하다고 해도 좋을 정도였다. 목소리만이라면 20대라고 해도 충분히 통하리라.

나는 리카의 눈을 보았다. 왜 흰자위 부분이 없을까?

"왜 딸을 끌어들였지? 그 애는 아무 상관이 없잖아. 이건 우리 문제야! 그런데 왜 그런 짓을 했지?"

시선이 마주치지 않도록 리카가 고개를 숙였다. 나는 다시 한 번 반복했다.

"왜 그런 짓을 했지?"

"외로웠어요."

"외로워?"

"혼다 씨는 맨날 아야만 좋아하고……."

고개를 든 리카의 눈동자에서 눈물이 한 줄기 흘러내렸다.

"입만 떨어지면 아야, 아야. 이해는 하지만, 그건 어쩔 수 없지만, 그래도……."

치미는 눈물을 참으려고 리카가 입술을 꼭 다물었다. 잠시 침묵이 이어졌다.

"리카도 봐줬으면 좋겠어요."

바람에 의해 목소리가 갈라졌다.

만약 나와 이 여자가 불륜 관계였다고 하면 그녀의 말도 충분히 이해할 수 있다. 젊은 여자를 만나면서 휴일에는 아내와 자식 곁으로 돌아가는 중년 남자. 남자의 가족에 대한 원망을 이해할 수 없는 것도 아니다.

그러나 나와 이 여자는 아무 사이도 아니다. 애초에 리카와 메일을 주고받을 때 아야의 이름을 말한 적도 없었다. 아이가 있다고는 했지만 그 애가 딸이라고 한 적도 없었다.

모든 건 이 여자가 망상 속에서 만들어낸 가상현실이다. 이 여자는 나와 메일을 주고받는 사이에 자신에게 유리한 부분만을 패치워크처럼 이어서 자신이 안주할 수 있는 곳을 만들어냈다. 그 망상에 합치하지 않는 현실은 철저하게 배제하려고 한다.

지금 똑똑히 알았다. 하라다의 조사는 정확했다. 2년 전에 의사를 살해한 사람은 리카다. 받아들이기 힘든 현실을 거부하기 위해 리카는 의사를 죽였다. 그리고 나와의 관계를 방해한다고 생각한 하라다를 죽이고, 거추장스러운 아야를 납치했다.

만약 내가 그녀의 사랑을 거부하면 그때는 아무 미련도 없이 나를 죽일 것이다.

기묘하게 일그러진 자기애. 그것이 이 여자의 정체다.

4

내가 리카를 똑바로 응시하자 리카가 쑥스러운 듯 얼굴을 돌렸다.

"잘 들어! 나와 당신은 아무 사이도 아니야!"

주위가 떠나가라 소리쳤다. 말이 바람에 휩쓸려갈 것 같았다.

"우린 오늘 처음 만났어. 그런데 내게 무슨 책임이 있다는 거지?"

"만나지 않아도 마음은 통하잖아요. 만나는 게 그렇게 중요해요? 만나지 않을 때에도 리카는 항상 혼다 씨 생각만 해요! 혼다 씨도 그랬잖아요! 메일에서 그렇게 말하지 않았나요?"

리카가 소리쳤다.

패치워크가 아름다운 모양을 만들어간다. 논리를 비틀어서라도 자신에게 현실을 덧붙이려고 한다. 여전히 나를 '혼다 씨'로 부르는 것에서도 그런 사실을 알 수 있었다. 리카는 이미 내 본명을 알고 있다. 그럼에도 나를 '혼다'라고 생각하고 있다. 그녀에게 다정하게 사랑의 말을 속삭인 사람은 '혼다'이기 때문이다.

리카에게 중요한 건 지금 여기에 있는 내가 아니다. 그녀 안에 있는 이상적인 남성인 '혼다 다카오'다.

"어쨌든 당신이 한 짓은 범죄야. 하라다를 죽인 것도, 아야를 납치한 것도. 2년 전에 의사를 죽인 것도. 알지? 당신은 죄를 저질렀어."

"리카는 아무 짓도 하지 않았어."

리카가 천진난만한 말투로 중얼거렸다. 그 목소리가 내 감정에 불을 붙였다.

"아야는 당신에게 납치되었을 때의 충격으로 말을 할 수 없게 됐어. 대체 아야에게 무슨 짓을 했지? 등의 붉은 십자가는 뭐야? 무슨 생각으로 그런 짓을 한 거냐고!"

분노로 똘똘 뭉친 내 목소리가 아무도 없는 주차장에 허무하게 울려 퍼졌다.

"리카와 아야는 같이 놀았을 뿐이야. 나쁜 짓은 하지 않았어. 야단맞을 짓은 하지 않았다고! 아무것도!"

리카의 거친 피부를 타고 눈물이 흘러내렸다. 주먹을 날리고 싶은 충동을 가까스로 참았다.

"원한이 있으면 나에게 터뜨리면 되잖아. 그 애가 당신에게 무슨 짓을 했지? 그 애는 이제 겨우 여섯 살이야. 그런 짓을 하고도 용서받으리라고 생각해?"

리카가 웅크리고 앉아 어린애처럼 울음을 터뜨렸다.

"죄송해요. 그럴 생각은 아니었어요. 그냥 외로워서, 아야가 부러워서 그랬을 뿐이에요. 그땐 리카가 어떻게 됐었나 봐요. 죄송해요. 다시는 안 그럴게요. 그러니까 리카를 용서해줘요."

이제 됐다. 나는 리카에게 한 걸음 다가갔다. 이제 지쳤다. 더 이상 입씨름을 하면 내 몸이 견딜 수 없을 것 같았다.

"알았으니까 나와 같이 경찰서에 가자."

리카가 비틀비틀 일어섰다. 악취가 밀려왔다.

"내가 왜 경찰서 같은 데 가야 되지? 리카가 그렇게 나쁜 짓을 했어?"

"그래. 당신은 자신이 한 짓을 속죄해야 돼. 아야에 대해서, 그리고 하라다에 대해서도."

"하라다라니?"

리카가 당황한 표정으로 물었다. 정말 모르는 걸까?

"탐정인 내 친구 말이야. 당신이 죽인 남자!"

이걸로 몇 번째일까?

나는 눈을 감았다. 귀가 따갑도록 똑같은 말을 반복해도 이 여자는 끝까지 무슨 말인지 모른다고 주장하리라.

"리카는 그런 짓 안 했어요. 화내지 말아요."

리카가 머리를 흔들었다.

모든 것이 귀찮아져서 나는 차로 다가갔다. 지금까지 한 말이 전부 허무했다. 깊은 한숨이 몸 안쪽에서 토해져 나왔다.

운전석 문을 열었다. 팔을 뻗어 조수석의 아이언을 들어올렸다.

리카가 팔을 들어올려 머리를 감싸 안았다.

"안 돼요! 이러지 마세요!"

"죽고 싶지 않으면 당장 차에 타!"

내 목소리가 비명처럼 들렸다. 자제심이 작동하지 않는다.

아이언을 움켜쥔 오른손을 휘두르고 싶은 유혹에 휩싸였다. 살의가 명확한 형태가 되어 내 마음을 뒤덮으려고 했다.

다음 순간, 리카가 몸을 낮추고 앞으로 돌진했다. 나는 미처 피하지 못하고 그대로 부딪혔다.

충격.

뒤쪽으로 쓰러지면서 등이 차의 범퍼에 부딪혔다. 숨이 막힌다. 움직일 수 없다.

"그만해! 이제 그만해!"

리카가 목이 터져라 소리쳤다. 내 왼쪽 머리에서 뜨뜻미지근한 액체가 흘러내렸다. 손을 대자 빨갛게 물들었다. 머리가 찢어진 것이다. 아이언은 여전히 오른손에 들고 있다. 땅에 쓰러진 채 올려다보자 리카의 큰 키가 눈앞을 가로막았다.

"그토록 다정하게 속삭였으면서, 왜 그런 놈을 보낸 거지?"

리카는 그렇게 말하면서 내 얼굴을 걷어찼다. 피할 수 없었다. 땅으로 쓰러지면서 차가운 아스팔트가 뺨에 닿았다. 코의 안쪽에서 기묘한 냄새가 났다.

"어째서!"

하이힐이 내 오른손을 짓밟았다.

"어째서!"

그대로 내 오른손을 짓이겼다.

"어째서!"

견딜 수 없는 통증이 온몸으로 퍼져나갔다. 소리를 지르려고 했지만 목소리가 나오지 않았다.

"어째서!"

리카가 다시 짓밟기 위해 발을 들어올렸다. 그때 오른손의 아이언을 왼손으로 바꿔 들고 힘껏 휘둘렀다. 둔탁한 반응과 함께 리카의 자세가 무너지고 엉덩이부터 땅으로 떨어졌다.

"무슨 짓이야?"

리카가 정강이를 누르며 탁한 소리로 울부짖었다. 얼굴이 추하게 일그러졌다.

"까불지 마, 이 괴물!"

나는 아이언을 지팡이 삼아 일어났다. 오른손이 불에 덴 것처럼 아프다. 리카가 뭐라고 소리를 질렀지만 내 귀에는 들어오지 않았다.

"죽고 싶어?"

나는 그렇게 소리치고 위로 치켜든 아이언을 휘둘렀다. 리카의 옆구리에서 기묘한 소리가 났다. 뼈가 부러진 걸까. 기이한 절규와 동시에 새빨간 핏덩이가 리카의 입에서 튀어나왔다.

"미친년, 이제 작작 좀 해!"

고함을 지르며 발길을 날렸다. 리카의 턱에 로퍼가 박혔다. 리카의 얼굴이 뒤쪽으로 날아갔다. 뒤통수가 아스팔트에 부딪히면서 메마른 소리가 났다. 충격으로 이가 날아가는 게 보였다.

입술 사이로 숨을 쉬면서 리카가 신음처럼 말했다.

"미안해요. 용서해줘요."

"내가 용서해줄 것 같아?"

다시 아이언을 추켜올리고 리카의 얼굴을 힘껏 내리쳤다. 얼굴의 왼쪽이 움푹 들어가는 게 손의 감각으로 전해졌다. 코와 입에서 동시에 피가 터져나왔다. 리카의 몸이 움직이지 않았다. 그와 동시에 내 몸을 지배했던 흉악한 충동이 겨우 움직임을 멈추었다.

쓰러질 뻔한 몸을 아이언으로 지탱하고 리카의 모습을 보았다. 숨을 쉬는 것은 틀림없다. 아직 죽지는 않았다. 정신을 잃은 것처럼 보였다. 하지만 아직 안심할 수는 없었다.

아이언으로 힘껏 옆구리를 찔렀다. 리카의 입에서 신음과 공기가 동시에 새어나왔다. 리카의 움직임은 그것뿐이었다. 나는 몸을 웅크린 채 두 손으로 무릎을 껴안았다. 영원히 이렇게 있고 싶다. 타들어가는 것처럼 목이 말랐다.

헐떡이는 숨소리가 들렸다. 내 숨소리였다. 나는 겨우 정신을 차렸다. 여기에 언제까지나 있을 수는 없다. 주변을 둘러보니 주차장에는 아무도 없었다.

떨리는 무릎을 손으로 짚었다. 누군가를 힘껏 때린 건 언제였을까. 중학교 2학년 여름, 시시한 일로 싸웠던 같은 반 친구 얼굴이 떠올랐다. 나는 코뼈가 부러지고 그 친구는 머리를 두 바늘 꿰맸다.

그러나 그때도 어딘가에서 이성은 작동하고 있었다. 온 힘을 담아 주먹을 휘두르는 것에 대한 공포가 있었다. 필요 이상으로 상대를 다치게 하는 것에 대한 본능적인 두려움이 존재했다.

조금 전의 나는 어떠했을까? 내가 가지고 있는 모든 힘을 다해 리카를 때리고 발로 찼다. 내 안에서 누군가가 죽여도 좋다고 말했다.

아니, 죽여야 한다고 말했을지도 모른다.

그녀에게 폭력을 휘둘렀을 때의 생생한 감촉이 아직 손에 남아 있다. 나는 떨리는 오른손에서 힘을 빼고 아이언을 놓았다. 땅에 떨어진 아이언이 소리를 내며 데굴데굴 굴렀다.

다시 아이언을 주워 조수석에 던졌을 때, 나도 모르게 눈물이 흘러내렸다. 후회인가, 아니면 안도인가. 나는 앞 유리창에 기댄 채 하염없이 눈물을 흘렸다.

잠시 후 어깨 너머로 리카를 보자 아스팔트에 누워 있는 몸의 위치가 조금 전과 똑같았다. 의식을 되찾는 기적은 보이지 않았다. 죽지는 않았지만 뼈는 부러졌을 것이다.

정당방위일까, 과잉방어일까. 스스로는 판단할 수 없었다. 아니, 판단하고 싶지 않았다. 어느 쪽이라도 상관없다. 어쨌든 일단 경찰서로 데려가야 한다. 그런 다음에는 경찰이 시키는 대로 하면 된다. 나는 리카에게 다가갔다.

이유는 알 수 없지만 의식이 있을 때보다 냄새가 희미해졌다. 입을 다물어 입 냄새가 새어나오지 않기 때문일까. 리카의 왼손을 들었다 놓았다. 힘을 잃은 팔이 그대로 땅에 떨어졌다.

의식이 없는 걸 확인한 뒤, 양 손목을 잡고 아스팔트 위를 끌어서 조수석으로 돌아갔다. 차 문을 열었다.

양쪽 옆구리에 손을 쑤셔 넣고 리카의 몸을 들어올렸다. 민달팽이를 맨손으로 만질 때 같은 생리적인 혐오감이 온몸을 관통했다. 하지만 달리 방법이 없었다.

숨을 멈춘 채 조수석으로 리카의 몸을 밀어 넣었다. 죽은 연체동물처럼 다루기 힘들었다. 리카의 몸이 겨우 조수석에 들어갔을 때 내 등은 땀으로 축축이 젖었다.

손을 씻고 싶었지만 근처에는 수도가 없었다. 주머니에서 손수건을 꺼내 손가락을 하나씩 닦았다. 피부가 빨개질 때까지 손바닥을 문지르고 나서 손수건을 버렸다.

지쳤다. 형용할 수 없는 없는 피로감이 몸을 짓눌렀지만 아직 끝나지 않았다. 발을 끌면서 운전석으로 돌아갔다. 조수석에 넣은 지 얼마

되지도 않았는데 차 안은 이미 리카의 냄새로 가득했다.

창문을 전부 열고 에어컨을 최강으로 했다. 다시 리카를 쳐다보았다. 철사로 모양을 잡기 전의 인형처럼 리카는 웅크리고 있었다.

'내가 너무 지나쳤나?'

처음으로 후회의 마음이 가슴을 가로질렀다. 이렇게까지 심하게 상처 입힐 필요는 없었을지도 모른다. 이럴 생각은 아니었다. 왜 이렇게 했을까. 하지만 어쩔 수 없었다. 이렇게 할 수밖에 없었다.

경찰서에 가자. 그런 다음에 병원이다. 모든 걸 끝내자. 그게 서로를 위해서 좋다.

시동을 건 순간, 무엇인가가 목에 닿았다.

약간 따끔한 감촉. 그렇게 아프지는 않았다. 뭘까. 확인하기 위해 왼손을 들려고 하다 몸이 움직이지 않음을 깨달았다. 어떻게 된 걸까. 무슨 일이 일어난 거지?

"아이 참, 혼다 씨는 꼭 어린애 같아요."

왼쪽 시야에 일그러진 리카의 얼굴이 나타났다. 누런 치아를 드러내며 웃고 있다.

"마음에 들지 않으면 금방 주먹을 휘두른다니까."

"너……."

입을 연 순간 입술이 떨렸다. 목소리가 나오지 않는다. 얼굴이 기묘하게 일그러진 리카가 가까이 다가왔다. 어떻게 된 거지? 분명히 의식이 없었는데, 이 여자가 어떻게 움직이는 거지?

"뭐 그만큼 사랑한다는 뜻이니까 리카는 기쁘지만요."

그렇게 말하고 리카는 백미러를 움직였다. 내 목에 주사기가 꽂혀 있다. 괴이한 모습이다.

"놀이공원 다음은 드라이브예요? 데이트의 정해진 코스이자 여자가 제일 좋아하는 패턴이기도 하죠. 어디로 갈까요?"

의식이 급속히 희미해지기 시작했다. 잠깐, 잠깐만. 지금 뭐 하려는 거지?

"참, 오늘은 리카가 코스를 정해도 되죠? 그럼 리카가 운전할게요. 혼다 씨와 드라이브를 하다니, 꼭 꿈만 같아요."

리카가 들뜬 표정으로 손뼉을 쳤다.

"너……."

목에서 메마른 중얼거림이 새어나왔다.

"그럼 혼다 씨가 조수석으로 오세요. 자아, 나랑 바꿔요."

리카가 내 머리칼을 움켜잡은 채 무턱대고 잡아당겼다. 80킬로그램이 넘는 내 몸이 질질 끌려서 조수석으로 이동했다. 리카가 문을 열고 운전석으로 들어왔다.

"안전벨트를 잘 매세요. 혼다 씨는 항상 뭐든지 리카에게 시킨다니까. 생각보다 응석이 심하네요."

리카가 내 몸에 안전벨트를 매주었다. 순간적으로 앞이 안 보였다가 다시 밖의 희미한 외등이 보였다. 도대체 어떻게 된 걸까. 저항하려고 시도했지만 소용없었다. 손가락 하나도 움직일 수 없었다.

"다 됐어요. 그럼 갈게요."

사이드 브레이크를 푸는 소리가 들렸다. 차가 천천히 움직이기 시작했다.

"꽤 머니까 도착할 때까지 한숨 주무세요. 리카는 신경 쓰지 않아도 돼요. 운전을 좋아하거든요."

경적이 두 번 울렸다. 출발 신호다. 어디에 가든지 그곳은 최악의 장소가 되리라.

차가 경쾌하게 달리기 시작했다. 그다음은 아무것도 기억나지 않는다.

5

강렬한 눈의 통증으로 의식이 돌아왔다.

여기가 어디지? 주변이 모두 어렴풋하게 보였다. 의식을 집중해서 주변을 둘러보았다.

방이다.

여섯 평 정도 되는 넓은 거실이다. 왼쪽 앞에 큰 테이블이 있고, 그 위에는 꽃무늬가 들어간 아름다운 테이블보가 덮여 있다. 테이블 위에는 웨지우드의 커피 잔 두 개가 나란히 놓여 있고, 끝에는 커피 메이커가 자리하고 있다.

안쪽의 상당히 큰 식기 선반에는 접시 몇 개와 찻잔 몇 개가 놓여 있다. 다른 선반에는 고급스러운 잔 종류와 식기, 크고 작은 유리그릇이 오밀조밀 늘어서 있다.

오른쪽에 얇은 베이지색 소파가 보였다. 그렇게 크지는 않다. 둘이 나란히 앉기 좋을 만한 크기다. 맞은편에 대형 TV와 오디오 세트가 있다. 그제야 클래식 음악이 흐르고 있음을 알아차렸다. 비발디일까?

그 옆에는 작은 테이블과 잡지꽂이가 놓여 있다. 밝은 줄무늬가 시선을 끌었다. 잡지꽂이에는 몇 가지 잡지가 꽂혀 있었다.

어디서든 흔히 볼 수 있는 광경이었지만 몇 가지 문제점이 있었다.

테이블에 먼지가 희미하게 쌓여 있다는 것, 커피가 졸아서 탄 냄새가 난다는 것, 식기 선반의 대부분이 비어 있다는 것, 식기에 사용한 흔적이 없다는 것, 잡지꽂이의 잡지가 뒤죽박죽이라는 것, 건강 잡지나 여성 잡지, 패션 잡지까지는 좋지만《플레이보이》가 있는 것이 너무도 이상했다.

즉…… 나는 결론에 도달했다. 여기는 평소에 생활하는 곳이 아니다. 생활의 느낌은 털끝만큼도 나지 않는다. 시큼한 냄새가 그 직감을 뒷받침했다.

그보다 더 큰 문제가 있다. 바로 나 자신이다.

나의 정면에 커다란 거울이 놓여 있었다. 거울 자체도 이곳과 어울리지 않았지만, 거울에 비친 것은 은색 철사로 손발이 꽁꽁 묶인 채 거대한 의자에 묶여 있는 내 모습이었다.

목에도 가느다란 철사가 몇 겹이나 감겨 있었다. 철사는 그대로 의자의 등받이로 이어진 듯했다. 그리고 눈의 위아래에는 검 테이프가 붙어 있었다. 눈을 깜빡할 수 없게 고정해놓은 것이다.

눈물로 눈의 건조함을 막을 수 없어서 안구는 바싹 말라 있었다. 눈의 통증은 그 때문이었다. 소리를 지르려고 했지만 입도 검 테이프로 막혀 있었다. 숨을 쉬는 것 말고는 아무것도 할 수 없었다.

문이 열렸다.

"좋은 아침."

리카가 나타났다. 핑크색 잠옷 차림에 브러시로 머리를 빗고 있었다. 그제야 내가 입은 파란색 옷이 리카와 커플 잠옷이란 사실을 깨달았다. 이게 뭐지? 악몽인가?

소름이 끼쳐서 토할 것 같았지만 죽을힘을 다해 참았다. 지금 토하면 그대로 질식사할 수도 있다. 그나저나 이 여자는 무슨 생각일까?

"일찍 일어났네요."

리카가 보글보글 끓고 있는 커피를 컵에 따랐다. 그러고는 바싹 졸아서 새카매진 액체를 입으로 가져갔다.

'그런 것인가?'

새삼스레 리카의 모습을 쳐다보았다. 그제야 여기가 어디인지 알았다. 거실의 레이아웃, 놓여 있는 물건들, 그리고 리카의 잠옷. 이곳은 신혼부부의 신혼집이다.

리카의 달라진 태도나 말투에서도 그것을 알아차릴 수 있었다. 지금까지 애교 부리는 말투에서 밤을 같이 보낸 남녀의 말투로 변했다. 지금 신혼부부 놀이를 하는 건가.

리카가 가까이 다가와서 미소를 지었다.

"어젯밤은 정말 황홀했어요."

그렇게 말하고 내 얼굴에 손을 내밀었다. 움직일 수 없어서 피할 도리가 없었다. 무슨 짓을 하려는 걸까? 공포로 인해 얼굴에 경련이 일었다.

리카가 내 입 주변에 붙어 있던 검 테이프를 천천히 떼어냈다. 얼굴이 다가왔다. 끔찍한 냄새. 입술이 벌어졌다. 날카로운 치아 사이로 새빨간 혀를 내밀었다.

기다란 혀가 천천히 내 입술을 핥았다. 미끄러운 감촉이 조금 늦게 전해졌다. 또 다른 공포로 인해 근육이 경직되었다. 타액 냄새가 났다.

"살려줘."

희미한 비명이 들렸다.

내 목소리였다. 말을 하자 목이 찢어질 것처럼 아팠다. 그러나 지금 내가 할 수 있는 일은 그것밖에 없었다.

"살려줘. 내가 잘못했어. 용서해줘."

"무슨 말이에요? 나도 사랑해요. 커피 괜찮아요? 아니면 홍차가 좋을까요? 다카오 씨는 아침에 무엇을 더 좋아해요?"

리카는 그렇게 말하면서 춤을 추는 듯한 발걸음으로 테이블로 향했다. 내 입에서 신음이 새어나왔다. 그 소리에 리카의 콧노래가 뒤얽혔다. 기묘한 하모니였다.

"눈이 아파. 부탁해, 부탁해, 부탁해."

무엇을 부탁하는지 나 자신도 알 수 없었다. 하반신이 부르르 떨리더니, 정신이 들자 잠옷 바지에서 뜨뜻미지근한 감촉이 느껴졌다. 실금한 것이다.

"있잖아요, 뭐 먹고 싶어요? 토스트 어때요?"

식빵 봉지를 들고 리카가 가까이 다가왔다.

"뭐든지 좋아, 뭐든지 상관없어. 어쨌든 눈이 아파. 어떻게 좀 해줘. 용서해줘."

바싹 마른 안구에서 커다란 눈물방울이 주르륵 떨어졌다.

"아이, 다카오 씨도 참. 아침밥 정도로 그렇게 감격하긴. 앞으론 내가 매일 아침을 만들어줄게요."

리카가 생긋 미소를 지었다.

"고마워, 고마워, 고마워."

어떻게 대답하면 나를 풀어주게 만들 수 있을까? 조금이라도 마음을 놓으면 어딘가로 날아갈 듯한 의식을 집중하면서 나는 생각하고 또 생각했다.

"정말 아름다워. 사랑해. 당신만 내 옆에 있으면 돼."

"아이 참." 리카가 왼손으로 나를 때리는 시늉을 했다. "다카오 씨는 정말 못 말린다니까. 아직 아침이에요. 자꾸 그러면 부끄럽잖아요."

"당신을 안고 싶어. 안게 해줘. 부탁해, 그 정도는 괜찮잖아. 우리는 이제 남이 아니니까."

　어쨌든 팔을 자유롭게 쓰고 싶었다. 팔만 사용하면 기회가 생길 것
이다.

　"당신은 정말로 날 사랑하는군요. 기뻐요."

　리카가 내 얼굴을 물끄러미 바라보았다. 어디를 보는지는 분명하지
않다.

　"하지만 지금은 안 돼요. 아직 아침도 차리지 않았고요."

　"그래. 당신이 차려준 아침을 먹고 싶어. 먹게 해줄 거지?"

　"당연하죠. 당신을 위해 차렸으니까요."

　"그럼 그전에 커피를 마시고 싶군. 당신과 같이 테이블에서 커피를
마시고 싶어."

　"어머나!" 리카가 손등으로 입을 가렸다. "미안해요, 미처 몰랐어요."

　리카가 내 등 뒤로 돌아가서 내가 앉은 의자를 테이블 쪽으로 밀었
다. 그게 아니야. 이 철사를 풀어줘. 내 몸을 자유롭게 해달라고.

　"우유는 필요 없죠?"

　리카가 컵에 커피를 따라서 내 입으로 가져왔다. 탄 냄새가 마치 날
카로운 칼처럼 콧구멍을 푹 찔렀다. 마실 수 있을까?

　목의 갈증은 최고조에 달해 있었다. 나는 컵 끝에 입술을 댔다. 커피
가 너무나 뜨거워서 예상한 대로 입술 껍질이 벗겨졌다.

　"고마워, 고마워."

　나는 뜨거운 액체를 그대로 목구멍으로 넘겼다. 목이 찢어지는 것

같았지만 갈증은 어느 정도 치유되었다.

"어떻게 하면 되지? 어떻게 하면 용서해줄 거야?"

컵에서 입을 떼고 눈으로 리카를 좇았다. 리카가 머리칼을 쓸어올리며 입가를 일그러뜨렸다. 미소를 지은 것이다.

"사랑해. 리카, 사랑해. 당신만 사랑해."

나는 리카의 얼굴에서 눈을 떼지 않고 말했다. 진흙 같은 얼굴빛이라고 새삼 생각했다. 얼굴빛이 검은 것이 아니다. 탁한 것이다.

"그건 나도 알고 있어요."

한손으로 컵을 든 채 리카가 다시 혀로 내 입술을 핥았다. 짠맛이 느껴졌다. 타액 냄새가 온몸을 휘감았다. 정신이 아득해졌다. 어떻게 하면 되지? 어떻게 하면 될까?

미쳤다. 이 여자는 미쳤다. 아니면……. 나는 갑자기 불안해졌다. 미친 건 나일까?

"어머나, 칠칠치 못하게. 아이, 이러면 싫어요."

커피가 입술 끝에서 흘러넘쳤다. 리카가 자신의 잠옷 자락으로 흘러넘친 액체를 닦았다. 얼굴이 바싹 다가왔다. 끔찍한 입 냄새. 나는 그대로 토했다.

구토물이 리카의 턱에 닿았다. 아무 일도 없었던 것처럼 커피만 닦아내고 리카는 다시 미소를 지었다.

"미안해."

내 목소리가 어딘가 멀리서 들렸다. 현실감각을 잃어버리기 시작한 것이다.

"내가 정말 잘못했어. 당신에게 상처를 줄 생각은 없었다고. 제발 용
서해줘."

"괜찮아요."

천사 같은 목소리였다. 리카가 조용히 무릎을 꿇더니 머리를 내 무
릎에 기댔다.

"이제 이렇게 둘이만 있을 수 있게 됐잖아요. 당신의 과거는 아무래
도 상관없어요. 이제 모든 걸 잊기로 했어요. 그러니까 당신도 잊어요."

"미안해."

다시 눈물이 흘렀다. 눈물은 끊임없이 흘러내려서 입고 있는 잠옷을
적셨다.

"괜찮아요. 지금부터는 내가 당신을 돌봐줄게요. 이제 괜찮아요. 두
려워할 필요 없어요. 내가 당신 곁에 있을게요. 알았죠? 이제 당신은
내 거예요."

리카가 사랑의 말을 입에 담으며 내 눈을 지그시 바라보았다. 고개
를 끄덕이려고 했지만 목이 움직이지 않았다.

나는 진심으로 대답했다.

"알아. 잘 알아. 난 당신 거고, 당신은 내 거야. 영원히, 영원히 말이야.
그러니까 일단 일어나게 해줘. 부탁이야, 이 의자에서 일어나게 해줘."

"괜찮아요. 당신은 아무것도 안 해도 돼요."

리카가 일어서더니 문을 열고 옆방으로 들어갔다. 잠시 후 커다란

비닐봉투를 들고 돌아왔다. 비닐봉투의 안을 보기 전부터 온몸의 털
이 곤두섰다.

6

리카가 다시 콧노래를 부르기 시작했다.

"다카오 씨, 사랑해요. 당신만 내 옆에 있으면 돼요. 당신만 내 옆에
있으면 다른 건 아무것도 필요 없어요."

리카가 비닐봉투를 아무렇게나 테이블 위로 내던졌다. 금속이 부딪
치는 소리가 났다.

"그건······."

"아무 말도 하지 말아요."

리카가 내 입술에 손가락을 댔다. 시큼털털한 약품 냄새가 났다. 비
닐봉투 안에 손을 넣었다. 맨 처음에 나온 건 주사기였다.

"그게 뭐지?"

공포가 머리끝까지 차올라서 몸을 뒤로 빼려고 했다. 본능적인 움직
임이었지만 몸은 1밀리미터도 움직이지 않았다. 리카의 손이 내 입으
로 다가왔다. 악다물었던 이를 억지로 비틀어 열고 안으로 손가락을
집어넣었다.

"걱정 말아요. 나를 사랑하잖아요. 나를 믿어요."

손가락으로 내 혀를 더듬었다. 나는 그것에 대응하듯 그녀의 손가락을 핥았다. 어떻게든 이 여자의 마음을 풀어주고 싶다. 그러기 위해서라면 뭐든지 해야 한다. 리카의 입에서 헐떡임이 새어나왔다.

"사랑하는 내 다카오 씨."

잠시 혀의 움직임을 음미하던 리카가 천천히 손가락을 빼더니 비닐봉투에 손을 넣었다. 비닐봉투에서 손이 나올 때마다 테이블 위에는 이런저런 물건들이 늘어났다. 가위, 메스, 겸자, 작은 톱, 여러 가지 약품 병, 그리고 기계 종류.

"뭐 하려는 거지?"

목소리가 커졌다. 이제 소리치는 것 말고는 아무것도 할 수 없을까? 목이 아프다. 바싹 말라 있다.

"왜 그래요? 왜 그렇게 떨어요? 그렇게 좋아요?"

눈꺼풀의 떨림을 막을 수 없었다. 무슨 말이라도 하고 싶었지만 무슨 말을 해야 좋을지 알 수 없었다. 목의 안쪽에서 고함이 새어나왔다. 인간의 목소리라곤 생각할 수 없었다. 어떻게 되지? 난 어떻게 되는 거야?

끝없이 이어질 것만 같은 긴 비명을 리카는 황홀한 표정으로 듣고 있었다.

이윽고 목이 쉬더니, 작은 피리 같은 소리를 내면서 내 저항은 끝났다. 목의 안쪽에서 쇠 맛이 퍼져나가는 걸 알 수 있었다. 성대가 찢어진 것이다. 믿을 수 없다. 산소를 갑자기 많이 소비해서인지 머리가 아프기 시작했다. 숨을 쉬려고 입을 크게 벌렸지만 반대로 피가 목으로 흘러 들어가 심하게 컥컥거렸다.

"그렇게 좋아해줘서 나도 기뻐요."

"내가 좋아하는 것 같아!"

색색거리며 되받아쳤지만 리카의 귀에는 닿지 않았다. 무슨 말을 해도 소용없다는 걸 그때 처음으로 알았다. 어차피 이 여자는 내 말을 들을 생각이 없다. 아니다, 내 말이 들리지 않는 것이다. 차가운 절망감이 온몸으로 퍼져나갔다.

기이한 정신력, 극도로 비틀어진 자존심, 착각, 망상, 집착, 무슨 이유인지 모르지만 부풀어 오른 자부심, 그런 것들이 이 여자의 마음에 깃들고 자라고 성장했다. 리카의 마음속에서 태어난 망상의 씨앗은 계속 번식해서 거대한 숲으로 변했다. 아마 그 숲은 형용할 수 없을 만큼 아름다울 것이다.

온갖 색깔의 아름다운 꽃이 흐드러지게 피어 있을지도 모른다. 반짝반짝 빛나는 호수도 있으리라. 나무는 계속 늘어나고 숲은 계속 커진다. 그러나 생명이 있는 건 새 한 마리, 벌레 한 마리도 존재하지 않는다. 죽음과 정적이 지배하는 곳. 그리고 숲의 가장 깊은 곳에 사는 리카를 찾아오는 사람은 아무도 없다.

이 여자 안에 있는 건 자신에게만 편하고, 자신에게만 행복한 풍경이기 때문이다. 이 여자에게 그것 이외의 모든 현실은 절대로 받아들일 수 없는 불순물에 불과하다.

그 숲이 얼마나 황량한지 나로서는 상상도 할 수 없다.

"아이 참, 좋으면서 괜히……."

리카가 주사기를 들고 가까이 다가왔다. 시큼털털한 냄새가 콧구멍의 깊은 곳으로 들어와 다시 구토증이 치밀었다.

"보세요, 여기도 그렇잖아요."

리카가 한손으로 내 사타구니를 만지작거렸다. 반응이 있을 리 없었다. 하지만 리카는 황홀한 표정을 지으며 계속 만지작거렸다.

"리카를 갖고 싶대요. 보세요, 이렇게 커졌어요."

"장난하지 마!"

나는 토해내듯 중얼거렸다.

무슨 말을 해도 소용없다. 이 여자는 자기가 하고 싶은 일을 하고 싶은 대로 할 뿐이다. 죽는다. 모든 건 처음부터 정해져 있었다. 온몸의 힘이 빠졌다. 왜 이렇게 됐을까?

"커질 리 없잖아, 이 괴물!"

한순간 리카의 손이 멈추었다가 다시 천천히 움직이기 시작했다.

"좋아, 하고 싶은 대로 해. 이 변태, 이 괴물. 죽이려면 당장 죽여. 인간의 마음이 없는 너에겐 그게 가장 어울릴지도 모르지."

"무슨 말이에요?"

리카의 손이 사타구니에서 배와 가슴을 지나 입술에 닿았다.

"나쁜 말만 하다니, 이런 입은 아무 짝에도 쓸모가 없어요."

주사기로 내 입술을 찔렀다. 바늘이 입술을 관통했지만 신기하게도 아픔은 느껴지지 않았다.

"벌이에요. 못된 아이에겐 벌을 줘야죠. 안 그래요?"

입술에서 바늘이 떨어졌다. 입술 끝에서 피가 떨어져 잠옷 바지를 적셨다. 혀로 피를 핥자 쓴맛이 났다.

"어서 죽여. 그 의사와 똑같이 만들고 싶지?"

돌연 리카의 뺨에 웃음이 떠올랐다.

"그렇군요. 당신은 내 과거를 알고, 그래서 질투하는 거예요."

얼굴에 기쁨의 미소가 감돌았다. 나는 메마른 입 안에서 침을 모아 그대로 리카의 얼굴에 뱉었다. 리카는 닦으려고 하지 않았다.

"그런 남자는 이미 잊었어요. 믿어줘요. 이제 그 사람과 난 아무 관계도 아니에요. 내가 사랑하는 사람은 오직 당신뿐이에요. 물론 그 사람을 사랑한다고 생각한 적도 있어요. 하지만 아니었어요. 그 사람은 내 것이 돼주지 않았어요."

"그래서 죽였어?"

리카의 입술이 일그러졌다. 입술 사이로 중얼거림이 새어나왔다.

"아니에요. 죽이지 않았어요. 죽이지 않았다고요! 단지 벌을 주려고 했을 뿐. 그것도 아니에요. 그 사람을 내 것으로 만들고 싶었을 뿐이에요. 그것도 아니에요. 리카는 아무것도 기억나지 않아요. 리카가 무슨 짓을 했다는 거죠? 리카가 나쁜 짓을 했나요? 아니에요. 리카는 아무 짓도 안 했어요. 리카는 착한 사람이에요. 아주 착한 사람이요. 그 남자가 나빴어요. 그래요. 그 남자는 나쁜 사람이었어요. 리카는 아무 짓도 안 했어요. 문제는 그 남자였어요. 아주 나쁜 남자였어요!"

"그만해! 그만하라고!"

주위가 떠나가라 고함을 지르자 리카의 시선이 천천히 나에게 이동했다.

"그 사람과 난 아무 관계도 아니에요. 내가 사랑한 사람은 오직 당신뿐이에요."

"안됐지만 난 당신을 사랑하지 않아."

리카의 눈동자 안쪽에서 어두운 불꽃이 흔들렸다.

"아이 참, 또 그런다니까. 그렇게 서로를 이해하는데 사랑하지 않을 리 없잖아요."

나는 테이블 위에 있는 메스를 힐끔 쳐다보았다.

"하고 싶은 대로 해. 네가 정말로 하고 싶은 건 그 메스로 내 목이든 팔이든, 뭐든 자르는 거잖아. 그러면 난 영원히 네 거야. 원한다면 내 목에 직접 입을 대고 피를 빨아먹어. 그러면 만족하겠어?"

"내가 왜 그런 짓을 하겠어요? 사랑해요."

리카는 촉촉한 목소리로 사랑한다는 말을 몇 번이나 반복했다.

"내가 어떻게 사랑하는 사람을 죽이겠어요?"

"그럼 그런 걸 왜 꺼냈지?"

나는 테이블 위에 있는 기구 종류를 눈으로 가리켰다.

"아까부터 말했잖아요. 당신을 내 걸로 만들고 싶어요. 내가 원하는 건 그것뿐이에요. 그 사람은 내 것이 되지 않았지만 당신이라면……."

리카가 투명한 액체가 들어 있는 가느다란 병뚜껑을 열고 신중하게 주사기를 찔러 넣었다. 그리고 병 안에 있는 액체를 주사기로 빨아들였다.

"그게 뭐지?"

"마취제예요. 아프게 하지 않을게요."

우수한 의사처럼 냉정한 눈길로 리카가 나를 바라보았다. 그리고 익숙한 손놀림으로 주사기 안에 남은 공기를 밀어냈다. 손가락으로 바늘을 튕겼다.

"앞으로 영원히 나랑 같이 있어요."

리카의 뺨에 다정한 미소가 떠올랐다. 그러더니 잠시 방향을 바꾸어 주사기를 불빛에 비추었다.

"안 돼! 가까이 오지 마!"

공포와 분노가 내 몸에 마지막 힘을 안겨주었다. 몸을 묶고 있는 철사를 끊기 위해 온 힘을 짜냈다.

하지만 의미는 없었다. 쇠로 된 가느다란 줄은 내 노력을 비웃듯이 꼼짝도 하지 않았다. 손가락 하나도 움직일 수 없었다. 죽는 건가? 정말 이대로 죽는 건가?

나는 울부짖었다. 숨이 이어지는 한 계속 울부짖었다. 하지만 변한 건 아무것도 없었다. 리카가 나를 물끄러미 바라보았다.

목에서 피가 터져나와 뺨 주변을 적셨다. 리카가 다정한 손길로 피를 닦아주었다.

"조용히 해요. 손이 흔들리잖아요."

주삿바늘이 다가왔다. 어디지? 어디를 찌를 생각이지? 마지막 힘을
짜내어 온몸의 근육을 딱딱하게 만들었다. 팔인가? 다리인가?

"가만히 있어요. 움직이지 말아요."

바늘이 다가온다. 어디지? 얼굴인가?

눈이다.

리카가 바늘로 찌르려는 것은 내 눈이다. 입에서 절규가 솟구쳤다.

그만둬. 제발 그만둬. 그것만은 안 돼. 살려줘. 뭐든지 할게. 정말로
뭐든지 할게. 누구라도 좋으니까 나 좀 구해줘. 이 여자를 말려줘. 그게
안 된다면 차라리 죽여줘. 제발 죽여줘. 아아, 바늘이 다가온다. 바늘
이, 바늘이. 눈에, 눈에. 그만둬. 눈앞이 흐려진다. 아무것도 안 보인다.
그만둬. 제발 이 여자를 말려줘. 이제 틀렸어. 신이여, 날 죽여주세요.
제발 죽여주세요. 바늘이, 바늘이. 아무것도 안 보여요. 그만둬. 제발
그만둬. 용서해주세요. 부탁해요. 부탁해요. 용서해주세요. 용서해주
세요. 용서해…….

7

몸을 짓누르던 중압감이 사라지고 구역질나는 체취가 멀어졌다. 나
는 흐린 눈을 떨며 재빨리 좌우를 둘러보았다. 리카가 등을 돌리고 있
다. 무슨 일이지?

"누구야?"

리카의 목소리가 거실에 울려 퍼졌다. 왼손에 주사기를 들고 있는 모습은 악귀(惡鬼)라고밖에 표현할 도리가 없었다.

"누구지? 이 안에 있는 거 알고 있어!"

리카는 입 안으로 중얼거리면서 재빨리 손을 내밀어 테이블 위의 메스를 잡았다. 형광등 불빛을 받고 메스가 아름답게 빛났다.

"무기를 버려!"

남자의 목소리가 들렸다. 스가와라 형사다. 여길 어떻게 알았을까 생각하면서 나는 소리를 질렀다.

"스가와라 씨!"

목 안쪽에서 쉰 소리가 새어나왔다. 내 목소리라곤 여겨지지 않았다. 살 수 있을지도 모른다. 제발 살려줘!

"혼마 씨, 내가 왔습니다!"

스가와라가 소리침과 동시에 리카가 소리쳤다.

"누구냐니까?"

"무기를 버려. 이제 다 끝났어! 무기를 버려. 이제 다 끝났다!"

스가와라가 똑같은 말을 두 번 반복했다.

"무기 같은 건 없어!"

리카가 분노를 담고 되받아치면서 재빨리 주변을 살펴보았다. 스가와라가 어디에 있는지는 알 수 없었다.

문 너머인가, 아니면 건물 밖인가?

"손을 들어 머리 뒤에서 깍지 껴."

리카가 천천히 얼굴을 들었다.

"하여간 남자 놈들은 개나 소나 다 똑같아."

갑자기 거실 전체가 어두워진 듯한 생각이 들었다. 동시에 악취의 밀도가 짙어졌다. 어떻게 된 걸까?

"뭐가 그렇게 즐겁지? 날 우습게 보지 마!"

"무기를 버리고 머리 뒤에서 손을 깍지 껴."

스가와라의 목소리에 여유가 없어졌다.

"장난치지 말라니까!"

리카가 나를 보았다. 눈에서는 한 조각의 빛도 찾아볼 수 없었다. 움푹 들어간 눈구멍, 그 안쪽이 검붉게 물들어 있다.

"이게 무슨 짓이지? 당신들은 항상 그래. 항상 뒤에서 남을 헐뜯고, 무시하고, 욕을 하고……. 이게 무슨 짓이야? 내가 뭘 잘못했지? 난 당신들이 우습게 볼 여자가 아니야! 무슨 생각으로 이러는지 모르지만 지금은 남 생각하지 말고 본인 생각이나 하는 게 어때? 당신 같은 사람은 죽는 게 나아. 죽어, 죽으라고!"

리카가 메스를 치켜들었다. 그 순간 문이 열리고 스가와라가 뛰어들었다.

"안 돼! 기다려! 죽이면 안 돼! 그런 짓을 하면 안 돼!"

그는 두 팔을 풍차처럼 휘두르며 소리쳤다.

"명령하지 마. 명령받는 건 딱 질색이야!"

메스를 거꾸로 쥔 채 리카가 스가와라 쪽을 향했다.

"명령이 아니라 부탁이다."

스가와라가 속삭이듯 말했다.

"당신은 뭐지?"

마치 육식동물이 사냥감을 볼 때처럼 리카가 고개를 돌렸다.

"경찰이다. 하지만 그런 건 아무래도 상관없어. 그 자를 죽여봐야 아무 의미가 없다는 건 당신도 알고 있잖아. 당신처럼 머리 좋은 여자라면 그 정도는 알고 있을 거야."

내게 등을 돌린 채 리카가 날카롭게 웃음을 터뜨렸다.

"물론 알고말고. 아무 의미가 없어도 상관없어. 당신들이 내게 한 짓을 생각하면 내가 무슨 짓을 해도 불평할 수 없을 텐데."

"난 당신에게 아무 짓도 안 했어."

코트 차림의 스가와라가 두 손을 높이 치켜든 채 친절하게 말했다. 코가 약간 일그러졌다. 아마 리카의 냄새를 맡았으리라.

"당신들은 마음 깊은 곳에서 날 경멸하고 있어. 날 쳐다보는 눈을 보면 그 정도는 알 수 있지. 나보다 잘났다고 생각해? 웃기지 마. 멍청한 주제에. 머리도 나쁜 주제에. 제발 나 좀 내버려둬. 내가 무슨 짓을 하든 상관없잖아?"

"무슨 짓을 하든 상관없지만 사람을 다치게 하면 구경만 할 순 없지. 이봐, 그 메스를 내려놓지 않겠어? 그리고 나와 대화를 하자구. 어때?"

그때 리카의 손이 재빨리 움직였다. 다음 순간, 스가와라가 비명을 지르더니 왼손을 누르며 쓰러졌다.

"대화할 마음 같은 건 없는 주제에. 왜 거짓말을 하지? 당신들은 항상 그랬어. 거짓말, 거짓말, 거짓말! 리카를 비웃지 마. 리카는 비웃음 당하기 싫어. 다시 한 번 말하지. 리카는 비웃음 당하기 싫다고!"

"미쳤군."

쓰러져 있던 스가와라가 왼팔을 누른 채 일어섰다. 손가락 사이로 팔에 메스가 꽂혀 있는 게 보였다. 왼팔을 누른 손이 피로 물들었다.

"미치지 않았거든."

리카는 토해내듯 말하고 테이블의 메스를 잡았다. 그리고 똑같은 자세로 던졌다. 메스는 재빨리 피한 스가와라의 머리 위를 스치고 등 뒤의 벽에 꽂혔다.

"미친 건 당신들이야!"

리카가 테이블로 뛰어올랐다. 오른손에는 어느새 다른 메스가 쥐어져 있었다. 스가와라가 바닥에 엎드린 채 리카를 올려다보았다.

"미친 건 너야. 너, 너, 너, 너! 죽어!"

리카의 입에서 침이 사방으로 튀었다.

스가와라가 나지막하게 중얼거렸다.

"그래? 그럼 할 수 없군."

메스를 잡은 채 스가와라에게 돌진한 리카가 갑자기 뒤로 날아갔다. 그리고 머리부터 그대로 식기선반에 처박혔다. 귀를 찢는 소리와 함께 유리가 산산조각으로 깨졌다.

얼굴을 일그러뜨리며 일어선 스가와라의 오른손에 권총이 쥐어져 있었다. 총구에서 새하얀 연기가 피어올랐다.

"스가와라 씨……."

"괜찮아요?"

스가와라가 총을 든 손으로 왼팔을 누르면서 내게 가까이 다가왔다. 그때 식기 선반의 유리문이 큰 소리를 내며 떨어졌다. 얼굴과 배를 새빨간 피로 물들인 채 리카가 느릿느릿 일어섰다.

"왜…… 왜 방해하는 거지? 리카는 혼다 씨를 좋아하는 것뿐인데."

리카가 메스 든 팔을 치켜들었다.

"귀찮으니까 제발 달라붙지 마!"

분노에 휩싸여 소리치는 내 앞을 스가와라가 가로막았다.

"그만해. 이제 끝났어."

리카의 빛 없는 두 눈에서 눈물이 흘러넘쳤다.

"왜 안 되는 거야?"

리카가 왼손으로 테이블을 잡았다. 힘을 넣은 것처럼 보이지 않았지만 테이블은 미끄러지듯 바닥 위를 이동했다. 우리와 리카 사이에 장애물이 없어졌다.

"난 잘못하지 않았어."

리카는 음미하듯 그렇게 말한 뒤 갑자기 공중을 날았다. 스가와라의 몸과 겹쳤다고 생각한 순간, 리카가 처절한 소리를 내며 다시 허공을 날았다. 그러고는 등부터 천천히 바닥으로 떨어졌다.

"혼다 씨……."

쓰러진 리카의 손에서 메스가 떨어졌다. 얼굴이 안타까울 정도로 일그러졌다. 리카가 떨어진 바닥에 피바다가 생기기 시작했다.

"어째서……."

리카는 그대로 눈을 감았다.

스가와라가 흐트러진 숨을 가다듬으며 콧머리를 긁었다.

"이런이런. 이제 틀림없이 사표를 내야겠군."

8

그로부터 30분 후에 순찰차 몇 대와 구급차가 도착했다. 조용했던 주변이 일시에 소란스러워졌다. 나는 몸을 옭아매던 모든 구속에서 풀려나 별채의 작은 침실로 옮겼다.

"여긴 도요정형외과의 휴양시설이라고 하더군요."

잠시 후, 스가와라가 유리 테이블 위에 캔 커피를 두 개 놓고 자신의 캔 커피를 땄다. 붕대로 감아 목에 매달아놓은 왼팔이 조금 불편하게 보였다.

"뭐 간호사라면 알고 있어도 이상하지 않은 곳이죠."

"그 여자는, 리카는 어떻게 됐죠?"

나는 캔 커피를 받아들고 따뜻한 액체를 천천히 목으로 흘려보냈다.

추웠다.

"구급차에 실어 병원에 보냈습니다. 살 수 있을지는 모르겠군요. 나도 사람을 쏜 건 처음입니다." 그는 어깨를 들썩이며 말을 이었다. "하지만 왼쪽 가슴에 한 발, 복부에 한 발 맞았으니 살아날 가능성은 없을 겁니다."

그렇게 말하고 스가와라는 엄지손가락으로 캔을 문지르기 시작했다. 나는 아무 말도 하지 않고 고개를 숙였다.

"혼마 씨야말로 괜찮으세요?"

"그럭저럭요."

나는 작게 웃었다. 어쨌든 육체는 무사했다.

"지금은 평범한 말밖에 할 수 없지만 이런 일은 빨리 잊는 게 좋습니다. 꿈이었다고 생각하세요. 뭐 그렇게 할 수 있다면 말이지만."

이런 일을 어떻게 잊겠는가. 그것은 스가와라도 잘 알고 있는 모양이었다.

"전 앞으로 어떻게 될까요?"

그는 쓸쓸한 웃음을 지으며 입을 열었다.

"그건 내가 묻고 싶은 질문입니다. 혼마 씨는 괜찮아요. 아무 문제도 없습니다. 사건에 휘말린 피해자니까요. 그건 내가 언제든지 증언하겠습니다. 문제는 오히려 나입니다."

그는 권총을 권총집째 빼서 테이블 위에 올려놓았다. 이것이 없었다면 우리는 어떻게 되었을까? 생각하고 싶지도 않다.

"경고도 하지 않고 범인을 쐈으니까요. 더구나 급소에 두 발이나요. 틀림없이 징벌위원회에 회부되겠죠. 운이 좋으면 시골로 좌천이고, 운이 나쁘면 해고예요. 하지만 다시 똑같은 상황에 놓여도 난 잠시도 망설이지 않고 쏠 겁니다."

그는 조용히 머리를 흔들었다. 나는 잠자코 고개를 숙였다. 고맙다는 말을 아무리 많이 해도 모자랄 지경이다. 그 여자는 분명히 나를 죽이려고 했다. 나를 살려준 사람은 이 초로의 형사였다.

"만약 총을 쏘지 않았다면 저는 물론이고 스가와라 씨도 살해되었겠죠. 저야말로 어디든지 달려가서라도 증언하겠습니다."

"그렇게 해주시면 고맙겠군요."

그는 진지한 얼굴로 말했다. 우리는 캔 커피를 움켜쥔 채 한동안 침묵을 유지했다.

잠시 후 그의 입에서 "어쨌든……" 하는 중얼거림과 함께 한숨이 새어나왔다.

"지금이니까 하는 말이지만 정말 큰일 날 뻔했습니다."

스가와라의 말이 맞다. 그가 조금만 늦었더라면 이렇게 이야기를 나눌 기회는 영영 오지 않았으리라.

"그나저나 여기는 어떻게 아셨나요?"

그는 미소를 지으며 붕대에 매달린 왼팔을 테이블에 올려놓았다.

"후배가 혼마 씨로부터 전화가 왔다고 메모를 전해주었어요. 순간 큰일 났다고 생각해서 즉시 전화를 걸었습니다. 하지만 받지 않더군요. 황급히 혼마 씨 집에 갔지만 아무도 없더라고요. 차가 없는 걸 보니 어디로 간 것 같은데, 그게 어디인지 몰랐어요. 눈앞이 캄캄해진 순간, 교통과 사람이 N시스템에 대해 가르쳐준 게 생각나더군요."

"N시스템이요? 그게 뭐죠?"

스가와라가 자세히 설명해주었다.

"고속도로나 주요간선도로의 400여 군데에 설치돼 있어요. 원래는 옴 진리교 사건이 터졌을 당시 도주하는 범인의 차량을 쫓을 때 사용했는데, 간단히 말하면 컴퓨터로 차량번호를 자동으로 읽어내고 검색할 수 있게 만든 시스템입니다. 나들목에도 설치되어 있어서 어디서 빠져나갔는지 금방 알 수 있어요. 어쨌든 그걸로 조회했더니, 혼마 씨 차가 고부치자와 나들목에서 빠져나갔더라고요."

"그러셨군요."

"그곳은 야마나시 현경의 관할이라서 본래 번거로운 절차를 밟아야 하지만, 우연히 현경의 형사부장이 후배라서 편의를 봐주었어요. 그런 면에서 볼 때 혼마 씨는 운이 좋았습니다."

어떻게 대답해야 좋을지 몰라서 머리를 긁적였다.

"혼마 씨의 차 번호를 조회한 결과, 이 부근을 순찰하던 경찰관이 주차장에 있는 차를 발견했습니다."

스가와라 형사는 그런 과정을 거쳐서 여기에 나타난 것인가?

"과학의 발전은 정말 대단하군요."

스가와라가 담배를 꺼냈다. 나는 불편한 그의 손에서 라이터를 받아

불을 붙여주었다. 담배 하나가 완전히 재가 될 때까지 그는 아무 말도 하지 않았다.

"다친 덴 괜찮습니까?"

그는 붕대에 매달린 팔을 들어올렸다.

"이거 말인가요? 별것 아니에요. 수십 년이나 이 일을 하다 보면 한두 번쯤 겪게 마련입니다. 7~8년 전쯤에는 조직폭력배에게 배를 찔린 적도 있죠. 그때는 6개월 가까이 입원했습니다."

그는 다시 담뱃갑에서 담배를 꺼내 입술에 끼웠다.

"그때 총은……."

"사용하지 않았습니다. 아니, 총을 들고 있다는 사실조차 잊어버렸습니다. 정신을 차렸더니 피투성이가 된 채 녀석을 체포하고 있더군요. 아아, 이번에 총을 쏠 줄은 꿈에도 몰랐습니다."

그 말을 끝으로 그는 담배를 문 채 입을 다물었다. 담뱃불은 붙이지 않았다. 라이터를 들어올리자 고개를 가로저었다. 피곤에 지친 노인 같은 표정이었다. 입술이 조용히 움직였다.

"내가 그 여자를 쏜 건 무서웠기 때문입니다."

무슨 뜻인지 물을 필요는 없었다. 그 순간의 공포는 나와 스가와라 형사밖에 모를 것이다. 그는 자기 손으로 담배에 불을 붙였다.

"솔직히 말하면 이 건물 안에 들어오는 것도 무서웠죠. 건물 전체에서 정체를 알 수 없는 기묘한 공기가 떠다니는 느낌이 들었거든요."

그는 귀신에 홀린 듯이 말을 이었다. 계속 말을 함으로써 공포를 이

겨내려는 것일지도 모른다.

"난 지금까지 유령이든 귀신이든, 그런 걸 믿은 적이 한 번도 없습니다. 현실밖에 믿지 않고, 눈에 보이는 것밖에 믿지 않는 타입이거든요. 기운이나 느낌처럼 모호한 것은 한 번도 신경 쓴 적이 없습니다. 그런데 말이죠." 담배 끝에서 기다란 재가 떨어졌다. "건물 안에 들어선 순간, 속이 뒤집어지는 지독한 냄새가 나더라고요. 그 냄새는 도대체 뭘까요? 더구나 놀랍게도 그 냄새는 내게 적의를 가지고 있었습니다."

그가 쓴웃음을 지었다. 나는 이해한다고 말하는 대신에 작게 고개를 끄덕였다.

"냄새가 온몸을 찌르는 겁니다. '싫다. 들어오지 마라. 넌 방해만 된다. 너와는 상관없으니까 당장 여기서 나가라!' 이렇게 말이죠. 순간 차라리 그럴까 생각했습니다. 이상하죠?"

그는 나를 쳐다보며 가볍게 미소를 지었다. 얼굴에 경련이 난 듯한 웃음이었다.

"그때 문 너머에서 혼마 씨의 겁먹은 목소리가 들렸습니다. 도움을 바라는 목소리였지요. 물론 그 즉시 안으로 들어가려고 했습니다. 정말이에요. 하지만 발이 움직이지 않더라고요. 완전히 공포에 사로잡힌 겁니다. 나도 이 나이가 될 때까지 그럭저럭 경험도 쌓아왔고, 지난 30년간 그런 일이 한 번도 없었는데, 그때는 발이 떨려서…… 꼼짝도 할 수 없었습니다."

그는 중얼거리듯 말하고 담배를 비벼 껐다.

"아아! 정말이지 한심해서 말을 할 수 없을 정도예요. 행여 후배들이 봤으면 평생 놀림감이 됐을 겁니다. 하지만 그래도 어쩔 수 없어요. 그때는 두려움이 온몸을 휘감았으니까요. 안에 들어가선 안 된다고, 몸의 안쪽에서 경보음이 날카롭게 울려 퍼지는 느낌이었다고 할까요? 하지만 그러고 있을 때가 아니라서 어쨌든 문을 열었습니다. 그때 처음 알았어요, 그 공포의 정체를……."

말을 들을 것까지도 없었지만 나는 다음 말을 기다렸다.

"증오였습니다." 그는 팔의 붕대를 쳐다보며 말을 이었다. "그 방은 순수한 증오로 가득 차 있었습니다. 이상한 표현일지도 모르지만 더러움이 없는 깨끗한 증오라고 할까요? 불순물이 한 조각도 섞여 있지 않은 완벽한 증오라고 할까요? 물론 모순이란 건 알지만요."

그는 연약하게 웃었다.

"이 세상에 인간의 힘으로는 대항할 수 없는 증오라는 게 있다는 걸 이 나이가 되어 처음 알았습니다. 그 여자는 혼마 씨만이 아닙니다. 물론 나만도 아닙니다. 이 세상의 모든 걸 증오하고 있어요. 이유는 모르지만 그때 그 사실을 똑똑히 깨달았습니다."

그의 자유로운 오른손이 작게 떨렸다.

"그 증오는 상상을 초월할 만큼 컸어요. 아마 보통 사람이라면 도저히 견딜 수 없었을 겁니다. 혼마 씨는 그걸 너무도 잘 알고 있을 겁니다. 유치원에 다니는 어린아이가 맨손으로 어른을 상대하는 듯한 느낌……. 그 여자가 나를 쳐다보는 시선은…… 아아! 내가 어떻게 무사

할 수 있었는지 모르겠군요. 흐물흐물 녹아버리지 않은 게 이상할 정
도입니다."

스가와라가 일어서서 내 어깨에 손을 얹었다.

"그 순간 믿을 수 있는 건 물리적인 힘뿐이었습니다. 그때는 그게 총
이었어요. 한마디 덧붙이자면 그 여자는 한 가지 실수를 저질렀어요."

"무슨 실수죠?"

무슨 실수인지 떠올리려고 했지만 생각나지 않았다. 그가 천천히 머
리를 흔들었다.

"메스를 던진 거요. 그 행동이 내게 총을 떠오르게 했습니다. 그래,
나한텐 총이 있었지! 그다음은 반사적으로 행동했어요. 무서웠고, 공
격을 받았고, 그래서 쏘았다…… 그것뿐입니다. 난 혼마 씨를 구하려
고 총을 쏜 게 아니에요. 너무도 무서워서 쏜 겁니다. 혼마 씨에겐 아무
런 책임도 없어요."

그는 마지막으로 "정말 무서웠습니다……"라고 다시 중얼거렸다.

9

네 시간 후, 나는 집으로 돌아왔다.

현장검증은 계속되었지만 나에 대한 사정청취는 모두 끝났다. 현장
에 온 의사 중 한 사람이 나를 진찰하고 쉬는 게 좋겠다고 하고 스가와

라도 옆에서 계속 요청해서, 야마나시 현경이 순찰차로 집까지 데려다주었다.

집 안은 캄캄했다. 아내와 딸의 모습은 보이지 않았다. 그 대신 거실 탁자 위에 편지가 놓여 있었다.

친정에 가 있을게.

안정되면 그다음에 이야기하고 싶어. 이제 당신을 못 믿겠어.

요코.

내용은 그것뿐이었다.

나는 편지를 다시 탁자 위에 놓았다. 바람을 피운 정도라면 아내도 이렇게까지 강경하게 나오지는 않았으리라.

무사히 돌아왔다곤 하지만 딸이 유괴되었다. 그리고 그 원인은 전부 나한테 있다. 아내가 이렇게 나오는 건 당연하다.

아마 회사도 그만두어야 하리라. 그렇게 생각하면서 나는 가스레인지 위에 주전자를 올려놓았다. 집도 회사도 아무래도 상관없다. 이때 내 마음을 가득 채운 것은 끝없는 안도감이었다. 이제 그 여자는 없다. 더 이상 고민할 필요가 없다.

주전자에서 휘파람 같은 소리가 나기 시작했다. 나는 컵에 인스턴트 커피를 넣고 물을 따랐다. 달콤한 커피 향이 거실로 퍼져나갔다. 그때 전화벨이 울렸다. 아내일까?

수화기를 들자마자 남자의 목소리가 귀로 뛰어들었다.

"스가와라입니다!"

"아아, 혼마입니다. 조금 전에는 감사했습니다."

말이 끝나기도 전에 그가 버럭 고함을 질렀다.

"잠자코 내 말 들어!"

조금 전과는 말투가 완전히 다르다.

"잘 들어. 그 여자가 도망쳤어!"

이 사람은 지금 무슨 말을 하는 건가?

"스가와라 씨, 진정하세요."

"정말이야! 그 여자가 도망쳤어! 10분 전에 그 여자를 데려간 구급 차와 함께 동승했던 구급대원 두 명과 운전사가 발견됐어. 물론 시신 으로 말이야."

나도 모르게 소리를 질렀다.

"말도 안 돼! 그렇게 피를 많이 흘렸잖아요. 살아 있을 리 없어요!"

의사가 아니라도 그 정도는 안다. 인간이라면 그렇게 피를 많이 흘 렸는데, 어떻게 살 수 있단 말인가.

스가와라가 화를 내며 토해내듯 말했다.

"어떻게 된 건지는 나도 몰라. 어쨌든 구급차 안에 그 여자는 없었어. 남아 있는 건 피투성이의 이동침대뿐이야. 어쨌든 내 말 잘 들어. 그 여 자가 그 몸으로 구급대원을 세 명 죽이고 도망친 건 틀림없는 사실이 야. 시간이 얼마나 됐는지는 모르지만, 무엇 때문에 그런 짓을 했는지는 분명해. 그 여자는 당신을 쫓고 있어."

손 안의 수화기가 무거워졌다.

"내 말 듣고 있어?"

스가와라가 소리쳤다.

"아까 내가 본청에 연락했어. 지금 관할서에서 당신 집으로 경찰관이 가고 있으니까 집 안에서 꼼짝도 하지 마. 5분 이상 안 걸릴 거야. 반드시 누군가가 갈 거야. 그런 다음엔 그 사람이 시키는 대로 해."

그때 초인종이 울렸다. 경찰일까? 아니다. 상대는 분명히 리카다. 왠지 그런 사실을 똑똑히 알 수 있었다.

"지금 무슨 소리지?"

수화기 너머에서 스가와라가 또 소리쳤다.

"스가와라 씨."

스스로도 의외였지만 내 목소리는 매우 침착했다. 그것으로 끝이라고 생각하며 안심했던 게 잘못이었다. 이건 벌이다. 그대로 끝날 리 없다.

"이미 늦은 것 같군요."

나는 조용히 수화기를 내려놓았다. 다시 초인종이 울렸다. 나는 남아 있던 커피를 마시고 나서 주방으로 들어갔다. 그리고 한쪽에 놓여 있던 식칼을 잡고, 조용히 자세를 낮추며 몸을 도사렸다.

이윽고 자물쇠 돌아가는 소리가 났다.

Double Click

에필로그

붉은 빛이 캄캄한 어둠을 비추었다.

몇몇 경찰관이 거수와 답례를 반복했다. 순찰차에서 내린 남자가 이중으로 쳐진 밧줄 밑을 통과했다. 남자는 장갑을 끼면서 건물 입구를 올려다보았다. '도와종합병원'이라고 적힌 썩은 나무판이 입구에 붙어 있었다.

"경시님."

직립부동의 자세로 서 있던 제복 차림의 경찰관이 남자에게 경례를 한 뒤, 병원 정면의 문을 열었다. 남자는 눈짓으로 수고한다고 말하고 나서 병원 안에 발을 넣었다. 신발 밑에서 유리 깨지는 소리가 났다. 병원이 폐업된 지 적어도 1년은 되지 않았을까.

접수처 앞을 지나자 엘리베이터 홀이 나타났다. 열 명쯤 되는 남자들이 심각한 얼굴로 이야기를 나누고 있었다. 그중 한 사람이 남자를 보고 목례를 했다. 발밑에 담요가 덮인 들것이 놓여 있었다.

섬광이 몇 번 번쩍이고, 잔광이 남자의 눈을 빨갛게 물들였다. 무전기에서 갈라진 목소리가 들렸다.

"도다 과장님, 오셨어요?"

가벼운 정장을 입은 남자가 말을 걸자 도다라고 불린 남자가 고개를 끄덕였다.

"그래, 스가 씨는?"

"현장에 있습니다."

정장을 입은 남자가 앞장서서 걷기 시작하더니 계단을 내려갔다. 엘리베이터는 사용할 수 없는 모양이다.

지하 1층으로 내려갔다. '수술실'이라고 쓰인 하얀 팻말의 문이 몇 개 늘어서 있다. 정장을 입은 남자가 두 번째 문으로 다가갔다. 문을 열자 수술대에 기댄 채 두 무릎 사이에 머리를 떨구고 있는 스가와라 형사가 보였다.

도다가 조심스럽게 말을 걸었다.

"스가와라 씨, 괜찮으세요?"

스가와라가 약간 고개를 들었다.

"아아, 과장님. 괜찮습니다."

스가와라는 거의 알아들을 수 없는 목소리로 말하고 다시 무릎 사이에 얼굴을 떨구었다.

"걱정돼서 와봤습니다."

도다는 자기보다 나이 많은 부하에게 그렇게 말했다. 스가와라가 일어서려고 하자 오른손으로 다정하게 어깨를 눌렀다.

"괜찮아요. 난 괜찮습니다."

스가와라가 그렇게 말하면서 천천히 고개를 들었다.

'이럴 수가…….'

똑바로 바라볼 수 없어서 도다는 시선을 피했다. 여섯 시간 전에 만났는데, 완전히 딴사람으로 변해 있었다. 반쪽이 된 얼굴. 새빨갛게 충혈된 눈. 죽은 사람 같은 얼굴빛.

"괜찮아요. 난 괜찮습니다."

스가와라는 똑같은 말을 반복했다. 머리를 쓸어 올리자 손가락 사이에서 머리칼이 한 움큼 바닥에 떨어졌다.

"스가 씨, 집에 가는 게 좋겠습니다."

도다가 스가와라의 앞에 몸을 웅크렸다.

"아뇨, 처음 발견한 사람은 나니까요."

"집에 가세요. 이건 명령입니다!"

미소를 지으며 말한 도다를 향해 스가와라가 힘없이 고개를 흔들었다.

"과장님, 난 갈 수 없어요. 나를 혼자 두지 마세요."

"진정하세요!"

도다가 스가와라의 어깨를 안았다. 하지만 몸이 너무도 차가워서 자

신도 모르게 손을 뗐다. 마치 얼음장 같았다. 도다가 밖을 향해 고함을
쳤다.

"누가 담요 좀 가져와!"

옆에 서 있던 경찰관이 무전기로 지시를 내렸다. 뛰어가는 발소리가
들렸다.

도다가 다시 스가와라의 몸을 만졌다. 그리고 어린아이를 달래듯 어
깨를 가볍게 두드리며 천천히 입을 열었다.

"혼자 두지 않아요. 모두 여기에 있습니다. 나도 있고요."

스가와라가 속삭이듯 말했다.

"과장님…… 난 범인을 알고 있어요."

"스가 씨 메모를 봤습니다."

도다의 얼굴이 약간 일그러졌다. 어디선가 기이한 냄새가 떠다녔다.
소독약 냄새일까. 아니다. 병원 특유의 냄새가 아니라 다른 냄새다. 피
냄새도 아니다. 더 이질적인 냄새…… 무슨 냄새일까.

"난 범인을 알고 있어요."

스가와라가 고개를 들지 않고 중얼거렸다.

"스가 씨, 됐어요. 말하지 않아도 됩니다."

하지만 스가와라는 무엇에 홀린 것처럼 입을 계속 움직였다.

"범인은 여자입니다. 리카, 또는 아마미야 리카라고 하는데, 본명인
지 아닌지는 모릅니다. 자칭 28세. 겉으로 보기엔 30세에서 50세 사
이. 간호사라고 합니다. 피해자가 의뢰한 탐정 사무소의 조사에 따르

면 이 병원에서 일한 적이 있다고 하더군요. 또한 2년 전에 의사를 토막 살해한 범인일 가능성이 있습니다. 그리고 사건을 조사하던 하라다를 죽인 것도 그 여자고요."

"말하지 않아도 됩니다. 이봐, 담요는 아직 멀었어?"

도다가 다시 고함을 쳤다. 옆에 있던 경찰관이 안쪽을 향해 손을 들었다.

"아니, 말하게 해주세요. 부탁합니다."

스가와라가 애원하는 눈길로 쳐다보았다. 눈구멍이 깊은 어둠 같았다.

"키는 175센티미터 전후, 체중은 확실하지 않지만 상당히 야위었으며, 얼굴색은 진흙탕 같습니다. 머리는 긴 스트레이트, 피부는 노인처럼 윤기가 없고요."

목소리가 막히며 스가와라의 몸이 사시나무처럼 떨리기 시작했다. 도다가 입고 있던 양복 재킷을 벗어서 그의 어깨를 덮어주었다.

"도망칠 때 입은 건 상하 핑크색 잠옷이지만, 살해된 구급대원의 흰옷이 없어진 걸 보면 지금은 그걸 입었을 겁니다."

스가와라는 양복 안주머니에서 카세트테이프를 꺼내 도다 앞에 내밀었다.

"이 안에 여자의 목소리가 녹음돼 있어요. 약간 촉촉한 느낌이지만 목소리는 알아듣기 쉽고 좋은 편에 속합니다. 정신적으로 문제가 있는 건 분명해서, 가끔 자신을 일곱 살이라고 하거나 결혼했다고 하는 일도 있더군요. 허언증이 있을지도 모르지요."

"그것만 알면 됐습니다. 나머지는 우리가 수사할 테니까 이제 스가
씨는 안심하고 푹 쉬세요."

도다가 일어섰다. 왜 아직도 담요를 안 가져오는 걸까.

"가지 마세요!"

스가와라가 도다의 팔을 잡았다. 스가와라의 손가락이 도다의 팔을
파고들었다. 굉장한 힘이다. 도다는 다시 같은 곳에 앉았다.

"그 여자는 너무도 위험해요. 사악한 존재입니다. 악의가 여자의 형
태를 이루었다고 할까요. 더구나 문제는 여자가 의식해서 이런 일을
벌이는 게 아니라는 겁니다. 본인의 안에서는 옳은 일을 하고 있다고
생각하고 있어요. 물론 그 여자의 안에서만 통하는 논리이지만, 그런
만큼 막을 도리가 없습니다."

스가와라의 목소리에 눈물이 섞였다.

"알겠습니다."

도다가 고개를 끄덕이며 살며시 스가와라의 손을 떼어놓았다.

커리어조(일본의 국가공무원 시험의 상급 갑종, 또는 I종에 합격하여, 중앙
성청에 간부후보생으로 채용된 국가공무원을 가리킨다 - 옮긴이)인 도다는
현장 경험이 풍부한 나이 많은 부하를 경찰의 선배로서 순수하게 존
경하고 있다. 어떤 사건에서도 냉정함을 잃은 적이 없는 스가와라를
이렇게까지 궁지에 몰아넣은 것은 누구일까. 과연 그런 것이 존재할
까. 도다는 도저히 믿을 수가 없었다.

스가와라가 매달리는 눈길로 호소했다.

"과장님, 우리 일을 하다가 가끔 생각한 적이 없나요? 난 지난 몇 년 동안 이런 생각을 했습니다. 악(惡)은 뭘까? 선(善)은 뭘까?"

"스가 씨."

도다가 스가와라의 손을 꼭 잡았다. 의사를 불러야 하지 않을까? 도다는 불안해져서 주변을 둘러보았다. 감식과 형사들이 현장사진을 찍고 있다. 다시 스가와라의 목소리가 들렸다.

"과장님, 최근에 이런 생각이 들었습니다. 이 세상에서 무의식의 악의, 무작위의 악의만큼 무서운 건 없다고……."

도다는 더 이상 참을 수 없어서 벌떡 일어섰다.

"이봐, 누가 의사 좀 불러줘!"

스가와라는 그에 상관없이 계속 중얼거렸다.

"그렇게 끔찍한 건 태어나서 처음 봤습니다. 그렇게 무서운 건 본 적이 없다고요."

"됐어요, 이제 생각하지 말아요."

도다는 스가와라의 어깨에 손을 올리고 꼭 껴안았다. 스가와라가 자신의 머리칼을 쥐어뜯었다.

"늦었어요. 내가 늦게 연락해서 이렇게 된 겁니다."

머리칼 한 뭉치가 바닥으로 툭 떨어졌다. 담요를 껴안은 형사가 겁먹은 표정으로 두 사람을 쳐다보았다.

"그때 난 범인을 쏘았습니다. 복부에 한 발, 그리고 가슴에 한 발. 각각 치명상이라고밖에 생각할 수 없는 부위예요."

"알고 있어요. 보고는 들었습니다. 스가 씨의 행위는 정당했다고 믿어요."

형사가 내민 담요를 받아 도다가 스가와라의 몸을 감쌌다. 스가와라의 어깨가 파도치듯 떨리고 있다. 치아가 부딪치는 소리가 몇 번이나 났다.

"그런데 그 여자는 구급차에 탔던 구급대원과 동승했던 경찰관을 죽이고 도망쳤습니다."

스가와라의 입술에서 피가 떨어졌다. 눈에서는 눈물이 흘러넘치고 있었다.

"구급차가 병원에 도착하지 않았다고 해서 수색하다가 겨우 발견했어요. 그때 여자는 이미 피해자의 집으로 갔습니다."

"전부 알고 있습니다. 스가 씨가 다카이도 경찰서에 연락한 것, 그리고 피해자에게 연락한 것도. 하지만 이미 늦었어요. 다카이도 경찰서 형사들이 피해자 집에 도착했을 때는 아무도 없었다고 하더라고요."

울음소리가 들렸다. 스가와라의 울음소리였다. 도다는 입을 다문 채 스가와라의 손을 꼭 잡았다.

"그 여자는 피해자를, 혼마 다카오를 납치했습니다. 그리고 이 허물어진 병원으로 데려와서……."

"이제 그만해요." 도다가 고개를 흔들며 말했다. "아무 말도 하지 말아요."

하지만 그 목소리는 스가와라의 귀에 닿지 않았다.

"그 여자는 여기서, 이 수술대 위에서 피해자의, 혼마 다카오의 몸을 토막냈습니다."

스가와라의 입에서 말이 멋대로 튀어나왔다.

"손가락을, 손을, 어깻죽지를, 발목을, 다리를, 그 여자는 모두 잘라냈습니다. 그리고 마치 크리스마스트리의 장식품처럼 늘어놓았어요."

스가와라가 수술대 위를 가리켰다. 혼마 몸의 부위는 이미 형사들이 밖으로 가지고 나갔지만, 스가와라의 눈에는 여전히 생생하게 존재했다.

"여기에 줄을 맞춰 가지런히 늘어놓았더군요. 그것만이 아닙니다. 혀도, 귀도, 입술도, 코도……."

스가와라의 목소리가 높아지자 도다가 시선을 돌렸다. 어느새 모여 있던 수사관들이 불안한 얼굴로 그 모습을 바라보았다.

스가와라가 별안간 위의 내용물을 전부 쏟아냈다. 도다와 스가와라의 신발이 구토물로 더러워졌다. 도다는 개의치 않고 스가와라의 등을 문질러주었다.

"그것만이 아닙니다, 그것만이 아니에요."

스가와라는 더러운 입가를 닦으려고 하지도 않고 절규했다.

"정말 무서운 여자입니다! 그 여자가 무슨 짓을 했는지 아십니까?"

스가와라의 목소리가 온 방 안에 울려 퍼졌다. 주변을 에워싸고 있던 형사들은 어떻게 해야 좋을지 모르는 채 서로를 바라보았다. 스가와라의 정신상태가 이상해지고 있는 것이 분명했다. 그의 절규가 계속 이어졌다.

"그 여자는 혼마를 마취하고, 외과 수술을 하듯 그 작업을 해치웠어! 그 여자는 전신마취를 하고, 혼마 다카오의 몸을 토막 낸 거야!"

"스가 씨, 이제 됐어요! 그만해요!"

도다가 새빨개진 눈으로 고함을 쳤다. 하지만 스가와라는 입을 다물지 않았다.

"그 여자는 혼마의 팔과 다리를 자르고, 그런 다음에 혼마의 몸통을 가지고 사라졌어요. 과장님, 무슨 뜻인지 아시겠어요? 조금 전에 감식반이 그러더군요. 잘라낸 기관에선 아직 생체반응이 있었다고. 그게 무슨 뜻인지 아세요? 그런 짓을 당하고도 혼마 다카오는 아직 살아 있다는 뜻입니다!"

"그만해!"

계속 소리치는 스가와라를 도다가 밖으로 데리고 나가라고 명령했다. 앞에 있던 두 형사가 고개를 끄덕이고 한 발을 내밀었다.

"아직 살아 있어요! 그게 무슨 뜻인지 아시냐고요!" 가까이 다가온 형사의 팔을 뿌리치면서 스가와라가 계속 소리쳤다. "그 여자는 말을 할 수 없게 된 혼마를 손에 넣었어요! 이제 자기 마음대로 할 수 있는 혼마를 말이죠. 그 여자는 진정한 의미에서 혼마를 자기 걸로 만들었다고요!"

"빨리 데려가지 않고 뭐 해!"

도다가 다시 고함을 친 순간, 스가와라가 조용히 일어섰다. 그 얼굴을 본 제복 경찰관이 비명을 지르며 수술실에서 뛰쳐나갔다.

"의사 말에 따르면, 이제 몇 시간만 있으면 혼마의 의식이 돌아온다고 하더군요. 팔도 다리도 눈도 귀도 혀도 없어졌는데, 뇌만은 아직 살아 있어요."

스가와라가 얼굴을 숙인 채 날카롭게 웃었다. 웃음소리는 한동안 이어지다가 이윽고 멈추었다.

스가와라가 고개를 들었다. 다음 순간, 형사 한 사람이 손으로 입을 덮었다. 스가와라의 입에서 떨어진 구토물이 발밑에서 흩어졌다.

"그때를, 혼마의 의식이 돌아왔을 때를 생각하면…… 나는……."

스가와라의 몸이 흔들렸다. 잠시 후 무릎이 천천히 무너지고 바닥으로 가라앉았다.

이윽고 정적이 찾아왔다.

악(惡)은 뭘까, 선(善)은 뭘까?
인간은 어디까지 잔인해질 수 있을까?

혼마 다카오. 그는 인쇄회사에 근무하는 평범한 샐러리맨으로, 아내와의 사이에 딸 하나를 두고 있다. 지금의 현실에 특별한 불만은 없다. 직장에서나 가정에서나 그럭저럭 안정된 위치에 있고, 아내와 딸을 누구보다 사랑한다. 아마 지금처럼 소박한 행복에 만족하면서 정년퇴직을 맞이하리라.

그는 그렇게 생각했다. 대학 후배인 사카이의 꼬임에 넘어가기 전까지는······.

어느 날, 사카이로부터 인터넷 만남 사이트에 대해 듣게 된다. 여자들과 메일을 주고받을 수 있는 만남 사이트가 있는데, 그것이 실제의 만남으로 이어진다는 것이다. 말도 안 돼! 그렇게 쉽게 여자를 만날 수 있단 말인가? 하지만 사카이는 의기양양하게 자신의 성공담을 늘어놓는다. 그렇다면 한 번 해볼까? 안 그래도 요즘 가슴 뛰는 일이 없었는데, 어차피 밑져야 본전 아닌가.

그는 재미 반, 호기심 반으로 만남 사이트에 들어가 보았다. 그 즉시 그의 눈앞에 신세계가 펼쳐졌다. 많은 여자와 남자들이 아무런 경계심 없이 서로 메일을 주고받는 것이다. 그 이후 메일 연애의 매력에 푹 빠졌다. 얼굴도 이름도 나이도 모르는 상대와 나누는 미묘한 감정은 아내와의 사이에서 얻을 수 없었기 때문이었다.

그로부터 1년이란 시간이 지나고, 그는 승진을 계기로 딱 한 사람만 만나고 만남 사이트를 끊기로 결심한다. 그리고 마지막으로 선택한 사람이 바로 리카였다. 메일 내용으로 볼 때, 그녀는 소심하고 내성적이며 성실하고 겁이 많다. 현실을 도피하고 싶어 하는, 자기애(自己愛)가 강한 타입…….

그래, 이 여자다!

이 여자를 마지막으로 만나고 만남 사이트를 끊자!

하지만 현실은 그의 뜻대로 되지 않는다. 리카가 상상을 초월한 스토킹을 시작하면서 그는 지옥의 밑바닥에 떨어져 끔찍한 공포와 맞닥뜨리게 되는데…….

이 작품은 2001년 제2회 호러 서스펜스 대상 수상작으로, 만남 사이트를 통해 알게 된 리카라는 여성에게 스토킹을 당하며 궁지에 몰린 남성의 처절한 인생을 그린 이야기이다.

작가인 이가라시 다카히사는 1961년 도쿄에서 태어나 세이케이 대학 문학부를 졸업하고 후쇼샤라는 출판사에 입사했다. 그러다 편집부에서 마케팅부로 이동한 걸 계기로 소설을 쓰기 시작했다고 한다.

2001년 봄, 첫 장편소설인 《TVJ》로 제18회 산토리 미스터리 대상에서 우수작품상을 수상하고, 그해 가을 《리카》로 제2회 호러 서스펜스 대상을 수상하며 이듬해 소설가로 데뷔했다. 2007년에는 《셜록 홈스와 현자의 돌》로 제30회 일본 셜록 홈스 대상을 수상했다.

이 작품의 가장 큰 특징은 다른 작품과는 비교도 할 수 없는 섬뜩한 공포와 숨 막히는 긴장감이다. 아마 책의 중반부터는 책장을 넘기는 손길이 허공에 멈춘 채 파르르 떨리지 않을까? 다음 내용을 확인하고 싶은 마음과 그다음에 펼쳐질 끔찍한 공포에서 눈을 감고 싶다는 마음이 치열하게 싸우기 때문이다.

편집자 출신이라서 그런지 독자를 빨아들이는 간결하면서도 감각적인 문체와 놀라운 흡인력에는 혀를 내두르지 않을 수 없다. 더구나 그가 안겨주는 공포는 단순한 상상력만이 아니다. 그는 독자의 눈앞에 섬뜩한 공포를 들이댐과 동시에 눈에 보이는 선명한 '영상'을 만들어낸다.

그렇다. 그는 작품을 읽으면서 저절로 영상을 떠올리게 만드는 강력한 필살기를 가지고 있는 작가다. 아니나 다를까, 《리카》는 2003년에

〈토요 와이드 극장 25주년 기념 특별기획〉의 드라마로 제작되었다고
한다.

그는 평소에도 "영화의 영향을 강하게 받았다", "영화에서 영향을 받
지 않은 작품은 거의 없다"라고 언급할 만큼, 그의 작품을 읽다 보면
어느새 영상이 선명하게 떠오른다. 그래서인지 〈리카〉를 비롯해 〈교
섭인〉, 〈교섭인 폭탄마〉, 〈2005년의 로켓 보이스〉, 〈유괴〉, 〈아빠와 딸
의 7일간〉 등 영상화된 작품을 많이 찾아볼 수 있다.

범죄는 어느 시대에도 있었지만, 최근에는 상상을 초월하는 끔찍한
범죄가 늘어나고 있다. 그런데 범인은 우리 주변에서 흔히 볼 수 있는
평범한 사람인 경우가 많다.

"말수도 없고 좋은 사람이다."
"친절하고, 주변 사람의 평판도 좋다."

그러던 사람이 왜 어느 날 갑자기 악의 길로 돌진하는 걸까? 작가는
이 작품에서 탐정인 하라다의 입을 빌려 이렇게 말한다.

"인간의 마음속에는 스스로 어떻게 할 수 없는 어둠 같은 게 있어.
평범하게 살아가면 아무도 알아차리지 못해. ……어느 날 사소한 계
기로 어둠이 뚜렷한 형태를 이루는 일이 있어. 그런 일은 누구에게
라도 일어날 수 있지. 그런데 어둠이 점점 커져서 마음을 완전히 뒤

덮은 순간…… 그 사람 자체가 어둠이 되어버리는 거야."

일그러진 자기애로 똘똘 뭉친 사람이 무작위의 악의를 품었을 때,
상대는 지옥의 밑바닥을 기어다니게 되지 않을까.

2016년 11월
이선희

RIKA

1판 1쇄 발행 2016년 12월 5일
1판 3쇄 발행 2018년 9월 13일

지은이 이가라시 다카히사
옮긴이 이선희

발행인 양원석
본부장 김순미
편집장 김건희
디자인 RHK 디자인팀 현애정, 김미선
해외저작권 황지현
제작 문태일
영업마케팅 최창규, 김용환, 정주호, 양정길, 이은혜, 조아라, 신우섭,
            유가형, 임도진, 우정아, 김양석, 정문희, 김유정
독자교정 김혜진, 송창일, 이지현

펴낸 곳 ㈜알에이치코리아
주소 서울시 금천구 가산디지털2로 53, 20층(가산동, 한라시그마밸리)
편집문의 02-6443-8902   구입문의 02-6443-8838
홈페이지 http://rhk.co.kr
등록 2004년 1월 15일 제2-3726호

ISBN 978-89-255-6050-2 (03830)